アインスタインと
春待月の殺人

KAWABE Sumika
川辺純可

南雲堂

アインスタインと春待月の殺人

アインスタインと春待月の殺人◉目次

［ブックデザイン］
奥定泰之
［写真］
hachiware/Shutterstock.com
Aoi190/Shutterstock.com

ずんじゃかじゃん、ずんじゃかじゃん
「女子大学のハイカラさん」ワルツに合わせ、弁士がいう。
シルクハットとロイド眼鏡。アコーディオンの朽ちた蛇腹が吸って吐いてを繰り返す。
〽童《わらべ》は見たり、イッヒ ブレッヒェ ディッヒ
「片手にゲーテとアインスタイン。光より速く旅に出た」
また、相対論かい？ まったく。猫も杓子も。
「魔風恋風そよそよと。帰ってきたら前の晩だったとさ」
〽あらまあ、相対的だわねえ
どっ、と観客が笑う。
大正十一年冬。
弁士は口を歪め、マントをひるがえした。

第一章

理屈ではない。感じたのだった。

足下に転がっている血まみれの男。これは自分だ、と悠木《ゆうき》は思う。

死にたくない。こんなふうに軽々しく、血反吐を吐いて。

「光より速い粒子は存在するかしら」

曇った空から声が響いた。

人がまさに死のうというときに、新しき女のようにそっけない口調で。

「その、とてつもなく速いソレを仮に『希望』とでも呼びませう。希望は因果の法則を否定するわ。速度にすら限度があるのだと、ね？」女の語りはさらに続く。

死にかけた男。その後頭部は、斧で割られたようにぱっくりと開いている。血泡をまとって固まったどす黒い頭はまるで、柘榴《ざくろ》か、内国博覧会で見た瘤だらけの出目金のようだ。

ういい。瀕死の男が、うなり声を上げ、くうを摑んだ。

まだ生きている。助けなければ、男を。否《いな》、自分を。歪んだ空間に存在する別の自分を。

「光の速さで動くの。そしたら時間は止められてよ」

そうか。それは、もしや。

「そう、アインスタイン、相対論よ」声が答えた。

十二月二日（土）

がくん。

なんの前触れもなく、右肩が下がった。見慣れた母屋と、歯科医院の門柱に注ぐ木漏れ日。跳ね返る光はどこまでも温かい。

夢、まぼろし？

血まみれの男はどこにもいなかった。

これが白日夢なのか？　庭に立ったまま、夢でも見たのだろうか。

まるで背が伸びる時分によくあった、寝入りばな、あの逆しまに落ちる感じだった。

いや、少し違う。どこか妙な気分だ。

西洋風の歯科医院、銅板で葺《ふ》いた屋根、仏蘭西窓や鉄塔はいつもと同じだ。おかしいのは色。ついさっきまで咲き誇っていた山茶花《さざんか》がすべて散り、地を朱に染めている。それどころか、たくさんの足跡に踏まれ、醜く黒ずんでいた。そしてその代わり、とでもいうあんばいに、堅い蕾《つぼみ》だった白い山茶花が、うろこ雲のように清楚に咲きそろっている。

なんだ、これは。

――そう、アインスタイン、相対論よ。

夢で聞いた女の声が、脳みそをざらりとかき回す。

北風がマントの中に吹き込んできた。突き放すように、憐れむように、あざ笑うように。

西日が目を射ぬき、動悸が激しくなった。

丈史《ジョージ》……。

遠くでだれかが自分を呼んだ。が、悠木は振り返りもせず、力まかせに真鍮《しんちゅう》のくぐり戸を払いのける。

クナーベ、童、クナーベ、童。よきかな、よきかな、よきかな。

下駄音がいびつに響く。

今はただ、ここ、そして自分自身から逃れたかった。

市街電車を降りると、湿った雪が舞っていた。

不快なブレーキ音に、雪の結晶は湯気となり、蜘蛛の巣のような電線が赤い火花を散らす。

昼間というのに、レンガの軒先には角灯が灯っており、どこから湧いた、と思うほど多くの人が、外套やら羽織やらを寒げにつまんで行き来していた。

大正の御代《みよ》もすでに十余年。

外濠《そとぼり》線が開通し、市内電車三社を東京市が買収したのは、先の帝がお隠れになる少し前だ。

路線が増え、乗り換えのたび金を払う煩わしさがなくなったものの、どこに行っても人、人、人。

斜めに横切る丁稚《でっち》の唐草包みを避《よ》けたとたん、あわや、俵を積んだ牛車に当てられそうになる。

思えば、山積みの俵を見たのも久しぶりだった。

民本主義とは名ばかり。おロシアの革命とやらに乗じ、米の値段が急騰している。一方、蔵《くら》の打ちこわしにびくともしなかった商売屋が数軒、投機に負けて潰れたらしい、との噂も聞く。

——何も変わらない、いつもどおりの東都《とうと》じゃあないか。

幾分落ち着いた悠木は、白い息を吐きながら、騒々しい通りをひたすら奥へと進む。

と、目の前にいきなり、きつい上り坂が開けた。かつては、旗本の屋敷があった門前町らしいが、今は、土壁の匂いが漂い、細々と仕切られた文化住宅が、雨後の筍のごとく建ち並んでいる。

やがて、登りつめたところに、馴染みの家が現れ、悠木は今度こそ本当に胸をなで下ろした。

平屋根を広げた屋敷の塀には古い落書きが残り、下手な恐竜の絵に「宙返りしてみよ」と書き添えられている。

恐竜は国家、宙返《リバイヤサン》りは革命。

そういって壁にやすりもかけない家主であるが、どう見ても深読み、子どものいたずらだ。

西洋式の戸を拳で叩くも、返答はなかった。

不安に駆られて再度、手を振り上げたとき、木箱でもひっくり返したような音がして、慌ただしく戸が開く。玄関間もなく、すぐに洋風の板の間が広がるさまはまるで物置。とても上品なお屋敷とは思えない。

藤江《ふじえ》は、悠木を見て、戸惑いの色を浮かべた。が、すぐに芝居がかったしぐさで、

「ハレ、ハレ、ハレー彗星」とおどけてみせた。

常にオールバック、外では高い襟を欠かさないハイ・カラーな男も、自宅にいるときはさすがにどてらにザンバラ髪だ。

子爵の末子。芸術の勉強と称してマルセイユへ渡ったはずが、ひょっこり紐育《ニューヨーク》から絵はがきをよこしたのがつい一年前。帰国後は、藤江世酔《よすい》という筆名で娯楽小説を書いたり、英米の小説を翻訳して世に出している。真面目で目立たぬ悠木とは、似ているところなどまるでないのに、中学から不思議に縁が続く友人であった。

「大丈夫なのか……君は？」

何かを見透かしたように、藤江は尋ねた。

は？　と、気色ばむ悠木に、慌てて首を振ってみせる。

「いや、長らく会うておらぬからな。が、よいところに来たぞ。夜には、出かける予定であったのだ」

「旅行なのかい」

いつになく雑然とした床には、ベルトのちぎれかけた仏蘭西製の旅行鞄が広げられ、街着や替え着、フロックコートまで、内張の千鳥格子も見えぬほどぎゅうぎゅうに詰め込んである。

「うむ。急ぎ仙台へと向かうのだ」

破顔した藤江は、悠木に長椅子を勧めた。

先月半ば、オリエンタルホテルに宿を取って、神戸、京都と回遊したばかりである。そもそもその目的というのが、

「そう。アインスタイン博士《はくし》だ。今朝、北へとお発ちになったのだ。ぜひとも追いついて次なる講演を拝聴せねばならぬ」

藤江は芝居がかった声で言い、尊崇する物理学者の御名を戴くかのように両手を上げた。

「レラ、レラ、レラチヴィティだ！」

「レラ……？」

「ああ、桑木某のいう『相待原則ニ於ケル時間及空間ノ観念』である」

「相対論のことか……」

つい先《さつき》まで不吉な響きであったそれも、藤江が口にしたとたん、病む気持ちが消えた。

思えば黒山の人だかりが大仰に旗を振って、来日した博士を迎えたばかりである。

ちょうど日本に向かう船中でノーベル賞受賞の知らせを受けたとあって、日本中その名を聞かぬ日がないほどの熱狂ぶりなのだ。はたしてどれほどの者がご高説を理解できるのか。博士の現れる場はどこも盛況、まさに興奮のるつぼと化している。だれぞの夢に出てきたところで、なんら不思議はないのである。

悠木は鞄からはみ出した夏絣《なつかすり》に目をやった。豆絞りの手ぬぐいが大事に添えられ、寝間着にしては念が入っている。

「改造社のつてで、歓迎の会に潜り込むつもりなのだよ。我が国、古来の芸、安来節《やすぎ》を一差し舞ってご覧にいれるつもりだ」

「安来……どじょうすくいを？」

はたして鼻を拡げ、頬被りしてどじょうをすくうユウモアが、異国の天才科学者に通じるものか。

いや、それ以前に、せっかく山峨《サンガー》女史を来日させておいて、産児制限器の普及に失敗しただの、売れに売れた『死線を越えて』は文学的にナッチョランだの、改造社相手にさんざんもの申していた藤江が、博士来日を手配すると聞いたとたん、この変わりようはどうなのだ。

親が輸入業に成功した恩恵もあり、結構なご身分で、人懐っこいわりにどこかズレた男だ。低背で童顔、愛想よし。黄八丈でも着れば町娘にも見える。生徒の時分から衆道の誘いがあとを絶たなかったのも、無理からぬことであった。

「慶應義塾と……あと、青年会館にも、聴きに行ったのではなかったかい」

「本郷も六日すべて通ったよ。毎回、新しき発見と感動があるのだ」

いささかげんなりしながら、悠木は黒光りする長椅子に腰を下ろした。長椅子というより鯨かピアノ。落第を繰り返した学生服のようにテカっていたが、珍奇な見かけほど、座り心地は悪くない。

「なんだ？」

大きな目でじっと見つめられ、悠木は眉をひそめる。藤江は下唇を突き出して、

「……実をいうと、君。君に関して、よからぬ噂を聞いていたものでね」

よからぬ噂？　胃の腑が重くなり、わけのわからぬ動悸がよみがえった。が、藤江はキューピー人形のように両手を下げて目を剝き、

「いや。いわゆる『でたらめな風聞』というやつだよ。君が青バスに轢かれて重体というのだ。火のないところに煙は立たぬというが、このひどい噂がどういう経緯で生まれたか、僕はむしろそちらに興味が湧くね」

「いったい……だれがそんな馬鹿げたことを」

青バスというのは美人車掌で人気の、東京市内バスのことであるが――どうにももやもやが大きくなるばかりだった。

「まあ……それはよしとして」藤江は珍しく口ごもって、

「少し案じてもいたのだよ。君。何か、僕に相談があるのではないかね」

「ない……こともないが」

悠木はやっとのことで、重い口を開いた。そして我が身に起こったことを、恐々と反芻《はんすう》する。

湿った土の匂いが残り、目の奥で色違いの山茶花が鮮明によみがえった。


「いやはや。落ち着きたまえ……」

部屋じゅう歩き回ったあと、藤江は手のひらでハタ、と額を叩いた。

「て、ことはあれかい？　君は……時間を飛び越えてしまった、いわゆる時間旅行者だ、ということなのかい？」

「そんな、珍妙なものではない」

さすがに奇想天外にすぎた。が、藤江はふむふむとうなずきながら、瑠璃色の火鉢からやかんを取り上げ、フラスコに注ぐ。それはやがて香ばしい薫りを立てながら、化学実験のように、闇色の液体へと転化した。

「では、もろもろ順に確かめよう……君は悠木ジョージ。明治三十年キリスト聖誕祭の翌日、佐野くんと同じ日に生まれた。職は非熟練の歯科医師。次の正月で二十七歳になる……これはよいな？」

非熟練はよけいだ。佐野某についても会うたこともないが、たびたび話に出てくる――藤江には珍しく――気の置けない友人。電気試験所の技師なのだという。

「自宅敷地内にある悠木医院――ゆえあって現在は他人に貸しており――そこで雇われ歯科医をしている。胃弱で頭痛持ちだがとりあえず壮健。独り身。そして……肝心なのはここからだが」

そういって、手品でもするように両手を広げ、不揃いの湯呑を二つ取り出して、

「つい、寸刻前。君は、午前の診療と昼餉《ひるげ》を済ませ、裏庭でぼんやり、赤い山茶花を眺めていた……隣家の花びらが庭に散り込むと、ばあやさんが不機嫌になるからな。夕餉のメニュウの品数が二つは減るぞ、と、案じてもいたのだ」

夕餉のことなど一言も――。

が、雑にまとめればそういうことだった。朝の患者がはけたあと、午後三時まで昼休みなのである。

「そしてふいに風が吹き、目を開けた君は、足下で男が死んでいるのを見た」

藤江は眉間に皺をよせた。ふざけながら考えるのがこの男の常だから、真面目なときは得てして頭は動いていない。

「正確には……死んでいる、ではなく、死にかけている、だ」

正直、そんな夢のことよりも、その後のなりゆきこそ肝要なのだ。今思えば、顔すら見えないのに「自分である」と思うたことといい、声だけの女の、怪しげな相対論といい――いかにも夢夢しい矛盾に満ちている。

「幸い、危うい白日夢はすぐに醒めたが……」

藤江は、煤《すす》だらけの石油ランプのホヤに童顔を映しながら、

「我に返ってまわりを見ると、つい、今しがた見上げていた山茶花がすべて枯れ落ち、代わりに蕾だった白山茶花が見事に咲き誇っていた、と……ふむ、死体は？　その場になかったのだナ」

「そんなもの、あったらおよそ大変だろう。今、こうして君と安穏にいられる道理もないよ」

悠木は呆れて湯呑を取った。固められた砂糖を二つつまんで次々に落とす。砂糖は煮出した珈琲で褐色に染まり、ゆるりと熟して底に沈んだ。

「ふむふむ……時が飛び、君が取り残されたのか、或いは、君自身が時を飛び越えてしまったか……はたまた、君もろとも空間が歪んだのか。これぞ相対論の醍醐味ではあるナ……が、山茶花……南方原産の木花。験をかつぐ者は、散り方が不吉な椿を好まず、そのぶん山茶花を重宝するが……ううむ。すべては、瞬きの間の話であった……そうか、白日夢というものは、平素の夢と違って、色がついているのだナ」

とりとめもなくつぶやいて、自分はそのまま何も入れずに苦い珈琲をすすり、

「そして君は逃げ、這々《ほうほう》の体でここへとやってきた、と」

「まあ……そうだが」

小馬鹿にした物言いに、悠木は顔をしかめた。

「隣家の住人は、花さかじいではなかったナ、中学の教授であったかい」

「ああ。盆栽好きの静かなご老君だ。一度だけ、喉に鯛の小骨が刺さったと医院に来たが……」

悠木はそういうと、意をけっして自ら、話を進める。

「しかし……しかしだ。まがりなりにもことの顚末《てんまつ》が理解できたのは、それからすぐのことだった。北行きの市電に乗りこんだ僕は、車掌に切符を渡され、愕然としたのだ。そこには十二月二日と書かれている。何かの間違いかと隣の学生の手元も見たが、やはり同じ二日だった」

「確かに今日は、大正十一年十二月二日土曜だが……いったい君。今日が、何年何月何日のつもりだったかね」

「十一月二十五日、土曜日。午前が終わり、診療室を出たばかりだ……」

悠木が口ごもると、さすがに藤江もすべてを察したらしい。口をへの字に曲げ、なあんだ、とばかりに露骨に舌打ちをした。

「ああ、それはだめだ、だめだよ、君。あまりに陳腐だ」

「藤江……」

やはりそうか、と肩を落とす悠木に、藤江は奇妙な微笑を浮かべて、

「ああ、失敬。許してくれたまえ。君の辛苦を失念したことは謝るよ。君は確かに『時間旅行者』と、呼べるのだから。いやね、英国にウエルズという、小説書きの新聞屋がいるのだ。先、来日した山峨夫人と恋仲で、女権拡張主義の女ばかりを主人公に据えるのには閉口するが……」

すぐ上の姉が、自宅離れを婦人参政権運動の集会所にしているせいもあり、藤江は「新しい女」をやたら嫌がる。

「そやつの小説に『八十万年後の社会』というものがあったよ。梃子《てこ》のごとき器具を操作して未来へ行くが。いやはや……」藤江は苦笑して、

「今日び、娯楽小説は心中かちゃんばらか、せめて軍艦だヨ、君……僕は今、アメリカとの海戦勝利を主題にせよ、と依頼されているが、あんな血の気が多くて、残酷暴戻な国を相手にして勝てるはずもない、むしろこてんぱんにやられることがわかっているだけに、正直、困り果てているのだ」

「藤江……僕は、君に小説の種を提供しているわけではない」

悠木は歯嚙みした。が、藤江はわかったわかった、と子どもをあやすように手を振ったかと思うと、あっさり正鵠《せいこく》を射たのだった。

「すなわち君は、なんらかの理由で一週間の覚えをなくした健忘病患者……そういうことだナ」


「では、君。君は自分が目覚める前のことを逐一、調べてみねばなるまいよ」

しばらくすると、藤江はじきにまた、底抜けの明るさを取り戻した。

しかし——目覚める、とはいい得て妙だ。あのカクンと落ちた感覚は、居眠りで舟を漕いだ感覚にも似ていたからだ。悠木は改めて、自分の行動に思いを巡らした。

「午後から、摩耶子《まやこ》と銀座に出て、百貨店をひやかす予定であったのだ。診療室を出ると、母屋から摩耶子の笑い声が聞こえたので、庭先で足を止めた。そしてふと、山茶花を見上げたのだ」

——そして、一週間が抜け落ちた。

母屋も歯科医院もひっそりと静まりかえり、人の気配すら消えた。いや、確かめるまもなく、その足で電車に乗ったものだから、ぼんやりとした記憶しか残っていない。

「そうか。問題は一週間の行いだナ。君のリーベやばあやさんに探りを入れる手もあるが、ご婦人というものはめっぽう勘が鋭い。君の善人的性分では、即、怪しまれて吊し上げだ」

藤江が「恋人《リーベ》」と呼ぶ摩耶子は、祖母の知り合いのお嬢さんとやら。いつのまにか、公然の許嫁《いいなずけ》になってしまっていた。今年、女学校を終えて、目白にある女子大学に入学したので、朝昼を問わず、暇を見つけては屋敷を訪ねくるのだ。

さてと、と、藤江は音を立てて手を払った。

「それで今、君は何を持っているね？」

「持つとは？」

「言葉どおりだよ。今現在、君が所持しているものをすべて、このテーブルに並べたまえ」

「尋問かい……」

高飛車な物言いに閉口しつつ、悠木は改めてチョッキやズボンのポケットを探る。

「覚えがないのだから、事象を語るのは純粋に今、目に見えている事物だけだろう？　幸い、君は部屋にも戻らずここに来た、何やら手がかりが残っているやもしれぬ」

腹立たしいが正論だ。悠木はいわれたとおり、十銭札数枚と小銭をかき集め、丸まった手ぬぐいとともにテーブルに並べた。

「金はこれだけか。少ないな」

「……たいがいこんなものだ」気分を害して悠木は答えた。

「が、ほかに何かないか。質札、マッチ、覚え書き……」

「いや……」

札入れすら、今日は持っていないようだ。

「いつもと異なることは？　ほんの細かいことでよいのだ。床屋へ行ったとか、ズボンが泥で汚れているとか、シャツに血がついているとか、何もないのか」

「血？」

いうに事欠いて、と、顔をしかめる悠木にお構いなしに、藤江は玄関に向かい、

「靴でなく、下駄なのだな」

この寒いのに、とブツブツいいながら、履きものまで裏返して調べ始める。

「体はどうだ。妙に高揚しているとか、ひどく疲れているとか、打ち身があるとか」

「これといって……」

「ふむ。ときに思うが……君という男は融通が利かないわりに、注意が散漫であるな。まあ、少しでも手や頭が怪しいならば、しばし仕事は休んだ方がよいだろうが」

「ないと思う」さらに気を悪くしながら悠木は答えた。

「ここ一週間ばかしのことは、診療簿や治療の様子を見ればわかると思うし、それ以前の覚えや、知識が消えた様子はまるでないから」

なんなら、おまえの前歯を引っこ抜いてやろうか、といいかけてやめる。男のくせに、金平糖やビスコットを好む藤江は、虫歯がことのほか多いのである。

「日記や手帖のたぐいは？　調べたかい？」

「まだだ。日記はつけていないが、手帖はある。戻ったらすぐに確かめるよ。なんせ、庭からまっす

ぐここに来たから」

「ああ、君が玄関を叩く音のせわしなさ、尋常ではなかったからな」

すぐ返答もしなかったくせに、と、思いながら、悠木はゆっくりとこめかみを揉んだ。

本来ならすぐ屋敷に戻り、祖母たちの様子を窺《うかが》ったり、書きもの等を調べるべきなのだ。面倒を後回しにする質《たち》でもないのに、なぜかいっこうに立ち上がる気になれない。

悠木はため息を吐いた。

「こういう健忘も病気の一種なのか。呆《ぼ》ける年ではないし。中気《ちゆうき》でそういう症状が出ると聞いたことがあるが……」

「そうだな……が、手の痺れや、口が回らぬ様子はないのだろう。話を聞いて僕はむしろ、アメリカで読んだ医学記事を思い出したよ。独逸で『歩く』『はい回る』だったかいう名の博士が発表した症例だ……脳が縮まり、大脳にシミが出現する。端的にいうと、老化が加速して脳の機能をはたせなくなるのだ。本来、年寄り呆けと思われているが、若い人間にも症例があるからやっかいだ。酒や煙草が原因だという研究者もいて、実際のところ謎のままなのだ」

「歩く、はい回る?」

「君の場合、自分がだれか、ここはどこかという、いわゆる記憶喪失病より、むしろこちらに近い気がするな」

背筋を凍らせる悠木を後目《しりめ》に、思ったことを遠慮なく口にする。

「しばしば同じことが起これば困りものだが……まあ、とりあえずは、今後のことだけ考えたまえ。

原因が知れたところで、今現在、対処のしようはないのだから。生活に支障をきたさぬ範囲で、適当にやりすごすしかなかろうナ」

人ごとだと思って——相変わらず無責任な男だった。

「ほかに思い出せないことはないか。たとえば幾何とか、独逸語がまるでわからぬとか」

「独逸語か……君ほど得意ではないが、仕事で使う程度なら思い出せるよ」

答えながら悠木はふと、夢の中で「野ばら」を聴いた気がした。何者かが朗々とテノールで歌っていた独逸の歌。曲は明るく活気あるシューベルトであったが、浅草オペラでもあるまいし、なぜ今、そんな歌を思い出したのだろう。

「へいぜいの常識はどうだ……たとえばそうだ。今現在、我が国の首相はだれだね」

藤江はネルの単衣《ひとえ》の上から、首をかきながら尋ねた。

「高橋、いや加藤友三郎だ……」悠木は答えた。

昨年十一月。平民を売りにしつつ、普通選挙を切り捨てた原敬《たかし》が、駅員に刺し殺された。大蔵大臣の高橋是清《これきよ》が居抜きで引き継ぐも、内部対立で総辞職。現在は海軍大将でありながら軍縮を唱えた加藤が、確か、二十一代目の宰相となっている。

「うむ。では、ゴールデンバット十本はいくらだ」

「七銭かな……おまえも煙草はやらぬだろう」

「六銭だが、まあいい」

古い記憶をなくしてはいない。むしろ、鮮明に思い出したほどである。

たとえば——夢に出てきた声は、まがいもなくユキだった。

ユキは二つ年上、屋敷で共に暮らし、姉弟のように育った遠縁の娘だ。今も目に浮かぶのは、額の青いすじと冷えた髪、尖った顎。指の節を隠す指はさらに荒れ、愛嬌ある片えくぼさえ、すぐ陰になる淡い笑み。

「脳を取り出して、輪切りにしてみるわけにもいかぬからな」

藤江が気味の悪いことをいって、つかの間の感傷をうち砕いた。

「しかし、君は門外漢のくせに、やたら、医学に詳しいな」悠木がうなると、

「木下杢太郎《もくたろう》を見たまえ。詩人が医学博士になる時代だよ。ましてや三文小説家など、役に立たぬ知識をひけらかして、飯を食っているようなものだ……と、謙遜したいところだが、実は、知り合いに脳医者がいてね。米国時代の知人なのだ……そうだ。君、そいつに一度診せてみないかい。至急電報《ウナでん》を打っておくから。訪ねるがいい。場所は、ええと」

片手で机上のインク壺を開ける。

冗談じゃあない。悠木は使い勝手の悪そうな白鳥の羽根ペンを慌てて止めた。

「脳医者なんていやだよ。むりやり入院でもさせられた日には、二度とお天道様が拝めなくなるじゃないか」

「技術はあるのだ。年がら年中、ふてくされてはいるがね。厳しくいっておくし、まあ、めったに無茶なことはするまいよ」

「……ふてくされる？」

またどうして、と思う。藤江の馴染みで洋行帰りというなら、並の男ではなかろう。それで報われず腐るというなら……ああ、きっと類は友を呼ぶ。奇人変人やもしれぬ。そう思い至ると、ますます気が重くなった。

「刀自《とじ》は、つつがなくお過ごしかい？」

と、藤江がいきなり訊いた。

この男が親愛の情を込めてそう呼ぶのは、悠木の祖母治子《はるこ》。祖母の方も、藤江が、若くして愛人の後追いで死んだ女優、松井須磨子に似ているとかで、たいそうなお気に入りだ。実際、目元など「人形の家」のノラを演じた時分に似ていて片腹痛い。

「ああ……三越だの帝劇だの、じっと家に居ることはないね。女学校時代の友人と連れだっては出かけてばかりだ」

「女学校……すてきな響きだね。あの方はどうも、心持ちがいまだに女学生に思えてならぬよ」

「安気《あんき》だからね」悠木もやっと笑った。

しかし悠木自身、初めて祖母に会ったのは父が死んだ十の年。それまで祖母や、目白の屋敷などとんと知るよしもなかったのだ。妾腹の悠木には、時々訪れる父親に本宅があることすら、まったく知らされていなかったのである。

明治半ば、露天の口中医だった祖父の跡を継ぎ、父が初めて開業した。

かつては歯抜師や歯磨き売りと呼ばれ、居合いの大道芸を兼ねて行った歯科治療である。入れ歯師だった祖父は、鑑札を持ちつつもまるっきりの堅気とはいえず、骨接ぎや護衛までこなす、ある種のヤクザ者であった。

一方、しゃれ者の父は、横浜の米国人歯科医エリオット門下で近代歯学を学び、医術開業試験を受けて開業した。親が遺した金で舶来スタンド型エンジンやら昇降する診療椅子を購入し、だれも読めぬ横文字看板と共に建てられたのが、母屋を含む西洋風の館である。

もちろん悠木はこの時代の医院を知らない。父親の記憶すら定かでなく、しかつめらしいコールマンひげを蓄えた写真を見たところで、さほど感慨もない。

ぼんやり覚えているビロード帽子《シャッポ》の手触り、重い革の靴。

妾宅の豊かさから見て、舶来医学もそれなりに流行ってはいたのだろうが、父はまもなく心の臓の発作でぽっくり逝ってしまった。子のない未亡人が遺産の一部を得て本宅を出たことで、悠木の人生は一転したのである。

主人亡き家で、妾が正妻に取って代わるわけにもいかず、祖母は――本人がいうところの――清水の舞台から飛び降りる思いで、悠木を引き取った。が、本来、目の中に入れても痛くない孫。その後、十五年間、しっかり者のばあや川村《かわむら》とともに、乳母日傘《おんばひがさ》で育ててきたのである。

藤江は立ち上がると、小さな窓にカアテンを引き、電灯をつけた。気がつくと、空はさらに厚い雲に覆われ、あたりも暗くなっている。みぞれもいつか、細かい雪に変わったようだった。

「……とりあえず、このことはだれにも漏らさぬ方がよいナ……特に本間《ほんま》とかいう男、見るからに粘着な質であったからな」

思い出したように藤江はいった。本間伸二《しんじ》は現在、悠木医院を借り受けている歯科医である。三月には五年の約定が切れることになっているが、今はまだ、悠木の雇い主だ。

「しかしもし、これ以上、病気が進むようなら、身の振り方を考えねばならぬやも……」

脳のシミ。考えただけで背筋が凍った。藤江はとんでもない、というように手を振って、

「そこまで急ぐのはどうかと思う。君。君は学生の頃から、人に優しいぶん、よほど、自分に厳しいのだよ。ほら、中学でカンニング用紙が出現して、不正の濡れ衣を着せられたとき、事理を明らかにすることもなく、甘んじて罰を受けようとしただろう?」

そういうこともあったな、と悠木は眉を下げた。

藤江が状況証拠を集めて無実の罪を晴らそうとしたが認められず、祖母は連日、泣くわわめくわの大騒ぎ。しっかり者のばあや、川村までが熱を出した。が、ついに落第を宣告されそうになった矢先、ほかに犯人が見つかったから、と無罪放免になったのだ。

「しかし、あのときの犯人とやらははたして……」藤江は遠くを見るように、

「そんなもの、いるはずもないのだが」

「どういう意味だ?」

ぼんやり、事件を思い出していた悠木が聞き咎めると、

「ああ、聞かれないからいわなかったが、あのチートシートを作成したのは僕だ」

なんだって? 声も出ず、悠木は目を剝いた。

「およそ興味もない『修身』なんぞに、時間を費やす余力はないからね。が、見つかりそうになって、

やむなく後ろの席に飛ばしたが、まさか、君の足下に落ちるとは思わなかったよ」

「おまえが……」

今頃になって知る驚愕の真実。が、思えばいかにもありそうで、怒る気持ちも起こらない。

「……いや、君、あの程度の単純な事件で、僕が真犯人を挙げられないと思うかね？　はなはだ、心外だナ」

いや、そういうことではなく……。

昔から、不思議に思ってはいたが、この男の善悪の観念は、どういうしくみなのだろう。小狡《こずる》いわけでもなく、欲深くもなく、思いやりに欠けることもない。が、自分の意思に忠実なあまり、世の中一般の常識なぞ通用しないのだ。

「なんでも抑えすぎると、どこかに無理が出るゾ」

人の気も知らない藤江は、しゃあしゃあといった。

「それで、頭がおかしくなったと？」

悠木が身がまえると、否定もせず、

「君……まさかとは思うが、眠り薬を常用してはいまいね……ミグレニンは？」

そういいながら、また、やおら荷造りを再開する。

「頭痛のときは飲むが。週一度くらいだ。悪くはなかろう」

「まあ、そうだナ……いや、君の堅忍は美徳でもある。自分のために我を通すことなど、ゆめゆめ思うまい。人を思いやるあまり、理不尽な仕打ちに抗うこともしない……君、いっそすぐにでも妻《さい》をもらったらどうだ。煩わしさに毒されて、たちどころに健忘が治ってしまうやもしれんぞ」

いいながら、鞄に独逸語の辞書、骨の曲がったこうもりを次々と放り込んだ。この男は底抜けの楽観主義者であるにもかかわらず、結婚の評価だけは著しく低い。

「もう……出かけるのか」

「ああ、遅れでもしたらことだからな。仙台の後も日光、広島、博多までずっとお供し、漏らさず講演を拝聴するのだ」

「それほどのものか？　摩耶子が本を持っていたので目を通してみたが、いきなり電気力学の方程式など出てくるし、まったく興味は湧かなかったよ」

品薄で、やっと手に入れた本らしいが、最初の数枚しか折り目はついていなかった。

「相対」「性」という響きから、痴情のもつれに端を発した切ない心中物語、と思い違った節もある。ばあやの川村にいたっては、博士と目を合わせたとたん、たちどころに心のうちを読まれてしまうのでは、と震え上がっている。が、そうとは知らぬ藤江は、

「ほう、君のリーベは、君よりずっと知識の欲があると見える。僕はね。悠木。博士の理論をもってすれば、それこそ君のし損ねた時間旅行も可能、と考えているのだよ」

と、夢のようなことをいって、

「……君、君はなぜ自分に目方《めかた》があるか、考えたことがあるかい？　あまねく『物』はすべて力を持っている。その内なる力が周囲に働きかけ、まわりの空間を歪めているからなのだよ。さっき君がその、棒のようにひょろ長い体でここに入ってきた瞬間、部屋は君の持つ目方、すなわち重量十六貫ぶ

んだけ、確かにひん曲がったのだ」

「まるで……テキ屋だな」

「では、聞くが、君」藤江は鼻の上に皺をよせて、

「時間と空間。この二つの概念を、いつから人は、別個に考えるようになったのだ？　原始、人が空や海とともにあった時分。人は自然すべてを神と呼び、天と呼んでいたというのに……無念にも、ある日突然、人は堕落し、感じる能力をことごとく摘みとられてしまったのだ」

悠木は少なからず食傷し、冷めて酸味を増した珈琲を飲み干した。

「おまえがいう『堕落した』人間とは、運動の法則をまとめたニュートンのことか？　流率法（微分積分）の追試を受けた人間に、ニュートンを否定する資格などないと思うが」

おお、君も案外、アイロニカルだねえ、藤江はうれしそうに手を叩いた。

「思えば、僕はあの頃から、もっと高みを見据えていたのかもしれない……日常の世界でかりそめの役割をはたしているニュートン力学が、説明できない宇宙の現象をネ……」

藤江は緩い西日をうっとり目で追う。

「すなわち光、すなわち宇宙……この、大きな矛盾。どう解消すればいいと思う、君？　悲しいかな、君たち凡人の取る道はただひとつ」

女のような指で悠木を指さし、

「慌てふためき、その場しのぎのごまかしで、つじつまを合わせるのだ」

「……おい」

「が、天才であるアインスタイン博士は、けっして小理屈など、こねはしなかった。『時間や空間を固定して矛盾が生じるならば、素直に変化させればよろしい』とお説きになったのだ……これまで長く『絶対』と信じられていた『時間』が遅れ、物の長さが縮む。これぞカントのいう『コペルニクス的転回』だ。ああ。君、君……目先の雑事に囚われてはいけないねえ。いたずらに、視野を狭めるだけだ」

おまえは少し囚われたがよい。悠木はうんざりしながら、ため息を漏らす。

すると藤江はそれまでさんざ否定していた時計を開き、

「まあいい。君と浪漫は語るまい……ゆっくりしていけ、といいたいが、僕も予定があるのだ。先々の行程を知らせるから、何か困ったことがあったら、宿宛てに手紙でもくれたまえ」

「あ、ああ……邪魔したね」

しぶしぶ、悠木は立ち上がる。相変わらず、家に戻りたくない心地は続いていたが、こうもあっさり突き放されては、重い腰を上げないわけにはいかなかった。

とりあえず脳医者の住所だけは受け取って、ケープ付きのコートをはおった折も折、図らずも来客用のノッカーがなった。

と、なぜか、藤江は大げさに頭を抱えて、

「お、おお……魂、分離、セネカ！」

妙な慌てぶりに、借金取りか、と勘ぐるが、鍵を閉め忘れていたのだろう。外からかちゃりと取っ手が回り、鮮やかな銘仙を着た女が入ってきた。

「あら、開いているわ。もし、藤江様……いらっしゃる？」

え？　まさか、ユキ？　息を呑み、悠木は呆然と女を見つめた。

髪を切り、泣きぼくろが白粉で薄くはなっているが、忘れもしないその顔。毛先を巻いた独逸髪に朱の唇。垢抜けた姿を目の当たりにして、すぐには言葉も出てこない。

「ジョージ……さん？」

シャボンではなく、甘い花の香りがした。ユキもぽかんと口を開けて悠木を見る。

つい今しがた、思い浮かべた女が、いきなり目の前に現れたのだ。

屋敷に来たばかりの頃、幼い悠木は眠ることが怖《おそ》ろしくて、毎夜、部屋の隅でうずくまっていた。泣くでも困らせるでもなく、ただ膝を抱えて座っていたのだ。そんな悠木を慰め、励まし、寝かしつけてくれたのが、さほど年も違わぬユキであった。

女中のように家事に追われつつ、幼い悠木の面倒を見てくれたユキ。成長し、心を通わせるようになった頃、突然、逃げるように嫁に行ってしまったユキ。

「これまた、間が悪いナ」藤江はまた、手のひらで額を叩いた。

なぜここに？　まさか藤江の――混乱した悠木の頭に浮かんだのは、性懲りもなく俗な悋気《りんき》だった。

それで、悠木を追い返そうとしていたのか、と知らず口の端が歪む。

「大丈夫なの？　お怪我は？」

ユキは駈《か》け寄り、つい、というふうに、悠木の腕を摑んだ。

まさか、青バスに轢かれて、云々《うんぬん》か。答えることもできず、悠木は、これまでで一番健やかそうなユキを見つめた。坂を駆けてきたのか、襟足に汗をかき、息も少し上がっている。

「いや、隠すつもりはなかったのだ……ユキさん。ご覧のとおり、噂はでたらめだったようです。君……ユキさんはご夫君を戦地で亡くされたのだ。今、姉のところで手伝いをしてもらっている」

ユキとの——どちらかといえば悠木の一方的な——一部始終を承知している藤江は、困ったようにおのおの説明を入れる。悠木は気持ちが泡立ち、ぎこちなくユキから身を引いた。ユキの白い指は、宙を摑んだまま、しばらく動かなかった。

「そうか……ああ、僕は今、帰るところだったのだ」

「あ、あの。勘ぐらないでくださいましね。藤江様は困っている私をお助けくだすったの。心配をかけるので、しばらく目白には内緒に、とお願いしたのは、私なのです」

ユキはつぶやくようにいった。

身ひとつで婚家を追い出され、悠木家に戻ることもせず、頼った先は藤江だったか。時が過ぎても、自分はずっと青二才。いまだ、なんの助けにもならない。

「では、私はこれで。荷物、お預かりしただけですから」

ユキはそういって、藤江に風呂敷包みを手渡した。

「ありがとう。明日からしばらく旅人《りょじん》ですが、心配などせぬよう伝言を願います」

「ええ。皆さま、重々ご承知ですわ。石ころ《シュタイン》を追いかけるならとことん国中、どこへなり……と。さすがに上海までは、とお笑いでしたけど」

驚くほど自然な笑顔だった。ずっと思い描いてきた泣きそうな眼、薄幸の影などもう、どこにも見当たらない。

「そうだ、悠木。君、今夜はここに泊まっていきたまえよ」

藤江がふいにいって、また白い羽根ペンを取り上げた。インクをつけ、原稿用の紙にさらさらと何か書きつけている。

しかし、さっきまで……と、いいかけた悠木に構わず、藤江はユキに金と伝言を渡し、果物を適当に見繕って、目白に届けさせるようにいい含める。藤江は、祖母治子の好きな西洋りんごを忘れぬように念を押したが、むしろ、それはユキの方が承知しているはずだった。

「かしこまりました」

ユキは紙を丁寧に折って襟元にしまうと、悠木に会釈し、姿を消した。あまりにあっけらかんとしていたので、まともな余韻すら残らなかった。

「代は払うよ」

喉を咳で払いながら、悠木はいった。

「よいのだ。どうせ親の金だ。いたずらに僕が使えば、むしろ、金回りがよくなるのが常なのだ。食うものもなく苦しむ者もいるというのに、世の中とはまったく不合理なものだよ」

相も変わらず勝手なやつだ、と、悠木は息を吐く。そしてやっと、何度もいいあぐねたことを尋ねることができた。

「ユキは……どういう暮らし向きだ。君が……面倒を見ているのか」

「非道いいいがかりだ」

陽気な藤江には珍しく、眉間に皺をよせて、

「秋口、偶然、カフェーで働く彼女に会ったのだ。馴染めず苦労しているようだったので、家の仕事を手伝わぬかと声をかけた。今、鎌倉の屋敷にいる。頭がよく、気も利くので、姉のお気に入りだ。時々こうして使いに来たりはするが、断じて、君の思っているようなものではない」

カフェーで女給を？　それでも目白には戻らなかったのか。

窮地を救ってくれた藤江には感謝すべきだ。が、やはりどこかにわだかまりが残る。

「僕は帰る。君は予定どおり、出かけてくれ」

立ち上がる悠木を制し、藤江はやっと自ら、腰を下ろした。

「乗るのは夜行だ。夜ふけてから出るから、君は勝手に泊まっていきたまえ。本郷での講演は宇宙にまで及んだよ。ここで一度、冷却が必要だろう」

冷却？　講演に？　それとも悠木に？　煙《けむ》に巻かれた気がした。

が、口には出さず、藤江がさらに数冊、鞄に本を押し込むさまをぼんやり見る。

言葉に甘え、一晩泊めてもらうことにした。屋敷や祖母のことは気になるが、やはり根が生えたように帰る気力が湧かないのだった。

単に抜け落ちただけ――空白の一週間。

時間と空間――山茶花という物質系。

悠木が体験したことは、藤江を失望させた「記憶の亡失」などではなく、まさに「空間の歪み」から生じた事象ではないだろうか。

荷造りを終えた藤江はしばらく懐中時計を何度も開け閉めしていたが、やがてあきらめたように肩をすくめ、部屋の隅におきっぱなしの箱をひっぱり出した。

「……詮ない。しばし幕間だ」

黒い息を吹きかけるなり、溜まった埃がぶわりと舞い上がる。

「なんだ、それは。ミシンか？」

はっきり形は思い出せないが、摩耶子が欲しがっていたシンガーに似ている。或いは、斜め戸棚の西洋机か。はたまた、縁日ののぞき写真か。

「マシーンといったか？　まあ違いないが、これは楽器だ。セレミンヴォクスという。極めて貴重なものなのだ」

「楽器？」貴重といいつつ、埃など被って放置してあるのがいかにも怪しい。

「音は……出るのか？」

「むろんだ。音の出ないセレミンなど、ただのハリネズミ……いや違うな」

よい喩《たと》えが見つからなかった小説家はすぐにあきらめ、そこいらに転がっている荷物用の紐でたすきをかけた。そしておもむろに、電気回路の開閉器を押す。肩を軽く揺すり、金属の棒の前で空を摑むと、緩やかに指を動かし始めた。

「……うわあ」

悠木は耳を押さえた。

まるでのこぎりを震わせたような、不快な音がびりびり響く。さすがに藤江も顔をしかめ、すぐに電源を落とし、コードを抜いた。

「見た目よりずっと、操作が大変なのだよ」

「というより、どういうのだ。その、凄まじい音は」

悠木はまだ耳鳴りがするこめかみを叩き、不気味なマシーンをのぞき込んだ。

「仏蘭西で聴いたときはすばらしかったのだ。すすり泣くようにもの悲しく温かで、魂の奥底を揺さぶられるような……きっと、湿気の多い日本の風土に合わないのだな。調律からしてだめだ」

「どういう原理なのだ、手を触れてもいないようだが」

「物理学の原理だというが、かいもく見当もつかぬ。検知器の研究から生まれたのだそうだ」

さぞ、高い金を払ったであろうに、どうにも曖昧な認識だ。

元来、藤江は怠け者で飽きっぽく、あまり多くを学ばない。幾何や解析も、尋常小学校の算術を積み重ね、まんまと解いてしまう横着さがあった。物見高いのでいろいろと首をつっこむが、とっかかりだけ聞いて、あとは勝手な解釈に終始する。それなりに主義もあるのだろうが、おおざっぱな上、他人の決めた法を認めぬ、勝手で非常識な男なのだ。

「しばし待ちたまえ。いずれこのセレミンで『荒城の月』を演奏し、君をすすり泣かせてみせるから」

「……楽しみにしているよ」

大正琴ならぬ、邦文タイプライターの方がまだよいだろう、と悠木は思った。が、学ばぬわりに、個人的鍛錬は怠らない妙な気質。ピアノを玄人はだしに弾きこなすことを思えば、セレミンとやらを我がものにするのも、そう遠い先ではないかもしれない。

「まいど、こんにちは」

しばらくすると、今度は青果店の小僧がやってきた。頰のキメが細かくすべやかで、洋服姿の見栄えもよい小ぎれいな少年だ。

小僧は手慣れたふうに注文書きを渡しながら、台湾バナナがないので干し柿に変え、お代はいつもどおり藤江の家につけた、と家主に告げる。

「急で悪かったね。ヒカルくん。医院に何か変わったふうはないかい」

藤江が尋ねると、まだ若いヒカルはぱっと目を輝かせた。

「いつもどおりでしたけど……何かあったんですか」

「あ、ああ」藤江はちらと悠木を見て、

「いや。ただちょっとしたことでね。果物はだれが受け取ったのかね」

「ぽやんとしたおばあさんです。慌てて出てきて、はあはあいってました。くれぐれもよろしく、藤江さんにしっかりお礼を申し上げてくださいな、って」

ヒカルは女の子のような声でいう。祖母だな、と悠木は思った。この時間なら、川村はおつかいに出ていたのだろう。

「客人は？」

「気付きませんでした。静かでしたよ。あ、それと、隣家の木花《ブラッサム》は、白が満開でした。赤い花は散っちゃって、せいぜい隅に花びらが落ちてるくらい。それもかなり掃き集めてありました」

まるで諜報だと、悠木は思った。それでぎりぎりまで出発せず、報告を待っていたのか。ヒカルを外で待たせ、今度こそ藤江は鞄を閉じた。二人がかりでも運びきれぬほど、山のような荷物である。聞けばヒカルは青果店の跡取り息子らしい。確かに、服装も伸ばした髪も店棚の小僧らしくなく、たいそう洒落ている。

「中学生なのか」

「ああ、僕のファンだというから、懇意にしている。摩耶子くんの弟と同じ級らしいが、お互い、探偵小説好きというのに、あまり、仲がよろしくないのだよ」

難しい年頃なのだね。いい年をしてくったくのない藤江は、肩をすくめてそういった。


藤江も出かけ、だれもいなくなると、沈黙がまた不安を連れてくる。

悠木はマントルピースに飾られた、だるまのようなグラスや、入れ子のロシアこけし、アラビア模様の珈琲茶碗、西洋の酒などをゆっくり眺めた。掃除はそこそこ行き届いているのに、例のひどい音のマシーンだけ埃だらけなのは、ばあさんが触るのをためらうからだろう。

見れば、書棚にアインスタインの文字はない。電気学の著が二冊、様々な外国語の辞書、そして悠木はずらりと並ぶ「新青年」に目を留めた。

藤江の影響で馴染んできた探偵小説だが、最近は読む暇もあまりなかった。本を開くと、紙の匂いがついぞ嗅いだこともないほど心地よかったので、悠木はランプを引き寄せ、寝心地のよさそうな寝台に重い体を投げ出した。

まず、興味を引いたのは、田舎神父が名探偵をさしおいて謎を解く話。

さらに、施錠された部屋で起こった、密室の人殺し。

後者は知らぬ作家だが、翻訳者は藤江である。

日本人が書いたものも若干。昨年の募集で入選したという新人、横溝某なども、意外な真相がことのほかおもしろかった。

夜もふける頃には、記憶が飛んだことまで、絵空ごとに思えてくる。

——いずれ、元どおりになるだろう。

悠木は次第に穏やかな心地になっていった。

十二月三日（日）

翌朝。まかないのばあさんが来て、やっと悠木は目を覚ました。

遅くまで探偵小説を読んでいたにもかかわらず、じゅうぶん眠った朝のように心地よい。

ばあさんは手慣れた様子でパンと卵の朝飯を作り、掃除の邪魔とばかりに無言で悠木に圧をかける。

さすがにこれ以上、居座ることはできぬなと、食後の茶もそこそこに悠木は重い腰を上げ、マントと帽子を身につけた。

外に出ると、また、新たな雪がちらついていた。路面電車を降り、白い息を吐きながら、小さな歩幅で凍った道を歩く。

橋の上に鎮座するハイカラな駅舎の目白駅。普段なら、前髪を膨らませた袴姿の女子大学生で溢れる道も、今日は日曜らしく寂々としている。法外な話だが、国有になった省線は、じき、東京駅を囲んで、ぐるりと電車を循環させるのだという。自宅が仕事場で、普段、出かけることもない悠木は、人ばかり溢れそうで、さほどありがたい計画とも思えなかった。

かつんと、弾くような足音がして振り返る。そこにはキツネ毛の襟巻きを巻いた摩耶子が、数本の水仙を抱えて立っていた。

切れ長の目を不満げに怒らせている。初めて会った頃は、三つ編みが可憐で、いかにもエビ茶式部らしい気質だったのに、女子大学に進んでから、何かにつけ、突っかかってくるようになった。

「声をかければよいのに」

そういうと、摩耶子は洋服と同色の帽子の下から、悠木を睨みつけた。

「そんなふうにぼんやり歩いてたら、溝にはまっておしまいになってよ」

そこだけ昔風の束髪を揺らし、顔をつんと上げてまた、憎まれ口を叩く。声やしぐさが子どもっぽいので、どうしても粗雑な印象が否めない。

主義主張も日ごとに変わり、良妻賢母を掲げたと思えば、翌日は電話交換手になる、はては尼寺に行くなどといい出す始末。小説を書くと豪語した時期もあったが、「寮生が雑誌に小説を発表して、退学になったのですって。困ってしまったわ」と、いったきり、すぐにその手の話もしなくなった。弟が、勝手に三越の三十分写真を美人コンクールに送ったときも、女性を鑑賞用とみなす風潮が許せないと激怒したが、その実、あと一歩で落とされたことに腹を立てたものらしい。

「うちに来るのかい」

尋ねたとたん、摩耶子は細い眉をつり上げた。出かける約束だったか。悠木はまたしてもしくじったことに気付く。

「悪い。忙しくて忘れていた……藤江に引き留められ、今、帰りなのだ」

急遽、藤江になすり付け、尖った編み上げ靴から距離を置く。摩耶子は、藤江が「少女画報」によせる、女学生小説の読者なのであった。

「藤江様、ご活躍ね。最近は翻訳が多くてちょっと寂しいわ。新作、書いておいでなのかしら」

案の定、少しだけ表情が緩んだ。が、あのていたらくでは、とうてい筆など進んではいまい。万が一、新しい小説を書いたとしても、せいぜい空想の度がすぎる科学小説だ。

「そういえば、八百畠《やおはた》の小僧は君の弟と同じ級で、藤江の読者なんだってね」

「八百畠？　果物の？　知らなくてよ。配達の御用聞きはずっと年かさでしょう？」

すぐ上の姉が知らないということは、やはり、そうとう仲が悪いのだろうか。

「長着の丈……どうでした？　短すぎなかった？」摩耶子がふいに尋ねる。

「え、あ、ああ」

そういえば、裁縫の授業で着物を仕立てるとかで、川村に手伝わせていたことを思い出す。

紺色のウールは男物だったし、ここ数日で手渡されたに違いなかった。記憶が戻らない限り、こういう細々した不都合が出てくるのだな、と、また憂鬱になる。

「ごめん……忙しくてまだ」

「忙しい、忙しいって」

摩耶子はふてくされたが、わりとすぐに機嫌を直した。

「そうだ、昨日、何かあって？　このあたりでお見かけしてよ」

「……いつ頃？」

目が近いくせに眼鏡を嫌うので、見違えたのかもしれないが、ときがときだけに尋ねずにはいられない。

「お昼前だったわ。まだお仕事中でしょう？　他人のそら似かしらと思って声はかけなかったけど、間違いないわネ。その、市場《いちば》であさったような安物のとんびとお帽子だったし。とっても急いで、お屋敷に向かってらしたわ」

思わず背筋が伸びた。うかつにも、いわれて初めて気付いたのだが、馴染んでいたケープ付きのインバネスと帽子は、この数日の間に、自分で新調したものだ。普段から服装に執着はなく、揃えられるまま身につけてはいるが、三越しか行かない祖母が、こんな薄っぺらいコートを選ぶはずもないのだ。

どういうことだ。

胃の腑に、また、鉛のような重みがのしかかった。しかし、藤江のいったとおり、これ以上摩耶子から情報を引き出すのはなんとも危うい。

しばし沈黙が続き、角を曲がると、二階建ての洋館、悠木歯科医院と母屋の鉄塔が見えた。

父の時代はよほどモダンだったのだろうが、重厚だった看板も、瓜のような丸い外灯も、今は黒ずんでそうとう汚れている。

白地の壁は下方をレンガで固められ、丸いバルコニーは中から閉じたまま。母屋の方はことさら凄まじく、ただの不気味で陰気な建物だ。塀に沿って勝手口を過ぎると、じき、矢尻を束ねたような西洋門が現れる。

「……変だな」

悠木は首をひねった。真鍮の門には、中からかんぬきが下りていた。

自宅と隣家、双方から木々が繁って光も届かぬ門ではあるが、かんぬきは片手ですぐに開くし、休診日も閉めることなどめったにないのだ。

お留守かしら、摩耶子が細い眉をひそめた。悠木はさらに、玄関まで施錠されていることに気付いて目を見張る。

「ただいま……」

声をかけながら裏庭に回ると、やっと驚いたように川村が現れた。

祖母と同じくらいの年と背丈だが、どんと太め。目方も倍はありそうな、豪快な老女である。綿入れを着ても寒そうにして、

「まあ、ぼっちゃま、急にお出かけになっては困りますヨ。八百畠さんが来るまで、奥様がどれほど心配なすったか」

「すみません……謝ってきます」

「お留守ですヨ、お花の発表会……それより今日、摩耶子さんと銀座におでかけでは？」

「ああ。それ、取りやめになりました。お茶をいただいたら帰りますわ」

「ありゃま……」

川村は同情するように摩耶子を見やり、

「でしたら、お昼でも召し上がってくださいまし。先週はぼっちゃまが忙しくて、話をするまもなかったデショ」

忙しい？　何をしていたのだろう。悠木は他人ごとのように考える。青果店八百畠の小僧がいったとおり、庭に落ちた花びらは掃き清められ、ほとんど残っていなかった。

「どうして……鍵などかかっていたのだい」

「そりゃ、ぼっちゃまが、不用心だからちゃんとかけるようにと」

川村はそういいかけ、ちらと摩耶子を見て口をつぐんだ。

家の管理は川村にまかせっきり。とても自分がいったとは思えない言葉だ。摩耶子も首を傾げたが、こちらはすぐに気を取り直して、

「あ、そうだ。川村さん。今年はお餅つき、期待できそうよ。ジョージさん、早川さんたちとの旅行、お断りになったのですって」

「え……」川村と悠木は同時に声を上げた。

毎年、二十八日あたりから三十日まで、師走の煩雑さから逃れるべく、歯学校時代の友人、早川の実家を訪ねることにしていた。冬場、閑古鳥が鳴いていた雪深い温泉地も、英国人のスキー教室など始まって、次第に活気が出始めている。そろそろ、誘いの電話がかかる頃合いだと思っていたのに、なぜ断ってしまったのか。どうにも、わからないことだらけだった。

「まあ、まあ、それは」

毎年「年の瀬によそ様にご迷惑……」などと、祖母治子と二人がかりで小言をいう川村も、断ったと知るや、やはり首を傾げている。悠木は曖昧にうなずきながら、一刻も早く部屋や診療室をさらい、手帖やノオト、診察簿など、思いつくすべてを読んで、ことのあらましを確かめたかった。

三人は無言で、裏口から玄関へ向かって庭を進む。裏口の戸はそこだけが江戸ふうの作りになっていて、立て付けも悪い。

「何か……変な匂いしなくて？」

と、ふいに摩耶子が、丈の低い絞り咲きの花を見下ろしながら口を結んだ。

「どんな？」

いわれて悠木もあたりを見回す。

高い木が多いので、庭はいつも湿った土の匂いがする。加えて、嗅ぎ慣れた医院のクレゾール臭。しかし、今日はそれ以上に強く、髪の毛でも焦がしたような独特の匂いが漂っている。

「あっ……あれは？」

摩耶子が、何かを見つけて声を上げた。

腕に抱えた水仙が、包装紙の中で小刻みに乾いた音を立てる。凍り付いた目は一点を見つめ、歯の根を震わせるばかりで声も出ない。

「どうなさった……あっ」川村も足を止めた。

悠木は二人の視線を追って、恐る恐る瓢簞形の池から地面へと目を移す。

昨日の午後、悠木が立っていた——白日夢を見た——まさにそのあたり。

ゴミや落ち葉を焼く西洋風の炉があり、細い煙突から微かに白い煙が上っている。そして、炉の投入口からはみ出しているのは。

なん……だろう、あれは。

耳の奥で銅鑼《どら》を鳴らすような警告音が響いた。悠木は一度、頭上に咲く純白の山茶花を見上げ、それからゆっくり、塀へ、そして、その何かへと目線を下ろしてゆく。

生皮を剥いだように見えるのは、樹木の枝？　藍色の布を被せられた赤黒い枝。

いや、違う。水中にいるようにまわりがぶわりと動く。もしや、折れ曲がった樹木に見えるそれは——。

人の、腕か。

焼却炉に押し込まれた先は見えないが——あれは藍の着物を着た——人間じゃあないのか。

胸より下の部分は斜めに傾ぎ、こちらもまた、木の陰に隠れてはっきりとは見えない。

「大変……早く、助けてさし上げなければ」

茫然自失のていで、摩耶子がつぶやく。

「いや……手遅れだ。駐在所へ知らせよう」

悠木は、目の前の虫を追い払うように両手を振った。

「そんな、まだ……間に合うかもしれないでしょう？」

野良犬にでも出くわしたふうに、摩耶子は目をそらしつつそろそろと足を進め、止めるまもなく、それの両足を握りしめた。そして初めて、自分が何をしでかしたか気付いて飛び上がった。

「……冷たい」

「触るな。もう固まっている……死んでからずいぶん経ってるんだ」

思ったより力が入っていたのだろう。それは傾き、濡れた松葉でぬめる地面を、ずるりと一尺、滑り落ちた。

「わっ……」

固まっていた腕が、木の根にひっかかり、横に伸びる。が、その間にあるはずの顔が。

——ない。

いや、ある。あった。

が、次の瞬間、顔の部分が巨大な筆のように逆立ち、炭になった頭部がバラバラと崩れ落ちた。

「ひゃあ?」

摩耶子は感情のない小さな悲鳴を上げた。

見たところ、焼け落ちた頭以外、出血も損傷もない。が、それはもう、とても人の体には見えなかった。

川村は石灯籠に摑まって体を支えながら、低い声でいう。

「ぼっちゃま、あの、長着は……」

その奇怪な体が身につけている濃紺の長着を見て、摩耶子も体を硬直させる。

「まさか、あ、あれは……わ、私が仕立てた……ウールの」

――ザ、アイン、クナプアイン、レースラインシュテエエーン。

頭の中で、「野ばら」のテノールが盛大に鳴り響き、悠木はなんの根拠もなく確信した。

昨夜からずっと、心に抱いていた未知の不安、そして恐怖の源。それは、ほかでもないこの死体にあったのだ、と。

第二章

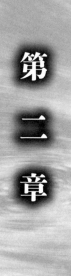

待ち合わせ時間や徒競走。時間と距離が人によって違うと成立しない。
だから、人はそれらを同じと定め、共有している。
しかし、どんなときもけっして揺るがぬものがあったらどうだろう。
——光の速度 c。
速度とは、距離を時間で割ったもの。
光の速度が常に一定ならば、距離や時間の方が変わるほかしようがないのだ。
動く人の時間は遅れ、距離は短くなる。
不思議だろう？　ヒカルくん。
これぞ宇宙の真理なのだ。

川村にすがりついて歩き出した摩耶子は、何を思ったのか急に立ち止まり、そのままぴくとも動かなくなった。そして、膝を折るような妙な動きで、おもむろに炉を振り返る。

どうやら、持っていた花束を死体に手向けようとしているらしい。

呆然と見守る悠木の前で、固まって開かない指を自ら一本一本左手で広げ、魔法でもかけるように両手で炉の下方に放り投げる。

花、水仙は首――が、あったらしい――場所に落ちて、はらりと扇子のように広がった。

なんということをするんだ、悠木はうめいた。

「こういうものは……巡査が来るまで、そのままにしておかなければならないのだぞ」

それは昨夜、小説で読んだばかりの台詞だった。密室をこじ開け、現場を触ったり物を動かしたりした家主が、探偵に嫌みをいわれる場面だ。

目の前の死体にはまるで現実味がなく、小説のそれと同じに思える。さらに、摩耶子が投げた花のせいで、死体は大きな花瓶にも見えた。

悠木の声も聞こえないらしく、摩耶子は依然、目を凝らして地面を睨みつけていた。両手指を胸の前で力一杯広げたまま、視線も動かせないようだ。

「ま、摩耶子……大丈夫か？」

そういって肩を掴むと、やっと涙を浮かべ、口をへの字に曲げた。

「あ、あ。ごめんなさい」

「とにかく……家に入ろう」

家の中は、いつもとなんら変わりはなかった。

食堂に入るなり、悠木は壁に寄りかかり、力一杯、電話のハンドルを回した。駐在所につないでもらうが、ことがことだけに要領を得ず、お互い、どなり合うばかりでまったくらちがあかない。

とりあえず住所だけは知らせて受話器を置き、長椅子に倒れ込んだところに、川村が熱い紅茶を運んできた。

二杯目を飲み終えても、巡査は来なかった。

思いあまった川村が「やっぱり知らせに行ってきますヨ」とポンチョを取り上げたとき、ようやく、制服の巡査が二人、息せき切って駆け込んできた。

巡査は二人とも、立派なひげを蓄え、腰から長いサーベルをぶら下げている。が、交番の前に立っているときとは違い、威張って、おい、こら、と叫ぶ余裕はない。むしろ、体を不自然に傾け、かちかちにしゃちほこばっていた。

「どこ……だ、その、焼けた死びととやらは」

低木の向こうに炉の煙突が見えたが、すでに火は消えたらしく煙は上っていない。木々にさえぎられ、母屋からは裏庭の様子を窺い知ることはできなかった。案内して庭に出た川村も、わからないですヨ、知らないですヨ、と、ダミ声を上げるばかりだが、悠木はもうこれ以上、死体に近づく気にはなれなかった。

摩耶子は膝掛けで体を包みこみ、すすり泣くように三杯目の紅茶を飲んでいる。

「大丈夫か？」

悠木はまた同じことを聞いた。大丈夫なはずもないが、ほかに何をいえばよいのかわからない。悠木自身、まだ、胸が騒ぎ、数分ごとにこめかみに激痛が走った。

白日夢で見た瀕死の男。

近い場所に今、頭のない死体がある。とても、偶然の一致とは思えない。

——あれは、夢ではなかったのか。

いや。そんなことより、死体はいったいだれなのだ？

着ていた長着は、本当に摩耶子が仕立てたものなのか。

夢の男は何を着ていただろう。

思い出せなかった。ただ、ぱっくりと割れて血に染まった後頭部の記憶だけが、脳裏にこびりついて、どうにも離れない。

そうだ、手帖を調べなくては。

唐突に悠木は思い立った。少しでも記録が残っていれば、それをきっかけに何か、思い出すことがあるかもしれない。

目立たぬよう、悠木はそっと立ち上がり、自室へ向かう。

洋館らしく階段は緩い螺旋状に設《しつら》えてあり、二階に上がると、すぐそこが悠木の部屋だった。向かいは物置として使われ、はしごで屋根裏に上れるようになっている。

部屋に入って悠木はすぐ、異変に気がついた。

——どういうことだ、これは。

どてらやネルのシャツ、ズボン、衣類やはさみ、酒瓶、栓抜き、爪切りなどが、床のあちこちに散らばっている。机も、インク壺が見えないくらい、本や帳面が散乱していた。

摩耶子が置いていった武者小路某の小説本、聖書、古い教科書や学校のノオト。普段なら書棚の隅に納め、二度と開かないであろうものが雑然と積んである。

こもった空気にも辟易した。あれほどきれい好きな川村が、掃除どころか風すら一度も入れていないらしい。

引き出しを開けると、単衣や長襦袢、ズボンなどが丸めほうだいに、押し込まれていた。タンスの中もめちゃくちゃで、長着がある場所すら見当がつかない。受け取った記憶はないが、丈を聞いてよこしたのだから、悠木用に仕立てたことには違いないのだ。

さんざん、引き出しをかき回したあと、悠木はやっと机の裏側に落ちている手帖を見つけた。急いで開くと、傘の修理代、電車賃、本代、細々とした覚え書きがちょうど一週間前にぴたりとやんでおり、そこからは何ひとつ書かれていない。

——これを書いたことまでは覚えている。記憶も記録も同じところで消えている。

がっかりした。と、そのとき、遠慮がちに戸を叩く音がして、川村が顔をのぞかせた。いつも乱暴なほど気丈な川村も、さすがに表情が硬い。

「警部とかいう、偉い人が来ましたヨ、ぼっちゃまに話を聞きたいそうです」

「すぐに行くよ。摩耶子は？」

「居間で……まだぼんやりとしておいでです」

かわいそうだとは思うが、今の悠木にはどうしてやることもできない。長着のことも、下手な言い訳をすれば、ますます墓穴を掘りそうだった。

階段を降りると、安楽椅子の摩耶子がほっとしたように立ち上がり、膝掛けを持ったまま隣の部屋へと消える。どうやら席をはずすよう、「偉い人」とやらにいわれたらしかった。

椅子の横には、目つきの悪い刑事が、若い巡査を連れて立っている。警部はコートを着こんだ上に、扇子とパナマ帽というちぐはぐないでたちで、駐在所の巡査の方がよほど貫禄があった。アインスタインのようなちょびひげも、にわかに生やしたのかあまり似合っていない。

二人は振り返ると、待ちかねたように歩み寄ってきた。

「私は館野《たての》、こっちは牧村《まきむら》といいます。二、三聞いてもよいですかな」

二人とも目つきのわりに腰が低く、先の巡査よりもさらに丁重な物言いだった。そういえば、巡査がまだ邏卒《らそつ》と呼ばれていた頃、その横柄さが問題になり、お上から指導があったと聞いたことがある。

悠木はうなずき、長椅子を勧めた。館野はコートを着たまま、身を乗り出すように悠木を見る。

「発見者はあなた、悠木ジョージさんと、小寺《こでら》摩耶子さん、川村街枝《まちえ》さんですね」

巡査の牧村が手帖を見ながら確認する。こちらはおよそ新米らしいのに、老人かと思うほどゆったりした口調だった。

そうです、と、認めただけで、悠木は口をつぐむ。

「あなたは……表にある『悠木歯科医院』の院長ですか」

「院長は本間伸二さんです。うちは父の機材や建物を貸していて、来年四月に返してもらうことになっています。僕は今、本間さんに雇われています」

「そうですか……現場を発見した折のことを話してもらえますか」

「川村から、お聞きになったのじゃあないですか」

「ええ、そうですが。念のために」

館野の目にちらと光が浮かんだ。こめかみの鋭い痛みが、また、悠木を苛立《いらだ》たせる。

「僕は何も知りません。昨日から出かけていたのです。朝、友人宅を出て、帰ろうとしたら、駅近くで摩耶子に会ったので、連れだって家まで歩いただけです。庭で川村と立ち話をしていると、摩耶子があれに気付いて……それですぐ、電話で警察に連絡したのです」

「死体の様子はどうでしたか？」

「おおむね、あのとおりですが……」思い出すだけで胸が悪くなる。

「最初は焼却炉に頭をつっこんだ状態で横たわっていて、その……少し力が加わったせいで斜面を滑り落ちたのです。その後、摩耶子が動転して、持っていた花を投げてしまって」

まったく、あのとおりではない。ああ、と館野警部は迷惑そうにうなずいた。

「身元にお心当たりは？」

「ありませんよ」悠木は吐き捨てるようにいった。

あれは自分だ、という馬鹿げた妄想が、また脳裏に浮かびあがる。

首から上が焼け落ち、悠木の――ものらしき――長着を着た男。不穏な夢とぽっかり消えた記憶。

嫌なことばかり次々と思い浮かんで、頭痛がまたひどくなった。

「いったいだれなんです？」つい、尖った口調で尋ね返した悠木に、まだわかりませんが、と警部は顔をしかめて、

「二十代から五十代の男性です。背丈は五尺七寸（約百七十三センチ）程度、やせ形。あなたは西洋人から医学を学んだ歯医者さんだそうですから、血にＡ、Ｂ、Ｃの型があることはご存じでしょう。今、それを調べているところです」

そんなことまでやるのか。悠木は目を剝いた。背丈は自分と同じくらい。泳いだ目が警部の視線とぶつかり、何かいわねば、と悠木は焦る。

「そういう体型の人は多いでしょう、僕の知り合いにも大勢います」

いや、そう多くはないと、悠木は思った。藤江などせいぜい、五尺三寸（約百六十センチ）。皆、たいていもっと低いのだ。悠木のまわりで五尺五寸を超えるのは、悠木――と本間――くらいだった。

「本間さんご夫妻にも話を伺いたいのですが、今、留守のようですね」

牧村巡査が鉛筆を舐め、手帖をあちこちめくりながらそう尋ねる。ちょうど今、思い浮かべた本間の名前が出たことが、どこか不気味で薄ら寒かった。

「日曜は休みですから」

「被害者が着ていた着物は、小寺さんが悠木さんのために仕立てた、という話ですが、それについてはどうです？」

川村がしゃべったのか。一瞬、悠木は小腹を立てたが、どうせわかることなら、あらかじめ知られていた方が面倒がないかもしれない、と思い直した。

「はあ、もらったばかりではっきり覚えていませんが……よく似ていました。見当たらないので、捜しておったのです……干していたのが飛ばされたか、だれかが持っていったのか。或いは、あれは別のもので、私の長着はまだ、引き出しのどこかにあるかもしれません」

「現在、手元にない、ということですね」

牧村巡査が手帖に書き込みながらつぶやく。

「まあ、そうですが……あの死、人は……いつ頃、どうやって死んだのですか」

夢の男は殴られたか斬られたか、後頭部が柘榴のように割れていた——悠木は恐る恐る尋ねた。

「それも確かめている最中です。頭部を調べることができないので……まだ、なんともいえません。着物は、あとで小寺さん自身に確認していただこうと思っています」

「確認なら、ばあやの川村でも可能だと思います……縫うのを手伝ったので」

どういう状態で見せるのか見当もつかないが、気が強いようで芯がもろい摩耶子には酷《こく》すぎる。

「なるほど」

館野警部がうなずく横で、牧村巡査がふいに尋ねた。

「昨日は、ご友人の家に泊まったんですね？」

「そうですが」いきなりだったので、悠木は慌てた。

「午前の診療が終わった後、友人の家に行き、ずっとそこにいました」

「家を出るとき、庭は通りましたか？」

「はい。庭を通って裏口から出ました。ただ、ご覧のとおり焼却炉は少し奥まっていますから……なんにも気がつきませんでした」

いや、あんなものが転がっていて、気付かぬはずはない。

さっきから自分は、嘘ばかり吐いていると、悠木は思った。相手は海千山千の刑事たちだから、どこまで見透かされているかはわからない。思えば、山茶花を見てから、藤江の家につくまでの記憶も妙に曖昧だ。思い出そうとするたび、ずん、と胃の腑におもりがのしかかって、腰のあたりからくずれそうになる。

「ずいぶん、急いでいたのですね」

若い牧村巡査が、帳面を閉じながらつぶやいた。

深く考えた口調でもなかったが、悠木はつい、「どういう意味ですか」と気色ばむ。なぜか今日は、むやみに腹も立った。

「あ、すいません。変な意味ではなく……」

牧村巡査が助けを求めるように警部を見たので、警部は目をしばしばさせながら、

「いやはや……今回、死体が現れたことで、一番、被害を受けたのはお宅でしょうからな。医院の方も、二、三日は休んでもらうことになるかもしれません」

「それは……」

しかたないが、できれば痛みが強い患者だけでも——といいかけたとき、いきなり玄関から歌うような声が響き渡った。

「まあ。残念……もう、片付けたのね？」

深みのある高音で、すぐ、祖母治子が帰ってきたのだとわかる。開口一番それか——と、悠木はまた、こめかみを揉んだ。状況は何も変わらないのに、治子の登場で、急に家じゅうがうららかになった。

朱色のショールをはずすと、絞りが入った羽織に向けて、裾模様の蝶が舞い上がる。牧村巡査が自分と祖母とを見比べているのに気付き、悠木は慌てて口を開いた。

「どちらへお出かけだったのですか」

「ぐっ……いったでしょ。お花の展示だって」

さすがの祖母も慌てたふうに、ひとしきり咳き込んで、

「お友達がご自宅で開いておいでだったの。ぐっぐっ、え、ええ、大丈夫よ。なんでもないわ」

咳が治まると、改めて、責任者と判じた館野警部に視線を定めて、

「警察の方？　まあ、お勤めごくろうさまですわ。私、ジョージの祖母の悠木治子でございます。こんな大変なときに家を空けておりまして。たいそう失礼いたしましたわ」

「なんの、こちらこそ、お留守に申しわけありません」館野もつられて深々と頭を下げる。

「いえいえ。首なし死体でございましょう？　まるで探偵小説ですわね」

「首なし、ではありません。頭部が焼け崩れていただけです」

館野はむしろ気味の悪いいい方をし、微《かす》かに身がまえた。

治子は上品な白檀《びゃくだん》の薫りを振りまきながら、ひらひら手を振って、

「私、有名な探偵小説家さんを存じ上げておりますし、多少、舶来小説もたしなみますのよ……よご

ざんすか？　首なし殺人と申しますのは一見、猟奇的ですけれど、真なる動機は単純ですの。顔を消すことで死体の身元を隠し、捜査を攪乱《かくらん》するのですわ」

「治子さん……本職の方に向かって、そういうことは」

有名な探偵小説家とは、藤江のことか。つい、いつものように祖母を名前で呼んだ悠木は、館野の不審をかってしまうのでは、と、少し慌てた。「お祖母さまなんて、ずいぶん年を取った気がするのよ」と、決めつけ、名前で呼ぶよう、本人からいい渡されているのである。

「いや、貴重なご教示、痛みいります」

館野は苦々しい表情を隠そうともせず、

「実はそのことで、奥様にも二、三伺いたいのですがね。昨日の午後あたりから、何か庭に変わった様子はありませんでしたか」

「現場不在証明ですわね」

いや、そういうわけでは、と手を振る館野を軽くいなして、

「昨日は、昼からお芝居に出かけて、帰ったのは夜でしたし、今朝ももう午前中にはお花の展示に出かけました。お友達に聞いて頂ければ、たぶん証明できますわ」

「で……庭の方は？」

「庭？　裏庭なんて見る余裕なぞありませんでしたわ。あそこは北側で冬は寒いし、夏は蚊が出ますし、なるべく近づきたくありませんの。何しろ師走でしょう？　おつき合いが多くて、いつにもまして忙しいのですわ」

尋ねられたのは庭の様子であって、祖母自身のアリバイではない。それに普通の老女なら、年末はつき合いより、年越し準備で忙しいのだ。

庭で右往左往している巡査たちを窓から見やり、治子はさらにいい含めた。

「あらあら、あんまり踏み荒らさないでくださいましね。庭師ももう、年明けまで来ませんの」

「はあ、失礼しました」

やんわりいわれると、強面《こわもて》の刑事でさえこのありさまだ。

「本間さんご夫婦が不在なのですが、行き先をご存じでは？」

若い牧村巡査は、おもしろがってでもいるように尋ねた。

「私が？」治子はとんでもない、と手を振る。

「お休みですもの。お二人、連れだってお出かけではないかしら。よいことですわ。いつも申し上げるんですの。お子がいらっしゃらないのだから、どこよりも仲良くなさらないと、って」

館野はうなずき、もうこれ以上は場を乱されるだけ、とわかって逃げ腰になった。

「また、お話を聞かせていただくことがあるやもしれませんが」

「ええ。いつでもどうぞ。それまでにもっと、舶来捜査の知識を仕入れておきましてよ」

「恐れ入ります……では」

「あ、午後から用があるのですが、出かけて構いませんか」

早々に立ち去ろうとする館野に、悠木は慌てて声をかけた。

「摩耶子ちゃんと？」脱いだ羽織を畳みながら、治子がすかさず聞き咎める。

「いや、私用です。夕餉までには戻ります」

脳医者に行く、などとは、口が裂けてもいえない。館野は鷹揚《おうよう》にうなずくと、今度こそ、巡査を伴って慌ただしい足取りで帰っていった。

悠木は柱時計を見る。一時過ぎ。藤江が打った電報は、先方に届いているだろう。昼は食べ損ねたが、食欲などあるはずもなく、川村にあてがわれたにぎりめしもほとんど喉を通らなかった。

「ジョジさん、ちょっと。首なし死体ってどんなだったの？　やっぱり探偵小説みたいだった？」

相変わらず、不謹慎この上ない発言。首なしでなく、焼けていたんです、と、悠木は再度、訂正し、外套を持って立ち上がった。

治子は長く整えた眉を上げて、

「まあ、本当に摩耶子ちゃんを放って出かけるつもり？　恋人に対して、あんまりではなくて？」

恋人ではない、といおうとして口をつぐむ。隣で休んでいた摩耶子がちょうど引き戸を開けて顔をのぞかせたからである。

「治子さん、おかえりなさいませ」

摩耶子は市松模様の膝掛けを握りしめながら、寝起きのような鼻声でいった。

「まだ顔が青いですよ。お茶でも入れましょ」

案じながら、川村が手を伸ばして膝掛けを受け取る。

悠木はふとユキのことを思い出した。カフェーで働いていたことを知ると、治子はさぞ嘆くことだろう。どうして頼ってくれなかった、とユキを責めるに違いない。お互い、気遣う心持ちが強いあまり、過去にも時々行き違い、諍《いさか》うことがあったのだ。

呼び止められる前に、悠木は急いで母屋を出た。門の前に立っていた牧村巡査が、会釈しながら懐中時計を確かめる。

見張られているのか。悠木はまた、嫌な気分になった。


師範学校や養育院にほど近く、水路と市電が行き交うこの界隈は、近代的な街路でありながら、いまだ、江戸の大火で残った町人屋敷が広がっている。

歳の市まで間があるせいか、人通りは少ない。教えられた脳医者の住まいは、古いながらもこざっぱりしたごく普通の文化住宅で、門柱に、看板をはずした四角い跡があった。

玄関横には、どくだみの根が下水のフタを覆うように広がり、つんと刺激臭のある消毒液がまいてある。クレゾールとは違う、嗅いだことのない臭いだった。

表札には「熊巳《くまみ》」とあった。入ろうとした矢先、中から引き戸が斜めに傾ぐ。戸は悠木の目の前で何度もひっかかって開き、やがて今にも倒れそうな中年女が出てきた。擦りきれたセルのアンサンブルを着た女は、戸を開けただけで疲れ果てたように悠木を見上げ、そのままふらふら揺れながら暗い三叉路へと消えた。

玄関を入ると、三畳ほどの暗い待合室があった。火鉢の火は小さく寒かったが、香ばしい番茶の匂いがし、へこんだやかんが五徳の上で湯気を立てていた。

突き当たりには、遣り戸と西洋風のドアが不格好に並んでいる。よく見ると、暗い受付の奥に小柄な割烹着の女がいて、瓶底眼鏡の向こうから値踏みでもするように悠木を睨んでいた。

「いかなご用でしょう」

「こちら……熊巳さんですか。電報で、僕は……」

悠木は靴を脱ぎ捨てて畳に上がり、受付をのぞいた。中には古い薬タンスと、診察簿を入れる棚がある。しかし棚はほとんど空で、底にほんの数組の帳面が入っているだけだった。

「どうぞ」皆まで聞かず、中から遣り戸が開いた。

黒布で窓を囲み、故意に閉め切った暗室。赤く塗った電球が天井で揺れている。

動物臭い香を嗅ぎながら足を踏み入れると、まず目に入ったのは立派な神棚で、白いのぼりに墨で大きな三角形が描かれている。

神棚に仏？　悠木は驚いて、見たこともない木彫りの仏像を見た。目尻を垂れて笑みを浮かべているのは、牙を振り立てる象。印度か蒙古のものらしく、三鈷《さんこ》の杵《しょ》、五鈷《ごこ》の鈴《れい》、桃、剣をそれぞれ六本の手に携えて踊っている。

——家を間違えたか。

悠木は慌てた。医院とは思えない。どう見ても拝み屋だ。

巨大な壺から白煙が漂っている。ぱん、と弾ける音がして、痛いほどの閃光が悠木の瞳を射ぬいた。強い立ちくらみを感じ、いくら瞬いても、目の裏の赤い梵字が焼き付いたように離れない。

ガナハチイ・ビナヤカ・ガナハチイ・ビナヤカ・ガナハチイ・ビナヤカ
低い声で唱えながら現れたのは、巫女のような姿の少女だった。

煌びやかな朱の布を額に巻き、緑がかった黒髪を尼削ぎのように垂らしている。肌は白く派手な顔立ちで、あたかも少女歌劇でもみたようだ。

「ここは……」医院ではないのですか。

しゃんしゃんと鳴る鈴の束が、悠木の言葉をかき消した。

呆然とする悠木に顔を近づけて、女はかっ、と目を見開く。そして、指を巻き込むように結んだ拳の節で、悠木の額を力一杯、強打した。

「いたっ、何をするっ」

悠木は両手で頭を庇《かば》いながら、必死に後ずさる。

ガナハチイ・ビナヤカ・ガナハチイ・ビナヤカ・ガナハチイ・ビナヤカ
女はまた呪文を唱えながら、怪しげな壺に実を投げ入れた。それは火焔の形をした古い時代の土器で、所々ヒビが入っている。

ぽん、と大きな火の粉が上がる。また香の匂いが強くなった。

香に何か入っていたのか、悠木はその大仰な所作に圧倒されつつ、ぼんやり宙に目を泳がせた。

女は白魚のような冷たい指で悠木の手を取る。すべやかな手触りに翻弄され、なされるがまま腕を預けていると、神棚からふいに白蛇が現れた。蛇は女の首元を舐めるように這い、舌を出しながらしゅるしゅると鎌首をもたげる。

「眠れ……」

女がいった。低いのによく響く声だった。そして悠木の眉間に指を立てる。

「悩むことなどない。よいか……飛ぶのだ」

ふわりと持ち上げられる感覚。悠木の意識は小さな粒の中へと吸い込まれてゆく。小さな粒は膨らんでどんどん大きく、巨大になり——そして、弾けた。

穏やかな波。

呪っているのはだれか、呪われているのはだれか。

ぶんぶんと蠅のように空間を駆け回る粒。自分の声が遠くに聞こえる。

「さあさ、お次はだれだ。イッヒ ブレッヒェ ディッヒ、殺せ、殺せ、さすれば思い出ぐさに君を刺さああああああん」

閉じた両目から、涙が止めどもなく流れ出した。


ふいに、消毒の匂いが戻ってきた。

どのくらい時間が経ったのか。殺風景なほど、白く片付いた部屋。狭い寝台と椅子。薬棚には不揃いな茶瓶が並べられている。

ラベルは独逸語だが、見たところほとんど、家庭薬に毛の生えたようなものだ。机の上には両耳の聴診器、打診器、血圧計、額帯鏡、鉗子《かんし》、どれも古いがとりあえず普通の診察室である。

ここは病院か？　僕は何をしている？

悠木はうろたえながら、寝台の上に起き上がった。見計らったように、衝立の向こうから割烹着の女が現れたが、それは丈が五尺にも満たない、ひどく小柄な女だった。

女は高い椅子を引き寄せて座り、膝をつき合わせるように、悠木に顔を近づけた。洗濯糊の匂いがし、悠木は瓶底眼鏡をかけた、無表情な女をぼんやり見返した。

「なんなんだ……いったい」

「いや、悪かったわ。辻占の客と間違えてん」

女は妙な訛りでそういい、眼鏡を取った。よく見れば受付の女である。そして驚いたことに、女は先の妖しい巫女でもあった。

「あんた、藤江がよこした『悠木』よね？　悠木ジョージ。なんで、最初にそういわんのよ」

女は当然のように、藤江と悠木を呼び捨てにした。

「藤江……そうだ、僕は藤江にいわれて……」

間違えて、拝み屋なんぞに入ってしまったが、そもそも洋行帰りの脳医者を訪ねてきたはずだ。

「私がその医者よ、熊巳華子《はなこ》」女はいった。

嘘だろう。女、それもまだ子どもではないか。

つるんとした白い肌には化粧気もなく、頬がほんのりと赤い。唇だけはぽってりと膨らみ、睫毛《まつげ》の長い大きな目と尖った鼻は、どう見ても女学生、それも入学したての一年生だ。

「まさか、アメリカ帰りの脳医者というのは……」

悠木は呆然と女を見つめた。だめだろ、こんな女、冗談じゃない。

悠木の失望を敏感に感じ取ったらしく、女はあからさまに敵意を浮かべて、

「あんた、そうとう失礼やよ」

「じゃあ、あの拝み屋のような部屋は……」

「いうたやろ。あれは、辻占。私だって食べてかなきゃいけん。本も買わなならん。産婆だけじゃ、とうていやってけんのよ」

インチキ占いか。悠木は顔をしかめる。見れば、女の足下に大きなガラスの鉢があり、中でさっきの白蛇がとぐろを巻いていた。

「ああ、これ？　こっちはまだ子どもなん。ここ、鼠が出るからね。猫の代わり。でも脱皮前だからあんまり食べんし、最近ちょっと元気もないんよ」

心配そうに熊巳はいい、指でちょん、ちょん、とガラスをつついてみせた。

猫の代わり？　まさか、愛玩動物のつもりか。

悠木は不気味にぬめる蛇のうろこから目をそらす。熊巳は首を振って、診察簿に何かを書き込みながら、

「あんた……記憶なくしとるんよね。知らずにええかげんな催眠なんぞかけてしもうて、ほんまにあぶな。取り返しのつかんこうになるとこやった」

「催眠……」

「そう、あんた、ほんとかかりやすい。こんな、すぐかかる人、見たことないわ」

あの、夢見るような感覚を思い出す。涙が溢れ、感情の波が止まらなかったが。催眠術ならさもありなん、と、悠木は得心した。

催眠術。そもそも、日本では明治半ば、まだ文明開化の興奮さめやらぬ東都、神田の寄席で、落語

家快楽亭ブラックなる英国人が実演したのが始まりだ。問答を行ったり、体をかちかちに固めたり――不可思議な奇術として一躍、皆の知るところとなった。

しかしその後、この催眠術人気に乗じ、あちこちでイカサマ見世物がかかるようになる。もちろんおのずと興行は下火になり、催眠そのものの評判まで、地に落ちてしまったが。

「昨今、催眠が魔術のように扱われるのは、遺憾の極み。西欧の近代歯学では痛み止めにも使う、立派な治療手段の一であるというのに」

そう語ったのは、意外にも歯科医学専門学校の講師。父と同じく、横浜居留地で、じかに近代西洋歯学を学んだエリオット門下の歯科医であった。

「……取り返しのつかない、とは？」

「ああ……あんたのことは、前からよく聞いてたんよ。エゴイストの藤江がうれしそうに話すし、衆道の気があるんかと疑《うたご》うとったわ」

女医は軽口ではぐらかした。そのくせ、刺すような目で悠木を見る。少女歌劇みたいだと思っていたが、まゆ毛の濃い男顔なので、睨まれると奇妙な迫力があった。思えば、米国にいたという脳医者に催眠術の心得があるのも、なんら不思議な話ではない。

「あんた、記憶を取り戻したいんよね。それ、私なら数回の催眠でできる。日本広しといえども、私以上に催眠治療がうまい医者はおらんの。藤江がそういうてたでしょ」

「……聞いてない」

ほとんど空の診察簿棚を思い出す。おまけにひどく若い、それも女……こんな医者に掛かるなら熊巳ならぬ熊《くま》の胆《い》でも飲んでやりすごした方がましじゃないか。

熊巳はまた、見透かしたように口を歪めて、

「私はね。あんたや藤江より十《とお》も上よ。東京女医学校を首席で卒業してアメリカで勉強したん」

十歳上？　ということは……三十六？　悠木は呆然とその幼顔を見た。

「藤江とは？　アメリカで友達だった……んですよね？」

「まさか。友達だったことは一度もない。結婚はしたけど」熊巳はあっさりいった。

「けっ……こん？」

童顔の藤江、子どものような熊巳。二人並ぶとまるでひな人形、ままごとの塗り絵のようだ。

「アメリカで出会ってすぐ、うちに転がり込んできたんよ。愛嬌があるし明るいし。炊事もできるし。最初はうまくいっとったのだけど。帰国して、籍を入れたのがいけんかったんよね。たった三日。翌週にはもう別れとったわ」

唖然とした。藤江はあまり自らを語らぬし、浮き世離れしていることもあって、結婚などとんと縁がないと思っていたのだ。

「あんたも世間と同じ。私を医師と認めんなら、別にええけど……そのまま放っといたら、あんた、えらいことになるやよ」

熊巳は嗤《わら》う。とても年上には見えないが、面と向かって患者を脅迫するとは、医者にあるまじき行為だ。

「まあ、診察に来るなら、経過を見て少しずつ話したげる」

いや、今、教えてくれ。悠木は焦った。が、視線を尖らせた熊巳は、小さな手で悠木の手首を握り、手相でも見るように上向きに広げた。

「ダイアナというの、知っとるでしょ。レントゲン写真で骨を見るのん。ご希望なら機械のある病院を紹介するけど、実際、しゃれこうべしか写らんやよ」

無責任ないい方だが、自分の見立てには、かなり自信があるようだった。

「ただ、外傷がないとすれば心因性のものか、脳じたいがだめになっているのか」

脳じたいがだめになる？　藤江から聞いた、例の、独逸の医者を思い出した。

「歩く？　はい回る？」

「ああ、それ、アルツハイマー……知ってるん？」熊巳は切れ長の目を見開いて、

「でも、それだと、だんだんに物忘れがひどくなっていくしね。急にぽっかりと記憶が抜けたあんたに、可能性は低いと思うやよ。どちらかといえば、頭の中に血や病気の塊ができたり、むしろ中風の方があり得る、体が痺れたりはせん？」

血圧を測りながら、熊巳は問う。チューブで縛るのも乱暴で、それこそ腕の付け根まで痺れそうだった。

「……ない」

中風で手が利かなくなったりしたら、歯医者は致命的だな、他人ごとのように悠木は思った。

「人間って、甲でなければ乙、なんて、単純なもんじゃなし。商売抜きにしても、あんたみたいな症例には関わってみたいとは思うんよ。でも藤江には、無茶せんようにって釘を刺されとる。馬鹿に見

えて、ずるがしこいトコもある男やけん、面倒くさいわ」

元夫に、馬鹿とかずるがしこいとか、ひどいいいぐさだ。熊巳のどこの訛りかわからないお国言葉を聞きながら、悠木はつい、眉根をよせた。

「専門は……脳病？」

「うん」熊巳はにこりともせずにうなずいた。

「病院に勤めとったんやけど、お話にならないんですぐやめたん。開業したはええけど。感冒や食あたりすら来んわ」

熊巳は話を切り上げるように立ち上がった。どれほどの技量かはわからないが、女のうえ、この見かけではさすがに患者は寄りつくまい。

「今日は一円でええよ」

「一円……」おまけに、この程度で一円も取るのか。

熊巳はあこぎなふうにケラケラと笑って、

「倫理も論理も役にはたたん。柔らかくないとね。うちの家は田舎で代々医者なんやけど、じっちゃんがいつもいうとった。病気も生き物じゃ、治ったり治らんかったり。時々、何か特別な力が働いているとしか思えんこともある、いうて」

そういって、思い出したように、

「あんたも、アインスタインが好きなん？」

「そうでもないけど……熊巳、さんは？」

不自然な呼び方がおかしいのか、熊巳は鼻の上に皺をよせて、

「昔はね、物理やら好きやったこともあったけど。今はまったく興味ない。むしろ嫌いやね」

「……嫌い？」

相対論を否定する本を書いた東大の学士が、国辱扱いで姿をくらました――日日新聞が騒ぎ立てたのは先月だったか。それほど相対論は名声高く、誉れを得ているというのに。

「あの数式。きれいごとがすぎて、ほんと気持ちが悪うなる。私らは目に見える世界におるんよ。地に足をつけてないと、生き抜けんのん……だれにでも使命があるん」

熊巳の目に火が点《とも》った気がした。

来たときは気付かなかったが、受付は銭湯の番台のように診察室、および祈禱室のどちらにもつながっており、女医だけが自由に行き来できるようになっている。

「ちゃんと来てね。でないとあんた……たぶん、死ぬやよ」

玄関を出ようとすると、また、そう声をかけられた。

「……死ぬ？」

熊巳は口を歪め、まったく訛りのない気取った調子でいった。

「人が光の速さなんかで動けるわけないの……お気をつけあそばせ」

「あ……あの？」

目の前でぴしゃりと戸が閉まる。悠木は取り残されたような焦燥を感じた。

外に出ると、西向きの玄関が真っ赤に染まっていた。

今日は、一日がひどく長い。帰途についても、悠木はまだ、ぼんやりしていた。催眠が解けたときの疲労と鼻の違和感、目の乾き。泣くことなどずっとなかったし、そんな感情が自分にあることすら、長いこと忘れていた気がする。

熊巳が執着しているのは悠木の病状か、それとも治療代か。飼っている白蛇と同じように体温が低そうでいて、凶暴な火種を持つ女。藤江との関係には想像も及ばない。

屋敷に戻ると、すぐ夕餉。

その晩のメニュウは治子の大好物「コロッケ」だった。

川村は年のわりに洋風料理も得意だが、一時期、流行り歌を地でいくほど、コロッケばかり続いたことがある。久しぶりのコロッケに上機嫌の治子は、現場を直接見ていない余裕もあって、食事中というのに、ひっきりなしに探偵小説のような考察を挙げ連ねた。

「そう、そう。警部さんにもいったのだけど、まわりの家でうちの焼却炉が一番大きいでしょう？犯人はそれを知っていたのね。それでうちの物干しから、長着を盗んで死体に着せ、身元がわからないように顔を焼いたのよ」

「干していたのですか、長着は？」

気になって悠木は尋ねた。

「さあ、どうかしら。でも家の中にまで泥棒が入り込んだと思うとぞっとするでしょう？　ジョジさんの長着に相違なかったそうだし」

ほどいて二度、縫い直した前みごろでわかったらしい。川村が忘れるはずもないから、実際、洗い干しなどしていないのだ。とすると、どういう経緯で長着が盗まれたのか、それともほかに理由があるのか——やはり、どう考えても嫌な流れだった。

不自然に見えないよう、二杯目の茶をゆっくり飲み干した悠木は、まだ話し足りない治子をやんわりと振り切り、便所に行くふりをして庭に出た。

巡査は帰ったが、裏庭の焼却炉周辺は縄が張られ、家人も入れないようになっている。

便所はくりやの向かい、悠木歯科医院は母屋の表側にあったので、悠木はだれにも見つかることなく、こっそりと診療室に入ることができた。

医院長はもちろん本間だが、医院の大家は祖母の治子。実質、悠木が管理している。家主として預かった合い鍵をこれまでほとんど使わなかったのは、二階に住まう本間夫妻に気を遣ってのことだった。が、手がかりはもう、診療室くらいしか残っておらぬし、一週間の診察簿を見れば、仕事以外のこともわかるのではないか。

二階に小さな灯りが点っているほかは、玄関の丸い外灯も点いてはいない。しかし、今日は警察の持ち込んだカンテラがあちこちに下がり、まるでよその家のように明るかった。

悠木はあたりに注意を払いながら、暗い診療室の扉を開ける。

診療室は、いつもと同じ、クレゾールとヨードチンキが混ざった匂いがした。建物全体がしんとして、まったく人の気配を感じない。二階の話し声も聞こえなかった。

入り口すぐには、父が遺した診療ユニットが、今は予備用に据えてある。

その時代、最先端の切削器械だったミシンふうのドリルを、本間の勧めもあって、昨年、国産の電気エンジンに変えた。熱や振動、音、切削にかかる時間はさほど変わらないものの、足で滑車を回す必要がないぶん、治療に集中できるのだ。が、値段が下がったとはいえ高価で、いまだ足踏み式を使う歯科医も多い。電気ユニットの治療椅子は二台。どっちも首を挟む二つの小枕が柔らかく、足もまっすぐ上がる高級仕様になっていた。

足踏みドリルの椅子は小さく、木製で座り心地も悪いが、赤いサテン張りの背もたれや猫足の脚部分はロココ調で風情があった。好事家の藤江が欲しがって、読書用に高値で買い取ろうとしたが、さしもの治子も「息子の形見であるから」と手放さなかったのだ。

受付には黒光りする三方桐の棚があり、いろは順に診察簿が整理してある。取っ手のまわりには指のあとがついているが、いまだ狂いもなく使いやすい引き出しであった。

悠木は順を違えぬよう、慎重に診察簿をめくって選び、数枚ぶん取り出した。

確か、一週間前に米屋の主人の抜歯をしたはずだ。見ると、抜歯後の消毒をするため、翌日、そして五日後に、また来ることになっている。

――日本語だ。

悠木の診察簿は半分が独逸語だ。かっちりして読みやすいこの字は、本間の妻で、受付や治療を手伝うタエのものだった。

現在、悠木歯科医院は本間夫婦と悠木の三人でやっている。本間夫妻は三十半ば。治子がよけいな心配をしていたとおり、子どものいない二人きりの夫婦であった。

しかしなぜ、自分で書かず、タエに書かせたのか。

不審に思いながら、治療用の器具を見ると、普段使わない古いペリカン（抜歯用の鉗子）と歯鍵《しけん》が盆の一番前に据えてある。鏡などの並びも、普段と微妙に違っていた。

と、かたんと音がして、悠木は手を止めた。驚いている間に電灯が消え、薄い月明かりだけになる。

「何をしているのよ。灯りをつけてはだめ」

タエの声だった。本間と勘違いしたのだろう。悠木に対しては、いつもどこか下に見たふうではあるが、表向き、丁寧な物言いをしている。

「見つかったらおしまいなのよ。わかっているでしょう」

言葉とうらはらに、ふふふん、と、しどけなく笑う気配がし、腰と腰がぶつかった。

悠木は返答もままならず、モスリンのブラウス越しの体温と、顔にかかる湿った息に動揺する。

「あ、違います、タエさ……」

「会いたかったわあ。ジョージせんせ」

え？　僕か？

仰天した悠木は、甘い口調に驚き、かすれた息を吐いた。

「うふふ。そう呼べ、って、あんたがいったんじゃない。お昼、どこ行ってたのよ。わがまま小娘がおかんむりだったわ……ふふ、なんにも知らないで。かわいそうねえ」

頭が真っ白、胸は早鐘のように打った。

紅を舐める舌、近目を細めるしぐさ、よい度合いで張った腰。仕事のときさえ、ツヤを隠せない女なのだ。何があったか、容易に想像できるだけに身が凍る。

「どうしたのヨ……まさか、怖気づいたのではないでしょうね。いまさらもう、逃げられないわヨ。わかっているのでしょ」

「は、はあ……」

腕を摑んだ指がふいに離れる。気付かれたか、と観念するも、タエはただ、カアテンを閉め、口をすぼめて火を吹き消しただけだった。

「ランプもだめ。影が映るって。自分でいったくせに」

人の細君など言語道断だし、本間はこの上なく条件のよい店子である。あらぬ誤解を受けぬよう、じゅうじゅう気を張っていたはずなのに。

タエはいきなり悠木の背に手を回し、頰を擦りつけてきた。ふりほどく余裕もなく、悠木は自分にいい聞かせる。

――お、落ち着け。

そう、記憶がないことだけは、けっして悟られてはいけない。できるだけ話のつじつまを合わせ、ここから逃げるほかないのだ。

「ねえ……」

タエは悠木の丹前に手をかけ、懐に冷たい手を入れた。医院の二階が彼らの住居だ。真上にいるであろう本間を思うと、その大胆さにまた、身がすくむ。

「だれに知られたって。あたくしは平気よ。お気楽ばあさんなんて怖くない。腰巾着のばあやは強そうだけど、お年ですもの。取っ組み合っても、あたくしの方がはるかに強い」

「しか、し……」

「そうよ。あなたは安心していいの。守ってあげるから……あなたが裏切らない限り。ずっとよ」

悠木は息を詰まらせた。夫のある女と通じて、まるっきり記憶がないなど、どれだけひどい言い逃れだろう。

――君は……よほど、自分に厳しいのだよ……なんでも抑えすぎると、どこかに無理が出る。

藤江の言葉が切れ切れによみがえった。

文字通り縮み上がっている悠木に気付いたタエは、あら、と手を離して小さな声を上げる。

「み、みな、起きておるし……まだ、庭に巡査がいるかもしれぬから……」

まわりが暗く、青ざめた顔を見られないのが、せめてもの救いだった。さも急ぎの用があるように
タエを振り切り、悠木はやっとの思いで医院を飛び出した。

転がりながら部屋に戻り、両開きの木戸を閉めようとしたとき、診療室の灯りがぼんやり点るのが見えた。あの場所で、悠木は本間の目を盗み、タエと通じたのだ。

煙草の匂いに振り返ると、机の上に、吸い殻だらけの皿が見えた。

これは……祖母のお気に入りの九谷焼……銘々皿じゃないか？

大急ぎで吸い殻を捨てながら、腹が捻《ねじ》れるような焦燥感を覚える。

この一週間――自分はいったい、何をしていたのだ。

やることなすこと、めちゃくちゃじゃないか。

が、心の奥底で、悠木は無鉄砲な自分に興味も感じていた。

まるで別の人間にでもなったような——後ろめたいがどこか高ぶった——ささやかな未知の感情に囚われ始めたのも、まがうことなき事実であった。

十二月四日(月)

「まあ、なんてすてきですこと」

午後の木漏れ日に負けないほど、底抜けに明るい治子の声が響く。

その向かい、体に合わぬ大きな背広を着こんだ男が、紙の束を広げ、治子ご自慢の紅茶を口に運んでいた。

カップを下ろした唇はこぢんまりと薄く整っており、人のよさそうな笑みを浮かべて、何かしきりに話しこんでいる。

悠木がビスコットをつまみ食いしていると、ティーポットを持った川村がくりやに戻ってきた。

川村はさして喜んでいるふうもなく、

「新聞社の方ですって。奥様の俳句が入選されたそうですよ」

「それでわざわざ？」

治子は時折、新聞の俳壇に投稿しているのだが、これまで佳作に上がったこともない。が、毎週だれかしら選ばれているというのに、わざわざ知らせに来るとはご丁寧な話だ。

「患者さんは？」

川村が悠木を振り返って、小声で聞いた。

「はけました。終わりです」

昨夜から休業の貼り紙を出していたが、眠れないまま早朝に起き出した悠木は、何か思い出すきっかけになればと、午前中だけ、鍵を開けて急患を診ることにしたのだった。

院長である本間は現れない。何をしているのか不気味ではあるが、タエとのことを思うと、一時逃れとはいえ、今は少しでも長く、顔を合わせずにいたい、と思う。

本間が医院を借り受けてから五年。仕事に関したやりとりだけで、個人的なつき合いはほとんどない。無愛想で、深く人と関わろうとしない本間は、悠木にとっていっそ、つき合いやすい相手であった。むしろ、その前の医師――父の亡きあと、閉めていた医院を再開した男――の方が、細かい難癖をつける困った店子で、川村がたびたび腹を立てていたことを覚えている。

治子の手前、口にはせぬが、経営を引き継ぐのはまだ荷が重く、やり手の美人妻ともども、もうしばらくいてもらえれば、と願っていたのだ。

が――そうもいかなくなった。

夫が降りてこないのに、さっさと鍵を開けたタエは、何度も妙な目配せを送ってくる。結局、訪れた患者は世事に疎そうなばあさんひとりだけだったので、悠木はタエが片付けをしている隙に、脱兎のごとく母屋に逃げ帰ってきたのだった。

「どこの新聞社？」

本当に入選したならめでたいが、と思いつつ、悠木は汁かけ飯をかき込んで、治子と記者の様子を窺った。川村は時折治子に内緒で、悠木の好物——お世辞にも上品とはいえないがうまい丼もの——を食べさせてくれる。

「さあ……でも、あれは事件のことを探るために来たのですヨ」

川村は容赦なく核心を衝いた。

ばあやの川村は、治子の実家である呉服店、みなと屋のおなごしであった。山口から、治子に同行して上京し、かれこれ五十年。祖父の亡きあと、おひいさま然とした治子が路頭に迷わず生きてこられたのも、傍らで目を光らせる川村の機転と行動力のおかげであった。

「事件って……ばあやはどう思うんだい？　あの死体、うちとは本当に関係ないのかな」

「あるはずないでショ。気持ち悪い」川村はきっぱり切り捨てた。

「長着のこと、すぐには思い出せなかったんです。そういえば、お醤油のシミを抜いて物干しにかけていたんですヨ。それで盗まれたんです」

「え……そうなのか？」

本当かもしれない、嘘かもしれない。悠木には判断がつかなかった。とやかくいわれるのが面倒で取り繕ったのだとしたら、そらぞらしさが堂に入っている。

飯を食べ終わり、悠木は部屋に戻って出かける準備を始めた。

患者もいないのに、これ以上医院に詰めて、タエと二人きりでいるのは危険だった。かといって、熊巳のところへ行くのはもっといやだ。

散歩でもしようかと、安物のとんびをはおる。さすがに今日は摩耶子も来ないので、治子が上機嫌のうちに、こっそり裏口から抜け出すことにした。

と、門を出て、すぐ、

「悠木さあん、悠木ジョージさあん、日日新聞の雛元《ひなもと》です」

そこには待ち伏せるように、先の新聞記者が立っている。満面の笑みで手を上げる男は、初対面というのに、ひどく馴れ馴れしかった。

「このたびは災難でしたねえ」

やはりその話題か、と悠木は身がまえた。どう考えても、入選うんぬんは怪しい。

「もう、用は済んだのですか」

皮肉のつもりだったが、雛元はにこやかにうなずいて、

「ええ……しかし、なんですな。身元不明の死体が見つかったと思うと、本間氏が行方不明とは。一体全体、どうなっているのでしょうなあ」

「えっ……」

本間が行方不明というのは初耳だ。現金なもので、自分より情報を持っていると思うと、鬱陶しく思う気持ちが一気に消えた。

「ええ、そうなんですよ」

しばらく反応を窺っていた雛元は、駅前のミルクホールへと悠木を誘う。先日できたばかりで、悠木も初めて入る店だった。

二人は向かい合って座り、悠木は温めた牛乳、雛元はしるこを注文した。フリルの前掛けをつけた

女給がテーブルを行き来するのを見ながら、雛元は驚くような話をした。

「死体は頭部が焼けて、ろうそくのようになっていたのですよね。二十代から五十代。身長は五尺を軽く超える長身。血液の型はA。今のところ、その条件に近い不明者が、この近所に二名いるのです。ひとりが本間氏ですが、死体を確認した本間氏の妻が『夫ではない』と証言したとか……しかし、変死体が見つかった屋敷内に住む本間氏が、行き先も告げず、前後して姿をくらますのはなんとも怪しい。本間氏は害を被ったのではなく加えた側であり、死体を焼いて逃走したのでは、という憶測まで出ているそうです」

寝耳に水だった。いつのまにそんな物騒な話になったのかと、悠木は仰天する。

が、いわれてみれば、本間には、得体の知れぬところがいろいろあった。仕事か否かはっきりしない人付き合いが多く、素行も不穏だったのだ。


去年の春頃だったろうか。

昼休み。悠木医院の裏口に見慣れない箱が十は下らず、次々と運び込まれた。

小ぎれいな茶箱だが、大八車をひく男も初対面で、普段、薬を買い付ける問屋とは明らかに違う。

たまたまひとりでいた悠木が宛名を確かめようとしたとき、用を足しに出ていた本間が、前のめりになって駆け込んできた。

「こ、こ……ここじゃないぞ」

そういうと、ゴボウのような手を振り、本間自ら、しゃがみ込んで荷を戻す。

驚いた悠木は、てっぺんだけ白いイガグリ頭を見下ろしながら、

「薬、ですか？」

ふたがめくれた箱から見えた瓶は……ジエチルエーテル？

麻酔薬か。でもどうして、こんなにたくさんあるのだろう。

エーテルは、麻酔器を使って気化し、患者に吸入させる麻酔薬だ。が、アヘンと同じ中毒性を持ち、使い方を誤ると幻覚を見たり、常用せずにおれなくなったりする麻薬でもあった。飲むと楽しくなり、酒のように酔っぱらう。酒よりも心地よい、などと危ない発言をする者もいる。

本来、本間はあまり麻酔ガスを使わない。少し痺れさせただけで、強引に抜歯するのだ。が、意外に予後がよく、歯肉が盛るのも早いので――閻魔のような悪人顔にもかかわらず――評判はむしろ悪くなかった。

悠木はクロロフォルムから今は笑気（亜酸化窒素）に変えて、ほんの少量ずつ使っている。しかし、本間が発注する量が少ないため、抜かずにだましだまし株を残すことも多かった。

「これはうちで？」

「違う、知り合いに頼まれて、世話を焼いてやったのだ」

潰れた鼻を膨らませていい、本間は行李と男を押し出して、悠木の目の前で戸を叩きつけた。

やがて、火車のような轟音を立て、大八車が走り去った。何ごともなかったふうで戻った本間は、赤ら顔をさらに赤くして大きな息を吐く。

怪しいな、と、悠木は思った。どう見積もっても、これほど多くのエーテルを注文する理由はない。

横流しか？

そういえば、前に一度、駅前でいかにも堅気でなさそうな男ともめている本間を見たことがある。あらぬ心配をして騒ぎ立ててもいけないので、屋敷の老女二人には話さなかったが、がたいが大きく、顔も頭も角張った本間は、診療着を脱ぐと博打打ち。まるで懐にドスでも構えているかのように見えた。

「なんだよ？」

大八車がいなくなって、本間はまた横柄な口調に戻った。

「い、いえ……」

証拠がないことと、直接迷惑を被っていないこと。

家賃だって、これまで一度も滞ったことはない。

そして何より、本間に出ていかれて一番困るのは、歯科医としてまだまだ未熟な悠木であった。


「もう、ひとりの不明者についてですが」

そういわれて、悠木はいきなり我に返った。

目を上げると、雛元がじっと、悠木の表情を窺っている。依然、人のよさそうな笑みを浮かべてはいたが、目は少しも笑っていなかった。

「近所なので、ご存じかもしれませんが……もうひとりは、雑司ヶ谷の墓地周辺に住む浮浪者です。なんでも女子大学の学生に『ショーペンハウエル』と呼ばれているらしいですが」

「ああ……」悠木は冷や汗をぬぐう。

その男なら知っている。悠木が子どもの頃からずっと、墓地や河原に住んでいる野宿者だ。

いつも汚れた手ぬぐいで頰被りをしているが、よく見ると青い目の男前であるとか、きのこを集める有名な植物博士だとか、平家、或いはロマノフ家の末裔《まつえい》であるとか――女子学生の間で様々、浪漫チックな噂があった。

「最近、だれもその姿を見ていないらしいのですよ……しかも、死体はあなたの着物を着ていたというではないですか。もし、彼がそうなら、寒さをしのぐためお宅の着物を盗んだのかもしれませんが……どう、思われますか」

目に乾いた笑いが浮かぶ。どうして、悠木にそんなことを訊くのか。つい、ミルクホールまでついてきてしまったが、ここまで話が及ぶと、さすがに気味が悪くなる。

悠木は雛元のすり減った靴、白いシャツの薄汚れた襟を見た。

「さあ……僕にはなんとも。取材しているあなたの方が詳しいのではないですか」

「いや。個人的な見解です。私は新聞記者であっても、俳句担当ですから」

口調が、別人のようにそっけなくなり、悠木はふと、タエのことを考える。

自由に庭を歩き、干してある長着を盗むことは、医院に住む本間にならじゅうぶんに可能。もちろん死体の顔を隠すため、焼却炉に投げ込むことだってできる。が、しかし――。

どうして夫が行方不明で、怖ろしい事件の容疑者とまで目されているにもかかわらず、タエは平然と、普通に暮らしているのだろう。

——見つかったらおしまいなのよ。わかっているでしょう。

見つかる？　あのときすでに本間は行方不明、たぶん、二階にいなかったはずだ。

だれに見つかる？　いや、何が、見つかるのだ？

背中に冷たい汗が流れた。タエは、隠していたのではない。悠木も当然知っている、と思っていたのだ。

——まさか、怖気づいたのではないでしょうね。

本間がやったと疑われることならば、当然、悠木やタエにも実行可能だ。

そして「死体は本間ではない」と証言したのは他でもない、妻であるタエなのだ。

十二月五日（火）

寝不足気味に階段を降りると、治子が朝食のパンに海苔を張り付けているところだった。そしてあっという間に、旺盛な食欲で平らげていく。

「見て。ほら、新聞に出てるわよ。大げさになるようならば、ご近所に挨拶まわりをしないといけないわね」

「……それこそ、大げさだと思いますが」

悠木は内心の動揺を隠して新聞に手を伸ばすが、治子はすばやくそれを取り上げて、

「よくって？　……顔のない死体現る。はたして何者か」

と、芝居がかった口調で読み上げる。

「三日午前十時二十分。M町二丁目三番地にある歯科医院の庭で、頭部を焼かれた男の変死体が見つかった。警察は事件として捜査をしている。男性は身長五尺七寸、やせ形でうつぶせに倒れており、前日か前々日に死亡したものと思われる」

あれは——うつぶせだったのか。

肌に粟粒が立った。頭部が焼けてわからなかったが、確かに長着の合わせはなく、裸足のかかとが見えていた気もする。

「まあ、それだけですか」

川村がお茶を運んできた。そして手際よく、テーブルのパンくずを集めて小山を作る。

「あんなに大騒ぎしておいて、ねえ」

治子はさらにパンのくずを散らかしながら、

「みんな、怪談活劇か何かと勘違いしてしまうのかもしれないわ。せっかくの顔なし死体だというのに……ほんと、もったいないこと」

悠木は黙ったまま、どんよりと重い胃に味噌汁を流し込んだ。治子がパン食でも悠木はたいてい米の飯だ。が、さすがにこのところ、あまり食欲はない。

「でもその程度でよござんした。朝から、ちらほら野次馬がのぞき込んでいますもの」

「まあ、この寒いのに？　家に上がってもらえばよかったわね」治子がいった。

「奥様……めっそうもない」

川村が控えめにたしなめる。治子には困ったもので、だれにでも無防備に話しかけ、あげく、家に連れ帰ることすらあるのだ。

悠木は、雛元の不自然な笑顔を思い出した。

「俳句は、どういう話だったんです?」

「時事をうまく捉えているところが、評価が高いのだそうよ。日曜日に載る予定だったのだけど、手違いでだめになってしまったの。『相対論　頭は玉蜀黍《とうもろこし》のひげ』……いかが?」

「ひ、人の外見をとやかくいうのは……」

悠木は、危うく顔をしかめそうになり、慌てて茶が苦いふうを装った。まったくひどい代物《しろもの》だ。記者の関心はやはり事件にしかないな、と確信する。

「あら、博士への尊敬と親近感を詠んだのよ。表現の斬新さもよいのですって。そのうち機会があったら、載っけてくださるそうだけど、ずっと先まで入選が決まっているので、今しばらくお待ちくださいね、って。そう、いってくださったわ」

賭けてもよい、載るはずがない、と悠木は思った。


裏口から診療室に入ると、タエが川村と楽しそうに談笑していた。川村は母屋から何かことづかって来たらしい。

一昨夜の「取っ組み合ってもあたくしの方が、うんぬん」を思い出して怖気だったところに、タエがまた、川村に見えないよう、目配せを送る。そしてやはり、本間の姿はどこにもなかった。

今日の患者は四人。これまでどおりに治療をこなしながら、とりあえず、手順や方法を忘れていないことにほっとする。

患者がとぎれるたびに、本間について尋ねようとしたが、返事が怖くてできなかった。やはり先週の水曜から診療していないようで、診察簿はすべて悠木の棚に入っている。それらも皆、タエの字で几帳面に書き込まれていた。

これまで悠木は、記入を人にまかせたことなど一度もなかった。本間は時折タエに書かせていたが、改めて見ると、タエは予想以上に診療の流れを把握している。むしろ、問題は悠木の処置の方で、抜歯する予定の患者を痺れさせただけで帰していたり、削るべきところを放置して治療を終えていたり——ミスというより、明らかな手抜きをいくつも繰り返していた。

午前の患者がはけると、タエは待っていたとばかりに、悠木を薬局に引き込み、後ろ手にドアを閉めた。そして、いきなり、腕を悠木の首に回してしなだれかかる。

な、何を……。

ぎょっとしながら体を引くと、タエは不満そうに悠木を見上げた。不審に思われないよう、悠木はとっさに顔を背ける。

「ひ、人に見られると困るから」

「人って……だれが来るのよ」

タエは不満げな口調でいって、手を緩めた。悠木はひやひやしながら、体を離し、薬局のドアを開ける。日差しが直に射し込み、眩しく顔を照らしだした。

タエは美人で色気があるし、彼女目当ての患者もいるほどだ。何も覚えていないことで、一昨夜は内心「損をした」とまで――ちらっとだが――思ったものの、明るいところで冷静になると、まさに想像するだに忌まわしいできごとだった。

「た、たぶん、僕は深酔いすると……しくじる質で……申しわけないんだけど」

それでもタエはぷっと吹き出して、

「あはは、何をいい出すかと思ったら……どうなのよ、いまさら」

「いや、ご主人がいる人と……これ以上、深くは」

覚えていないことで、ここまで苦渋を強いられるのはわりに合わない。悠木は自分に小腹が立った。

が、タエは何かに驚いたように、

「は……？」と、いきなり首を傾げた。

鉛を流したような時間のあと、茶色がかったタエの瞳に呼吸器《マスク》をつけた悠木が映り込む。

「まさか、そんな」

形相が鬼のように歪んだ。震える手を伸ばして悠木のマスクをはずそうとしたが、錆びた真鍮の耳当てが固くて、すぐには顔を離れない。

悠木は自分でマスクをはずし、タエを見た。しばらくしらじらと見つめ合う。タエは後ずさった。その目から驚きが消え、恐れと失望に変わったように見えた。

「あはっ、うそ、なんてこと」

ぱんと手を打った音がことのほか大きく、今度は悠木が身を縮めた。

「こんなことだろうと思った……あたくしが馬鹿だったのよ」

「……タエさん？」

「触らないでよ、気持ちが悪い」

気持ちが悪い？　思いもかけぬ言葉に呆然とする。

タエは悠木に背を向けた。帯で膨らんだ割烹着の縦結びが揺れている。悠木がさらに声をかけようとした瞬間、

「いいから……あっちへ行って」

あざけりを込めた低い声でタエは叫んだ。


タエはなぜ、あれほど驚いたのか。

悠木の裏切りに腹を立てただけか？

重い頭を抱えて母屋に帰ると、珍しく治子がいて、摩耶子や川村と鮮やかな巻き寿司を囲んで談笑していた。そういえば、今日は火曜日。女子大学が午前で終わる日らしく、摩耶子は毎週、川村に煮炊きを習っていたのだった。

モガを地でいく派手な洋装にフリルの前掛け。髪の毛だけは、リボンをつけた古くさいマーガレットを切ろうとしない。その不自然さが、心の不均衡さをも表しているようだ。

「お疲れさま、花のお寿司よ。庭の方にもお分けしましょうねえ」

治子のいう「庭の方」とは警察のことだ。初日に比べ、人数も時間も減ったが、今日はまた、新たな巡査が張り込んでいる。

摩耶子は海苔巻きを皿に並べるばかりで、悠木の方を見ようともしなかった。長着のことを怒っているらしい。悠木はしぶしぶ、自分から話を向けた。

「……悪かったよ。長着がなぜあんなことになったのか、わけがわからないのだ」

案の定、摩耶子はぷん、と横を向いて、

「なくしたのも気付かなかったのでしょ？　それとも、通りのごみ箱にお捨てになったの？　気に入らないなら、喜ぶふりなぞしないで、つっ返してくだされればよかったのに」

喜んでみせたのか。悠木は心の中で舌打ちする。

まだ、当分結婚するつもりはないのだし、よい相手でもいれば、忌憚《きたん》なくそちらへ行ってもらいたい、と思っている。そのぶん、気を持たせないよう、慎重にふるまってきたのだ。

老女二人のとがめる視線を浴びながら、悠木は頭痛を言い訳にして二階に逃げ帰った。タエのことも、記憶のことも、今は、とにかくひとりで考えたい。

ドアを開けると雑然とし、いまだ、自室と思えないほど居心地が悪かった。めったに使わないものまで場所が変わっていて不気味なのだ。

あちこち乱暴にひっくり返した跡もある。悠木にはやはり、自分が思わぬ面倒ごとに巻き込まれたとしか思えず、いたずらに胸が騒いだ。

それでも窓を開けると、冷たい風が吹き込んで、若干、気分が好転した。

悠木は息を吐き、ただひとり事情を知る——頼りになるのかならないのか不明だが——藤江に手紙でも書こうと、机の前に腰を下ろした。

もらった日程表を見ると、まだ、ひと月は旅の人だ。我が身に起こったことを文字に起こせば、少しは気が収まるかと思いきや、いったい何を、どこから書けばよいのか、雲を摑むがごとく頼りない。熊巳から何か報告がいっているやもしれぬが、藤江と結婚までした女だ。一筋縄でいくはずもなかった。

あきらめてペンを放りだしたとき、ふと、千代紙の小さな引き出しタンスが目についた。梅の柄と金縁の細工。引き出しのひとつが一寸ほど開いたままだ。

唯一無二、母の形見で、ここに来るとき、金平糖や腹薬の陀羅尼助《だらにすけ》、爪切りなど、細々と入れて持たせてくれたものだ。和紙が所々剝がれかかって修繕が必要だが、数少ない形見であるだけに、だれにも触れさせたくない特別な品であった。

若い時分から病弱だった母は、数年後、流行り病をこじらせて死んだ。中学の入学式を終えた足で、悠木は治子とともに葬儀に参列したが、だれとも言葉をかわさず、焼香をしただけで寂しく寺をあとにしたのだ。

小タンスを見るたび、あのときの複雑な思いと、桜散る寺の風景がよみがえる。

悠木は指をかけ、引き出しを四つ、抜いて重ねた。中にははさみ、鉛筆用の小刀、虫眼鏡、磁石。母の入れたものは、もうほとんど何も残っていない。

そして、引き出し奥の小さな引き出し。

ここに、母はなけなしの金と、父にもらった大事な指輪を入れてくれたのだ。それだけはずっと触らず、そこに置いたままだった――が。

――ない。

金も指輪もない。その代わりに成金趣味の舶来時計と、洋酒の木栓《コルク》がひとつ。

ぐらりと目眩がした。たった一週間のあいだに、長年大事にしてきた母の形見まで持ち出し、こんな浮ついた、つまらぬものに換えてしまったのか。

いや、それだけではない――悠木が自身で作り、隠し持っていたあ、い、危、険、な、も、の、も。

――どこだ。

作ったのは、ただのたわむれだった。冗談なのだ。

すべての引き出しをひっくり返して捜す。が、それはどこにもなかった。

鼓動がさらに速くなり、汗ばんだ手で顔をこする。

「ジョージさん……よくって？」

そこに控えめなノックとともに、摩耶子の声がした。悠木は慌てて引き出しを戻し、普段どおりに返事を返す。

「どうぞ……いいよ」

開いた窓から、落ち葉が一枚吹き込んで、呪いのように目の前に落ちた。入るなり、摩耶子は身震いし、ツーピースの上着をかき合わせる。

「この部屋……寒いわ」

「ああ、居間に降りようか。お茶を飲もう」

そうだ、一度部屋を出て、気分を落ち着けよう。今はただ、熱く甘い紅茶でも飲んで体を温めたかった。

しかし摩耶子は胸の前で片手を握りしめるようにして、

「ええ。でも少し……お話があるの。お茶なら、私がここに運んできてよ」

「いや、いいよ。何？」

摩耶子はいいあぐねるように一、二度息を吐いて、

「庭にいた……あの人……だけど、ショーペンハウエル……あ、河原と墓地を行き来してる浮浪者……ではないかって。知っていた？　ここのとこ、だれも見かけていないのですって。背格好も似ていて……」

そんなことか。悠木は眉を上げて、

「ああ……そうらしいね」

本当にそいつなら、どれほどよいか。昔から知っているだけにいい気はしないが、本間でないならもうだれだってよい、と悠木は思った。

と、摩耶子はまだ、何かいいあぐねて部屋を見回していたが、

「あの引き出し。まだ、修理に出していないのね。紙を張り替えるっていってたのに」

「……え？」

「この間、話してくれたじゃあないの。変なジョージさん。もう、風邪は治ったのでしょう？」

風邪？　初めて聞く話だった。

「まだ、少し頭が痛くてね……引き出しのこと、何かいったっけ」

横を向いて顔を隠し、体を揺らしながら悠木は尋ねた。

「うん。お母さんが持たせてくれたって……」

そんなことまで摩耶子に話したのか——面倒だな、と密かに顔をしかめる。

結婚話が出ているのだから、悠木が妾腹だということも承知だろうが——なぜここにきて、いかにも懇《ねんご》ろなふうにつくろっているのか、自分でもわからないことだらけだった。

「あとね、お兄さんがいたけど、アメリカかどこか外国に行ってて、そこで事故に遭って亡くなったって」

悠木は目を剝いた。三つ上の兄とは仲がよかったが、引き取られて以来会えなくなり、母の葬儀でも、遠くから顔を見ただけだった。その後、外国で死んだと聞き、それっきりだが——なぜ、そこまで饒舌《じょうぜつ》に語ったのか、やはり理解が及ばない。

摩耶子はお構いなしにまだ、話を続けようとした。

「あのね、私、よくよく考えたのですけど、来年から学校に行く時間が減るし、何か新しいことを始めようと思うの。できるなら、日を決めて藤江様の、下のお姉様のところに伺えないかと……あの方のご本を読んで私、これからの婦人はかくあるべきだと思ったの……それでね、そのこと、ジョージさんから藤江様にお願いしてもらえないかしら」

「ふむ」

思い立ったいきさつはともかく、ユキのいるところに摩耶子をやるなどあり得ないことだった。

「そこで、どんな、新しいことをやるんだ？」

意地悪ないい方だと、自分でも思う。が、摩耶子はさして気にした様子もなく、

「勉強しながら、お手伝いして、婦人の地位とかそういう……いろいろ」

「いろいろ、とはなんだ？」

また、急に小腹が立った。

「別に『新しい女』とやらに、肩入れするわけではないけどね。彼女たちが、暇つぶしや酔狂でやっているわけじゃないのは確かだよ。真に、女の地位を向上させたければ、ツテなど頼らず自分で開拓し、一生をかけるつもりで飛び込むべきじゃあないか。知り合いだというだけで、気安く加わるなんて、彼女らにも君にもよほどよろしくはないだろ」

言い過ぎたとは思ったが、悔やむ気持ちはなかった。摩耶子は顔を真っ赤に染めて、

「非道いわ。あの方たちだって、けして殿方のように生きてるわけではないのよ。結婚なさってる方もいるし、自由恋愛もしてらっしゃる。女であることを否定してるのではなくてよ」

「そうかもしれない。しかし、少なくとも君のように、親が決めた結婚を疑問なく受け入れる者はいないだろうね」

婦人解放論者など、面倒な輩《やから》だと思うのが常だ。藤江ほどではないにせよ、関わり合いになりたくない部類の女だった。ただ、深い考えもなくすぐ同調しようとする、摩耶子の甘さが気に障る。

摩耶子はしばらく沈黙し、唇を噛んだ。数歩後ずさってドアの前に立つ。目の縁が赤く膨らみ、細い肩が震えた。

「きつい言い方をして悪かった」

口先だけで謝るが、今はもうこれ以上、摩耶子に煩わされる余裕はなかった。

「あとで行くから、下に降りていてもらえないかな」

しかしまだ、摩耶子は部屋を出ようとはしなかった。口を引き結び、胸の前で両手を力一杯握りしめる。

「ジョージさん。あのこと……まだ怒っているのね」

「あのこと？」

「私……けっして嫌だったわけじゃあ、ないの。いきなりで、少し乱暴だったものだから、びっくりしただけなの。ジョージさんがどうしても、というなら……私、構わないの」

悠木は驚いて摩耶子の顔を見た。摩耶子は顔を蒼白にし、涙まで浮かべている。そして、震える指をボタンにかけ、ひとつずつはずし始めた。

「ば、馬鹿。待て。君……何か勘違いしているぞ」

ブラウスの間から、白い木綿のシュミーズが見えた。洋装の下着というものを初めて目にして、悠木はぎょっと、息を呑む。

「いいかげんにしろよ」

ブラウスを脱ぎ捨てようとする摩耶子の手を、悠木は慌てて摑んだ。

「ひっ……」

摩耶子は怯え、飛び上がる。無理をするからだ、と悠木は思いきり顔をしかめた。

「頼むから、おかしなまねはやめてくれ」

「私を……嫌いになってしまったのね？」

「そんなことはない。たぶん、熱でどうかしていたのだ。悪かった」

いや、たぶん――どころではない。

どう考えても人間のクズだ。人妻のタエと姦通しただけでなく、結婚するかどうかもわからない、お嬢様育ちの摩耶子にこんな台詞をいわせるとは。

悠木は――風邪引きをよいことに、世俗に疎い摩耶子を寝床に引き込もうとしたのだ。

「でも、ジョージさん、とても悲しそうだったの。辛そうで、いつもと違っていたの。私の搾ったりんごを美味しそうに飲んで……泣いていたでしょ。優しくしてもらってうれしいって」

泣いた？　摩耶子の前で？　頭を掻きむしりたかった。この一週間、自分はいったいどうしてしまったのか。毒ムカデに刺されたか、それとも赤いきのこを山ほど喰ったのか。

「お花も……うれしかったわ」摩耶子は唐突にいった。

「花？」

「ええ。翌日、今度は私が風邪をひいて、スペイン風邪かしら、このままはかなくなってしまうのではないかと思ったとき、お花屋さんが年の数だけ、赤い薔薇を届けてくれて。本当にきれいだった、ありがとう」

熱？　感冒だったのか、覚えていないとはいえなかった。しかし――。

悠木が病気見舞いを贈るとすれば、せいぜい果物かカステイラだ。花など、それも年の数など、頭にカビでも生えない限り、とても思いつくものではない。

摩耶子が拒んでくれたことに心底感謝しながら、それでも、自分の悪行を思うと死にたくなった。この一週間の色恋ざたといったら、これまでの人生、すべてかき集めたより何倍も濃く、無責任でちゃらんぽらんだ。

ぞっとして泳がせた視線の先に、口にしたこともない高い酒の瓶が転がっていた。隠し引き出しにあった木栓といい、舶来の悪趣味な時計といい、不埒な軽薄さが他人ごとのように、ただ不快で忌まわしい。

「なんだか変だわ。今日のジョージさん、怖い」

摩耶子がまた泣き出しそうになった――。

と、そのとき。

開けたままだった窓の外で、何か重いものが滑り落ちるような音がした。

正確には、植え込みの枝が折れる音。摩耶子は、といえば立ったまま硬直し、口をあんぐり開けて、窓の外を見ている。

「あれ？　本間先生……？」

本間？

悠木は摩耶子の視線の先を追って、後ろを振り返った。そして窓を見て小さく叫ぶ。

――あ、あ、あ？

窓の外に逆しまにぶら下がっているのは、人か。

かっと目を見開いて、紫に腫れあがった顔、白髪交じりのイガグリ頭。腕は体にきっちり張り付いたまま、肩をいからせ、石のように強ばった全身でもって、振り子のように、どん、どん、と、窓枠を叩いている。

「……これは」

悠木はわけもわからず、窓に歩み寄った。

近づくと、それはさらにおぞましさを増した。膨らんで倍の横幅になってはいるが、確かに本間。ちょうど悠木の目の高さに、逆しまの本間の顔がある。

片目が異様に黒い。ぎろりと睨まれた気がして震え上がるが、止まらない本間は二、三度大きく上下に揺れたかと思うと、忍者のように目の前から消えた。

うわあ……。

声にならなかった。重力に引かれて下に落ちたのだ、とわかるまで数秒かかる。

悠木はやっと、窓に駆け寄って下をのぞき込んだ。

「ジョージさん、今のは、いったい、どう、いう……ことなの?」

摩耶子が切れ切れに喘《あえ》ぐようにいって、窓へと近づこうとした。

「く、来るな。見ない方がいい」

悠木は摩耶子の肩を摑んで押しとどめた。

部屋の真下。そこには巡査が一名。そして、物音を聞いて飛び出した治子と川村が抱き合うようにして垣根を見つめていた。

薔薇の垣根。そのまわりには鉄柵が先を矢尻のように尖らせ、そびえ立っている。

「……本間さん」

ちかちかと目の前で火花が散った心地がした。

その鉄柵に、仰向けに横たわっているものは。

幾分硬さが和らいで、上下にしなっているものは。

腹を突き破る数本の矢尻の先は。

「いやぁぁぁぁぁ……」

摩耶子の虚ろな叫びが長く響いた。

第三章

光は波でもあり、粒でもある。
常に同じ速さで進み、何よりも速い。
動く物の時間は遅れ、動く物の長さは縮む。
「遅れ」と「縮み」は同じように起こる。
だからね、時間と空間はつながっているのだよ。
すばらしいだろう？
そのつながりを「時空」と呼ぶのだ。

十二月九日（土）

正直なところ、悠木には、ずっと怖れていたことがあった。

顔を焼かれた死体が本間であり、その死にはタエと——自分が関わっているのでは、という疑念である。

悪女と間男が結託して夫を殺し、顔を焼いて自宅の庭に捨てるという筋書き——三文記事にも出てこない陳腐な醜聞だが——に終始、苛まれていたのだ。記憶のない一週間の自分は、まさに下劣で最低な気質を持ち、日の本一いや、世界で最も信用ならない人物だった。

そして今、本間が新たな死体となって現れたことで、その不安は消えるどころか、さらにとてつもない焦燥感となってのしかかった。

——二つの死体には、関わりがあるのだろうか。

本間の死体は死後一週間ほど経過していたが、木立に覆われた洋館の屋根が氷室と化したせいで、腐敗も進まず、首の縄跡までうっすら残っていたという。先月二十八日まで普通に診療していたことから、姿を消してまもなく死んだものらしい。

死後、固まった死体は、屋根の上で再び柔らかくなり、鳥に目をつつかれながら、傾斜をずるずる滑っていった。そしてまさにあの瞬間、端まで到達して、そのまま落下。宙にぶら下がったのち、上下左右に揺れて、庭に墜落した。すぐ落ちることなく窓にぶつかったのは、ツタのツルが足に強く絡まっていたせいだ。

死体は折悪しく、真下にあった鋭利な鉄製の矢尻に突き刺さった。出血はほとんどなかったが、鉄柵の上に仰向けにのけぞった体はまるでモズのはやにえで、目を背けたくなるほど無惨な姿だったのだ。

どうして屋根の上なんかに？

寒気が冷え冷えと染み渡る足下には霜ばしらが立っている。悠木は朝もやに煙る庭で、はずされた鉄柵と折れた薔薇木をぼんやり眺めた。

「ジョージ先生」

びくっとして振り返ると、そこには綿入れをはおったタエが寒さに首を縮め、手に息を吹きかけながら立っていた。タエは今、しばらく休業を決めた医院にひとりで住んでいる。

「郵便を預かっているの、ちょっと入って」

悠木は一瞬戸惑ったが、不幸があったばかりで変に意識するのも、と思い、タエのあとについて、診療室に入った。そこはきちんと整頓され、いつでも診察できるようになっている。床板も戸棚も黒光りするほど、隅々までぞうきんで拭き上げてあった。

「えっと、どこだったかしら」

あの夜、おかしな別れ方をしたタエも、今朝はもうすっかり、普段どおりだ。ふっきれた表情を浮かべ、わだかまりなどみじんもない口調でいう。

ああ、これこれ、と専門学校の集まりの知らせを差し出しながら、

「今日のお呼ばれ、お昼からだったわね」

「……え？　はあ」

　まさか、来るのか、とも問えず、悠木はただ小さくうなずいた。

　毎年、十二月になるとすぐ、治子はキリスト信者でもないのに、聖誕祭の食事会を開く。自宅で恐るべきことが起こって、まだ四日ほどしか経っていないのに、治子は平然とハレの会の準備を続け、摩耶子のみならず、未亡人のタエにまで声をかけたのだ。

「心配しなくてもいいわ、あたくし、何もいわないから」タエはさばさばといった。

「それともいっそ、お気楽ばあさんや頭の悪い許嫁の前で、全部、晒してみせたがよいかしら」

「あ、いや……」

　全部――というのはなんだ？

　悠木は、むしろそちらを尋ねたかった。不義密通だけならともかく、何かほかに秘密があるのではないか。その不安のせいで、いまだに眠りが浅く、何度もうなされるのだ。

　しかし動揺する悠木に構わず、タエは口を歪めて、

「嘘よ……年が明けたら、ここを出て仕事をするわ」

「仕事？」

「そう、今あるお金を全部、元手にして、住み込みで洋髪を習うのヨ」

　不謹慎にも未亡人は満面の笑みを浮かべて、

「あなた、今、ほっとしたでショ。失礼しちゃうわ……」

「い、いや……」

確かにこのままタエがいなくなれば、心配ごとがひとつ減る。

が、この変わり身の早さはどうだ。夫の死など、露ほどもこたえていないこと、あっという間に悠木を見限ったこと――そもそも、タエとの間に情事以外の何があったのか。喉まで出かかった疑問を押し込める悠木の方がむしろ堂々巡り、どうにも煮え切らない女々しさだ。

「本間のことは未解決だけど、居場所さえはっきりしてればいい、って警察にいわれているの。あなたもね、この際、あいつが関わっていたあくどい業者と縁を切って、新しく雑用をしてくれる人を雇えばよいわ。まあ、あたくしみたいに腕の立つ助手は、そうそういないでしょうけどネ」

あくどい業者？　やはりそうか。思えば、エーテルのこと以外にも、道具や薬の仕入れに時折、不審な点があったのである。

タエはどこまでも楽しそうに見えた。妖しい色気が影をひそめ、竹を割ったような男気すら感じるほどだ。

しかしそう思ったのもつかの間。うふふ、と艶っぽく笑うと、いきなり、悠木の手を摑んでぐいと引く。均衡を崩した悠木は古いビロードの診療椅子に尻餅をついた。

「金輪際、あなたには関わらないわよ。だってあなたはもう……」

もう？　なんだって？

悠木は慌てて、その先をうながそうとした。

と、ひんやりした指が悠木の目を覆い、何も見えなくなる。シャボンの香りがして、温い唇が悠木の口を覆い尽くした。緩と急を繰り返す舌。絶妙な刺激に思わずむさぼり返すと、口の中でぷぷっと笑う気配がして、犬歯が下唇を甘噛みした。

が、それも一瞬、すぐ、目の前が明るくなり、解放された悠木は大きな息を吐く。

間近に長い睫毛が揺れ、おかしくてたまらない、とでもいう顔でタエは口の端を歪めた。

そして何かいおうとした矢先、がらりと待合室の戸が開く音がして、聞き覚えのある大声があたりに響き渡った。

「君、いるかね、だれか、もしもし」

転がるように、悠木は診療椅子から離れる。

間一髪、いつも以上に無駄な熱量をばらまきながら、藤江が賑やかに入ってきた。

慌てふためく悠木とはうらはら、タエは診察簿でも置きに来たふうを装い、呼吸も乱すことなくさっさと二階へと戻っていく。

「藤江……帰っていたのか。アインスタインは？　帰国したのか」

この状況で冷静さを取り戻すのはさすがに無理だった。悠木は息も絶え絶えにそう尋ねる。

「まさか。今、名古屋の神社を参拝しておられるよ……いや、君のところ、ずいぶん大変だったようだね。知っていたなら、日光など行かず駆けつけたのに……無惨なる死体が二つ。どちらも残虐極まりないありさまか。まさに現実《うつつ》とは思えぬが……」

そういいながらじろじろ悠木の顔を眺めた。

「……しばらくいられるのかい」顔を背けて尋ねると、

「いやいや。衣類を入れ替えてまた旅人だ。夜行で京都へ向かうよ。明日は五回目の一般講演会だ」

「……せわしいね、まったく」

「それより、君、ちょっと」

藤江は大げさにあたりを窺って、悠木を薬剤棚まで誘った。

「鏡を見てみたまえよ」

棚の横には、開業時、贈呈された大きな壁鏡がかかっている。貴族院議員の名が入っているが、額に錆が流れ込み、端が茶色く変色していた。

「あ、」

口の横についた紅が、頰のあたりまで引きずられている。慌てて手ぬぐいを取り出すと、はたと藤江に手を摑まれた。

「いかん、手ぬぐいについたらめったなことでは落ちぬぞ。ばあやさんに気付かれてしまう。まず新《しん》聞紙《ぶんがみ》で拭き取るのだ。いや、乾いたままの方がよく落ちる」

そういうと、火鉢の横に置いてある新聞を取り上げてちぎり、手ずから悠木の口を乱暴にぬぐった。

衆道の噂はそら言だな。

いや、アメリカで結婚までしていたのだった——と、口まわりをひりひりさせながら、受け取った新聞紙を柔らかくしごく。なんとか拭いて取りきったものの、今度は新聞の顔料で口まわりが黒くなった。

「その青みがかった朱色は……今、去った未亡人だな。羽目をはずしたくらいがよいとは思うていたが、何……君もなかなか隅に置けぬ。少しはよい思いをしたようで、まあ、よかった」

そういって力まかせに悠木の背中を叩く。実のところ、それどころではないが、

「少しは……というと？」

「うん。さっき、あちらで聞いてきたのだがね。例の一週間。君。いらいらしたりふさぎ込んだり。あまり、よい状態ではなかったようだ。皆、心配して、腫れものに触るように扱っていたらしいのだよ。何時間も部屋に閉じこもっていたかと思うと、ぷいと出かけて朝まで戻らなかったり……しかし、やっと、人生お初に羽目をはずしたかと思えば、ひとつ残らず忘れてしまうとは……君もよくよく、ついてない男だな」

「……よけいな世話だ」

タエとの間にあったことが単なる火遊びでも、楽しいばかりとは思えない。状況が異常なのだ。

「それで、また、死体の話に戻るがね、君」

いつ死体の話をしただろうか。そう考えながらも悠木が、ああ、とうなずくと、

「最初の死体は、浮浪者ではなかったようだぞ……そう聞いたばかりか、つい先、来る途中で本人を見かけたからな」

「そうなのか？」

意外だった。本間が見つかった時点で、頭のない死体はショーペンハウエルに確定した、と思いこんでいたのだ。それでは——すべてが白紙に戻ったということか。では、あの死体はいったいだれなのだ。

「さっぱりわからんな、まあ、気にすることはなかろう。ただのビジターかもしらんしな」

藤江はあっさりいった。そして、そのへんの道具や器具をあれこれ無神経に触りながら、

「そうそう、ビジターといえば……君の家では、昔から聖誕祭を祝うのかい」

「いや、ここ数年だ。今年はさすがに取りやめると思っていたが……社会一般の常識なぞ、祖母には通用しないのだ。巡査も人が出入りするのを喜ばんだろうし、摩耶子もいろいろ思い出して気持ちが悪いだろうから、来年また、賑やかにやろう、と、進言してはみたのだが……そうねえ、といいながら、まったく聞いちゃあいない。気付いたら本間の未亡人にまで声をかけ、いつにもまして盛況だ」

「彼女も、まるで悲しんでいないようだな。いけ好かない男だったが、細君の情がここまで薄いと、少しく気の毒でもあるな」救いようもない言い方をして、

「ああ、失念していたが、どうしてもというから、熊巳も連れてきた。君を診察したことは、くれぐれも他言せぬよう、しかといい渡してあるから安心したまえ」

君はなぜ、本間を嫌う、と、尋ねようとした矢先に、悠木はそれどころではないほど仰天した。

「え？　彼女がどうして」

藤江は西欧人のように肩をすくめてみせ、

「君の環境や、日常生活が知りたいというからね……誘ったのだ。刀自もご遠慮なく、といってくださったし」

「……どういう関係と説明したのだ」

「僕の知人で、君も会ったことがあると」

藤江にしては珍しく困った顔をする。

母屋に戻ると、食事の準備が進んでいた。土曜日は半ドンなので、学校帰りの摩耶子が手伝いをしている。今日はリボンもつけぬただのひさし髪で、女学生のような絣の着物を着、化粧気もない。寿司を盛った大皿を抱えたまま、藤江を見て、

「おかえりなさいませ、藤江様。博士には会えまして？」

「ナテユアリヒヴィルイヒ（もちろん）」

藤江は満面の笑みを浮かべてみせた。感無量といった感じで拳を握る姿が、なんとも大仰で気障《きざ》ったらしい。

居間には洋装の熊巳がいて、テーブル越しに細長いケエキをのぞき込んでいた。悠木を見ると、切り替えのある袖を揺らしながら男のように手を上げ、ちら、と意地悪な笑みを浮かべてみせる。

「ジョジさん、知ってた？　この方、藤江さんの奥様だったのですって」

治子が心底驚いたように騒ぎ立てた。なんだ、周知ではないか、と思ってみると、藤江もさして気にせぬふうに肩をすくめて、

「若気の至り、というところです」

「そんな、失礼ですよ。藤江さん。とってもお似合いじゃあないですの、もったいない」

めっ、というように治子に睨まれ、藤江は頭をかいた。

さしもの藤江も治子には頭が上がらない。治子はご利益をもらおうとでもいうように、熊巳の手を取って撫でたりさすったりした。確か、三日で別れたのではなかったか、と、悠木は心の中で苦笑する。

すでにアメリカ留学や開業の話は済んで、女だけの協定ができあがっているらしい。熊巳も今日は尖った部分が影をひそめ、西洋風ケエキの焼き方でたいそう盛り上がっている。

そこに治子が招待したらしく、例の新聞記者、雛元まで現れた。報道への野心を完璧に隠し、相変わらずにこやかな笑みを振りまいている。

巡査が引き上げたばかりというのに、例年以上に人を集めて大賑わい。

気疲れした悠木がソファに移動すると、立てた襟と洋装でギャルソンのように皿を並べていた藤江が近づいてきて、

「君、準備が整うまで、屋根裏の倉庫が見たいんだけどね。ほら、小さな窓があっただろう？　あそこから頭を出したら、庭が見渡せると思うのだが」

アインスタインにのぼせるあまり、こちらの受難などそっちのけだと思っていたので、少し意外な気がする。悠木は思わずソファから腰を浮かせて、

「さあ、どうだろう。屋根や庭を見るつもりなら、もう何も残ってないが」

それはそうだナ、と藤江はうなずいて、

「いやね、少しく考えてることがあって、検証したいのだ。警察の調べは終わったのだろう？」

悠木は承知して、藤江とともに二階に上がる。螺旋階段を見下ろし、自室の向かい側のドアに手をかけたとき、

「ハナコ……」うんざりしたように藤江がつぶやいた。

驚いたことに、熊巳があとをついてきている。小柄なうえ、白い襟の紺ワンピースドレスを着てい

図１　物置部屋と屋根裏倉庫の図

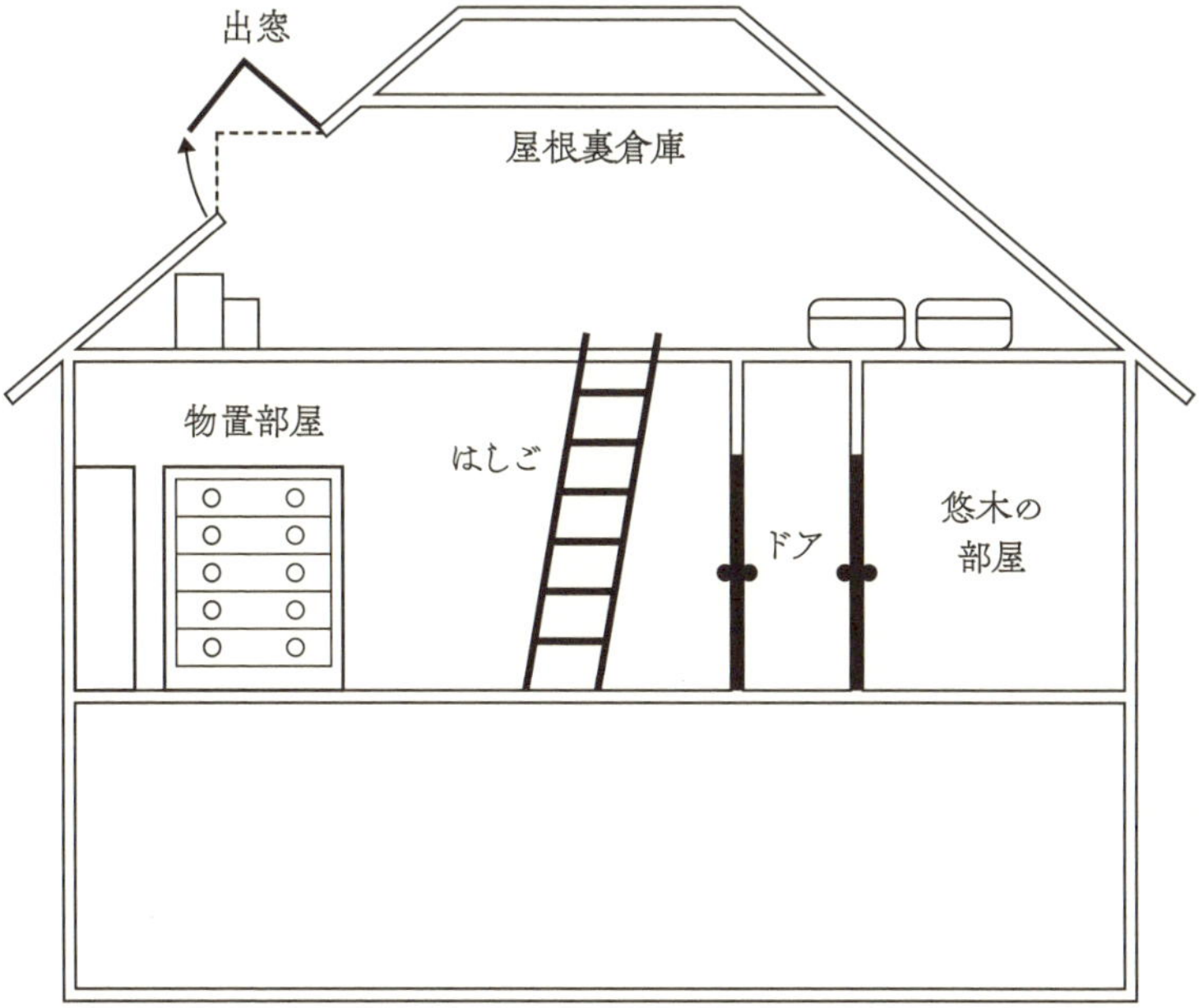

るせいで、童顔の藤江と並んでもずっと年若に見えた。

「どうして、君」

「来ちゃいけないの？　私もゲストよ」

そういいながら、大きな目で抜け目なくあちこち窺う。いまさら追い返すこともできず、悠木はしかたなく戸を開けた。

薄暗い物置部屋には、治子の衣装ダンスが二棹《さお》。その横に、川村の達筆で「ひな人形」だの「鎧甲《よろいかぶと》」だのと記された箱が、羽目板のごとく積まれている。そこから上がる屋根裏部屋はさらに、雑然とした物置になっており――藤江が見たいといったのはこちらだが――めったに上ることはないので、いつもはずしたはしごが立てかけてあった。

はしごをかけ、動かないよう確認すると、ひとりずつぎこちない足取りで上る。

屋根裏は、傾斜のある天井で、どちらかといえば倉庫に近かった。何が入っているのかわからない行李と、工具や大工材料が雑然と並んでいる。

「そう、ここだ。前にエジプトの猫神を見せてもらった覚えがある」

藤江がうれしそうにいった。

部屋の中央には、廊下のように畳二枚ぶんほどの通り道ができ、うっすら足跡もついている。

「屋根に死体を乗せるとしたら、ここしかなさそうだが」

藤江は箱の隙間に足をかけ、背伸びまでして壁の出窓《ドーマー》を開けた。シルクの靴下をはいた藤江の足が、つま先立ちになって左右に揺れる。

――そんなことを考えていたのか。

確かに西洋風の出窓は高すぎて、身軽な藤江でも自分の体を乗せるのがやっとだった。長身の本間を持ち上げたり、窓を通して屋根に下ろしたりすることはまず無理だろう、と悠木は思う。

熊巳は射し込む日差しを手でさえぎりながら、

「もし、可能だとして。だれがこの部屋に死体を運んだん？　この人？」

と、不作法に悠木を指でさす。確かに普段、自由に屋根裏を行き来できる人間は、力のない老女二人と悠木だけだった。

「い、いや。君はどうしていつも……そう、先走る」

藤江が慌てて手を振るのも構わず、熊巳は、天井と、自分にはとうてい届きそうもない出窓を見上げて、

「しっかし、よう、落ちずに屋根に一週間も残っとったね」

「ああ、それが。ツタのツルが足に絡まって。落ちたとたん、ひとり独楽《こま》みたいにびよーんびよーん、空中を飛ばされたのだ」

どこから聞いたのか、藤江は見てきたように、不穏な状況を説明する。

「何それ、見世物小屋やん、まるで」

が、そこはさすがに熊巳で、みじんも怖がることなく、

「だったらいっそ、死後硬直を待って、外の道からおっきなゴム輪か大砲で飛ばせばええんやない？」

と、小馬鹿にした口調でいう。

「不謹慎だナ」

さすがの藤江も毒気を失い、あきらめたように肩をすくめてみせた。

「アインスタイン博士、何か芸当をやっておみせになって？」

治子が、ちらし寿司を取り分けながらいった。

そんなはずはないが、摩耶子までうんうんと真面目な顔で聞いている。

「話を聞くだけですよ。治子さん。それだけでもすごいことなのです」

藤江はうれしそうに目を見開いた。

「ええ。相対論でしたかしら、ノーベル賞をもらったのでしょ」

タエがアイロンでカールした前髪をかき上げた。控えめにはしているが、白の大島紬は、とても夫が悲惨な死を遂げたばかりとは思えぬ華やかさだ。

「相対論じゃないですよ。ノーベル賞は……」

うっかりタエに見とれていた雛元が、背広の擦りきれた袖口を隠しながら、

「光電効果の発見、光の正体を明らかにしたのです。光というものはずっと波、だと思われていましたが、実は粒だという……ええと、光子といいましたか……ああ、彼はそれまで、まったく有名な研究者というわけじゃなく、スイスのとっきょきょきょ……特許局に勤める、ごく普通の人でした。成績が悪くて大学の助手になれず、家庭教師をしながらやっと就職したのだそうです」

怪しい理論の説明が、途中からまんまと雑学になる。

「まあ、そうなんですの？」勇気が出ますわね、とタヱは目を輝かせた。

「実験図というのを見ましたよ」

雛元はさらに調子に乗って、

「筒の中を光が上下に行ったり来たり、突き当たりの鏡に当たって跳ね返ります。戻ってくるのに一秒の時計。これを光時計というのです。光の速さはどんなときでも同じという原理です」

「あ、それ。私も読みました。その記事」

摩耶子が女学生のように手を上げた。

「ええと、その、光時計っていう筒を汽車に載せて、地上から光の動きを見ると、時間の遅れがよくわかる、とかなんとかそういう……」

こちらもわざわざ、本を買って読んだとは思えないほど頼りない。

「光の速さって……どのくらいなの」治子が眉間に皺をよせた。

「それはですね」

藤江がゆっくり手を叩いて、

「このくらいの間に、地球を七周半します」

「まあまあ。目にも留まらないわネ」川村がのけぞるように驚いた。

すると、それまで黙々とちらし寿司を食べていた熊巳が、茶に手を伸ばしながら、

「ほんとアインスタインって、詐欺師やよね。なんもかんも全部『仮に』『たとえば』『もし』の話ば

っかりなん。光時計だって、筒の長さが四万里近く（十五万キロメートル）もあるんよ。どうやって汽車に載せて運ぶのん？　できるもんなら、今ここでやってみやよ」

藤江は思い切り顔をしかめた。

「それを思考実験というのだ。君には、見えない世界に思いを巡らす、広大な浪漫がわからないのか」

「思考実験やて？　面倒な実験は全部、人にやらせといて、あちこちからよさげな理論を拾って並べて、はん？　何様の思考実験？」

「……なんだと？」

あっという間に破綻した結婚生活が、目に見えるようだった。藤江は珍しく額に青筋を浮かべた。

「いいか。異端者には語らぬ」

と、子どもっぽくわざと熊巳に背を向けて、

「アインスタインが子どもの頃、『光の速度を測る実験』が幾度となく行われました。その時代はまだ、地球に空気があるのと同じように、宇宙も似たような何か……『エーテル』と呼ばれるもので満たされている、と思われていたのです。だから宇宙の光も、その『エーテル』の中をうねうねと伝わってくる、と信じて疑いませんでした」

「エーテル……」

摩耶子が口の中で反芻する。藤江はうれしそうに摩耶子を見て、

「そう。いいかね？　地球は太陽のまわりをぐるぐる回っているだろう？　その地球上で光を反射さ

せ、地球が進む方向と『同じ』『逆』『垂直』の、三方向で速度を測ったら……さあ、どうなる？　普通に考えれば、地球が動いているぶん、地球と同じ方向に進む光は、ほかより、速くなるはずではないかい？」

「……え、そうじゃないんですか」

つい先、光子にまで言及していた雛元が驚きの声を上げる。

「ああ、どの方向に進んでも『光の速度はまったく同じ』であったのですよ」

得意そうに藤江はうなずいた。

「が、それを認めてしまうことは、すなわち、世の中をひっくり返すことだ。ニュートンの学説は、長く、人々に信じられすぎたのです。怯えた学者たちはニュートンを否定することなく、なんとかつじつまを合わせようと四苦八苦した。インチキ論文が、続々と発表されたのです。しかし……ただひとり。エーテルを否定し、絶対に動かないとされた空間を否定し、決まったとおりに進む時間を否定したのが……」

「アインスタイン？」

雛元とタエが同時に声を上げた。熊巳は振り返って、露骨に舌打ちする。

藤江はしてやったり、といわんばかりに口を歪めた。さらに、こぼれた葡萄酒を指につけ、テーブルに三角形を描く。

「そこで出てくるのが、例の光時計だ。その、長さ四万里の巨大な光時計を、悠木と僕がそれぞれひとつずつ持つとする。僕は汽車に乗り、悠木は停車場に残るのだ。悠木が駅で自分の時計を見ても、時計の中の光はただ単に、上下するだけだね。しかし汽車に乗った僕の時計は違う。汽車が走ったぶんだけ、時計自身が前に移動しているわけだから、悠木から見ると、光は斜め上に進んでいるわけなのだ」

「あ、そうですね。この直角三角形の斜めの線が、汽車に乗った光が進んだ距離なのよ。三平方の定理ね。確かに長いわ」

頬を紅潮させて、摩耶子が叫んだ。目を輝かせ、いつになく楽しそうだ。そんなに数学が好きなら、下手な裁縫などやめて、そっちを学べばいいのに、と悠木は思う。

藤江はうなずいた。

「そこでだ。だれから見ても光の速度は不変、という『光速度不変の原理』を考えると……悠木が自分の光時計でちょうど一秒観測しても、斜め上に進む僕の時計では、筒のてっぺんまで光が到達していない……まだ、一秒、経っていませんね」

「ほんと……そうだわ」ようやく理解したのか、摩耶子が呆然とつぶやく。

「反対に汽車の僕から悠木の時計を見れば、一秒の間に、もう次の反射に入っている。光の速さは一定だから、同じ一秒間が、駅の時計と汽車の時計では違う……というわけなのです」

「うん、なるほど。それが『動いている汽車の中では、時間がゆっくりと進み、止まっている駅では速く進む』っていうことなんですね……ふむ」

俳句部の記者は、いつのまにか手帖を取り出してメモを取っている。

「ええ、ガリレイの理論だと、極端な場合……たとえば光の速さで動いていたり、ものすごく重かったりすると、成り立たなくなるのです。『光の速さがどんなときも変わらずいつも同じ』という真理と矛盾しますからね。動いているものは、光の速さに近づくほど重くなる……いや、この発見は奇跡なのですよ」

「奇跡？　ふうん、それ、なんか人の役に立つん？」

熊巳がつぶやき、それまで輝いていた摩耶子の表情が一変した。自分が平凡であるという劣等感から、摩耶子は知的な女性にめっぽう弱く、簡単に影響を受けてしまうのだ。

挑まれた藤江は目を細めて元妻を見やり、

「もちろん。たいそうな役に立つとも。君……天空も地上も、すべてのものは内なる力を溜め込んでいる。重さを減らすだけで、とてつもない巨大な力が生まれるのだよ。事実、太陽はそうやって燃えていてね。その方法を使えば、燃料がなくとも、簡単に大きな力を生み出せる。石炭を焚くことなど、比べものにもならぬ莫大な力なのだよ。エネルギー（E）＝質量（m）×光速度（c）×光速度。すなわち、$E=mc^2$だ。この関係式に、真理すべてが凝縮しているのだ」

「そんな大きな力を作って、いったい何をするんよ。爆発させて敵国でも吹き飛ばすん？　これだから男は……」

熊巳はまた、前を向いたまま悪態をついた。元夫が必死で相対論とはなんたるかを説明している間に、ぺろりと数人ぶんの寿司を平らげている。藤江は顎を上げて、

「汽車だって船だって、そのエネルギーを使えば無限に動かすことができるぞ。世界中を明るく照らすことだってできる」

「明るいのは、あんたのそのアホな頭だけでじゅうぶんよ」

「まあまあ……」

険悪ににらみ合う元夫婦を治子がたしなめて、

「博士は英語でそういうお話をなさるの？　難しそうねえ」

「いや、独逸語ですね、治子さん……石原純という男が傍らで一言一言、通訳するのです。雑なやり方ですが、一般大衆に門戸を開くという意味では、しかたありませんね。少しく気に入らぬ箇所はあったが、まあまあ、妥当な訳でした」

その程度のこき下ろしですむなら、かなり上等な翻訳だったに違いない。石原氏は物理学者だが、語学に堪能な文士でもあった。

「藤江さんは、ほぼすべての講演を聴講されたのですよね。ほかに何か、特記すべきお話など、ありましたか」

すっかり藤江派になった雛元が、手帖に書いた例の式をぐるぐると鉛筆で囲みながら尋ねた。

「ええ、今回の目玉はさらに新しい試み、一歩進んだ相対論についてのお話でした」

藤江は答える。

「これまでの『特殊相対論』は『特殊』な……時空によけいなものがない場合にだけ、限っていたので、わかりやすかったのですが」

「わかりやすい、って、相対論がか？」

いうに事欠いてと、悠木は顔をしかめる。

「ああ、そうだ。君。かつての相対論は、重力や加速度のない『特殊』な場でなければ成り立たなかったのだ。が、このたび、博士は空間、時間、だけでなく、さらには物質までも、すべて、あまねく、統一なさったのだよ。これによって、いついかなる場合も、相対論は成立することと相成った……その、未曽有の汎論ジェネラルセオリーこそ。いいか、君。レラ、レラ、レラチヴィティ！」

藤江は高らかに言い放ったかと思うと、すぐにまた重々しく声を落とし、

「……新しき『一般相対論』なのだ」

「新しき……いっぱんそうたいろん……？」

ちょうど、厨房から戻ってきた川村が目を丸くした。

「特殊、の方が、一般より難しそうに聞こえるけど、違うのねえ」治子も首を傾げる。

「そう、実は僕も、今回は少々難儀しておるのです」

藤江は得意げに笑って、

「時空が寒天のようにへこんだり揺れたり、穴まであく。まあ、だからといって、これまでと別の話というわけではなく、重なる部分も多々あるのですが……いわゆる『万有引力』を取り入れたわけですよ」

「ああ、引力なら知っていてよ」摩耶子が小さく手を叩いた。

万有引力と聞いて、悠木はつい、屋根から落下した本間の死体を思い出したが、摩耶子の方はなんらわだかまりなく、

「ほら、さっきの間違ってた人……ニュートンが、お散歩中にりんごが落ちる様を見て、地球に引力

があるのを発見したのよね」

「まあ、それは俗説ですが……地球に、じゃなく万物すべてに、です」

藤江は肩をいからせて、

「月が落ちてこないのは、どうしてだと思いますか」

「遠心力でしょ」

熊巳が馬鹿にしたようにいうのを、藤江は無視して、

「ほら、井戸桶に水を入れて、ぐるぐる回しても水はこぼれないでしょう？　あれは回すことによって、井戸桶が外に飛んでいこうとする力が生まれるからなのです。月も地球のまわりをぐるぐる回っていますから、同じ外向きの力が働いているのですよ」

「でも井戸桶は紐がついているじゃあないですか。月には何もついてはいませんわ」

タエが当然の疑問を口にした。

「ええ、その代わりにひっぱる力、引力が働いているのです。その二つの力がつりあっているから、月はどこかへ飛んでってしまったり、地球に落ちてきたりしないのですよ」

「まあ、なんてありがたいんでしょう。アインスタイン博士って人は」

汁物を配りながら、川村がため息を吐く。

「そうなんですよ、本当にすばらしい」

藤江は呆れる熊巳をちらと横目で見やり、大げさに両手を広げてみせた。

やがて皆が居間に移動した。治子は、よい匂いがするケエキを切り分け、人数分の皿に取り分ける。

「さあ、恒例の『幸せの南京豆』ですよ」

「なんきんまめ」

ケエキの登場に、頬を緩めながら熊巳がつぶやく。あれほど寿司をかき込んでおきながら、まだ食べるつもりらしい。クリームを見つめる横顔は、いつもよりさらに子どもっぽく見えた。

「ええ、この中にひとつだけ南京豆が入っているのです。運よくそれに当たった人は、治子さんからちょっと早いお年玉をもらえるの。去年は残り福で、ばあやさんだったんですよね」

今年三年目の摩耶子が得意そうに説明した。

ケエキは、長細い型にバタクリームを均等になでつけてある。さらには絞り出したクリームが薔薇の形に盛られ、熊巳でなくてもじゅうぶんに目を惹かれる出来ばえだった。

藤江が口をひくひくさせているのは、以前、ゲームの元になっている仏蘭西の折りパイについて長々と高説をぶち、紅茶が冷めたと川村に叱られたからである。

確か、新年にキリスト者が食べるパイには、南京豆でなく、小さな陶器人形が入れられているという話だった。能書きを垂れるのが何より好きな藤江のことだから、新しい参加者にも、東方教会やら顕現日やら、異国に関する知識をひけらかしたくてたまらないのだ。

その間に、摩耶子はちゃっかりどまんなかの、見るからに一番大きな塊を選んだ。普段の遠慮がないのは、だれより「幸せ」という言葉に執着しているがゆえである。まさにそれを狙っていたらしい熊巳がちっ、と舌打ちし、次に大きい端っこを取り上げた。

「これはすばらしい。横浜のソーダファウンテンのケエキと比べたって、遜色ありません」

記者の雛元は、治子の俳句を褒めていたときとは違う、めっぽう熱い口調でいって、わざと遠いところに手を伸ばす。そしてクリームが多めの一片を皿に入れる。

タエが自分に近い部分を、甘いものが苦手な悠木が一番小さい切れ端を取ると、あとはだいたい同じほどの大きさが五片残った。

いつも、ケエキ作りに関わっている川村と治子は最後に選ぶことになっていた。が、「レデイはお先に」と、藤江が気障な口調でいったので、この潰れは私のしくじりなの、と治子が口の端を下げながら、花に見えない薔薇を指さして自分の皿に載せた。

うまい、すばらしい、とひとしきり褒めた後は、だれもが黙って匙を口に運ぶ。

「アメリカではビスコットにクリームを挟んだものをショートケイクと呼んでいましたが、これほどの滑らかさはありませんでした」

藤江がいい、あと二きれ残ったケエキを物欲しげに見た。その視線を追った熊巳が眉をひそめて、元夫を睨み、

「甘ければなんでもええ、って人にはもったいないわネ」といい捨てた。

「それはおまえだ、異端者。さっきから鯨が小海老でも喰らうように、ひたすら大口を開けて食料を流し込んでおるくせに」

まあ、まあ、とまた、治子が手のひらを広げたとき、ふいに、

あら――と、タエが声を上げた。

「南京豆ですの?」

失望したように摩耶子が目を上げる。まだだれのケエキからも、南京豆は見つかっていない。

「ちょっと、ごめんなさい。失礼いたしますわ」

タエは微妙な笑みを浮かべたまま、ハンケチで口を押さえ、手洗いへと走った。

「どうしたんやろ」

熊巳はタエの細い背中を見ながら、不審そうに眉をひそめた。

屋敷に手洗いは二つ。一ヶ所は屋敷を建てたときから、庭にある古いもの。もうひとつは、治子が家を直したとき、川村の反対を押し切って、風呂と一緒に家の中に作った文化式の便所である。

「……しかし、どうなんでしょうか」

雛元はうなずきながら、タエが消えたあたりを見やって、

「本間氏はどうして、屋根になぞ、上げられたのでしょう。隠すなら、もっと楽で確実な方法があったと思うのですが、ね、藤江さん」

ようやく本領発揮、どうやらタエの手前、その話題を遠慮していたらしい。

「そうですねえ……」

藤江もナプキンで口のクリームを上品に押さえながら、

「結局、彼は、他殺ということに落ち着いたのかな」

「えっ、自死かもしれない、ってことですか」

雛元は驚いたが、さすがに納得できないというように、

「うーん……首を吊ったということですか。まあ、首についた縄の跡や、遺体の鬱血は、絞殺か自死か区別がつかなかった、とは聞きましたが」

「自死ってあんな屋根の上で？　だったら、最初からそのへんの鴨居で吊ればえくない？　それにさ……縄が残ってなかったってことは、死んだ後にそれをはずした人間がおったってことよね」

熊巳も眉を上げた。藤江は名残惜しそうに最後の一口を匙でつつきながら、

「まあ、そうだろうね。だけどたとえば、だれかに依頼して、死後、屋根に上げてもらい、殺人に見えるよう偽装してもらう、ということも可能だ」

「……だれかとは、だれです？」摩耶子が声を震わせる。

「さあ、それはわからないよ。彼の交友関係をすべて把握しているわけではないし」

山のようなエーテル。あくどい業者と縁を切って――というタエの言葉も脳裏によみがえる。よくない連中と関わっていたことは、動機につながるかもしれない。が、しかし本間が自死だとする藤江の説は、ひいき目に見てもやはり都合がよすぎる。

「でもどうして偽装なんてするんです？　自死しちゃだめなの？　キリスト教者なんですか？」

摩耶子がどうしても納得できない、というようにたたみ掛けた。

「うーん、それはわからないが、自死の動機が個々それぞれなのと同じく、自死と思われたくない理由もいろいろだからね」

「もしかしたら……私たちが追い込んだのかしら。契約が切れると同時に、医院から追い出そうとしたから？」

治子が暗い調子でいったので、藤江は慌てて、

「……いや、治子さん。これはただの推論ですから、真に受けないでください。ああ……彼は、契約が切れたあとも、ここに残りたいといっていたのですか」

「いいえ、特には。でも、開業の準備をしているようには見えなかったわね」治子は答える。

そうですか、と藤江は少し考えてから、

「単純にひとつの理由だけではないのかもしれません。ただ、自死であろうと他殺であろうと、屋根の上というのは、とうてい隠し場所として機能しません。今回はたまたまツタが絡まって、見つかるまで時間がかかりましたが、通常、二、三時間がせいぜい。遅かれ早かれ、見つかることを想定しているに違いないのです。いや、むしろ見つけてもらうため、ああいう場所に置いたのかもしれない。それも、僕が自死を挙げた理由のひとつなのです」

「あんなふうに……落ちて門のギザギザに刺さるよう、わざと仕掛けたってこと？」

摩耶子が青ざめながらも、どぎついことをいう。

「いや、そこまでは無理だ。あれは不幸な偶然が重なった結果だからね」藤江は答えた。

いいたいことはなんとなくわかる。が、やはりすっきりしない。不自然なほど自死説を挙げるのは、藤江自身、むしろ本間がだれかに殺《あや》められた——れっきとした他殺だと確信しているからではないだろうか。

そして、もし他殺ならば、本間が死ぬことによって得をする、そして、死んだと世間に知らしめねばならぬ者。

タエ、か？

タエが本間から逃げ、新たに他のだれかと連れ合いになるためには、邪魔な夫を殺し、自由の身になるほかないのだ。そして、タエはそのだれかと結託する。二人で本間を吊して殺し、ツタに絡ませるように屋根に置く。そして死体が発見される前に、他殺の証拠を隠滅する。

「遅いわね、タエさん。どうしたのかしら」

治子の声で、悠木は我に返った。

「見てまいりましょう」川村がいって席を立つ。

「では、最初の首なしの死体は……」

「もうその話は……」

気持ちが粟立つあまり、悠木は雛元を止めたが、藤江はむしろなだめるように、

「いや、次々と用を足しに来るノラ猫ならば、連鎖的にこの屋敷を死体の棄て場に仕立てるやもしれんが……いかんせん、発見の順が逆だからな」

そこに心配そうな様子で川村が帰ってきた。

「ご不浄ではなく、洗面場にいらっしゃって」

「お呼びしてみた？」治子が首を傾げた。川村は大きくうなずく。

「中で『今、行きます』とお返事なさって、すぐにあっと、叫ばれて……そのまま。開けようにも……かんぬき錠がかかっているので……」

「また、錠が壊れたのだわ」

治子はモチーフ編みの肩掛けをはずして椅子に置き、ため息を吐きながら風呂場へと向かう。錠を開閉するのは老女たちだけでは無理だろうと、悠木もすぐあとを追った。

かんぬき錠は、昔、風呂で悠木とユキが鉢合わせした後、慌てた老女たちが、素人の御用聞きに頼んでつけさせたものだった。そのため仕様がまずく、引き戸も古いため、一度、上に持ち上げないとはずれない。妙なコツがいるのだ。

風呂場は、明治には珍しいタイル張りで、付随の脱衣場には、ひげを剃ったり口を漱《すす》いだりできるよう、井戸から水を引いてある。

「タエさん、いらっしゃるの」

治子が尋ねたが、返事はない。そこに、藤江がふらりと現れ、のんびりした口調で、

「君、磁石を使うのはどうかね。そういう密室のトリックがあったから、きっと開けるときにも使えると思うよ」

「ふざけてるときではない。返事がないのだ……タエさん？　どうしたのです」

悠木が慌ただしくドアを叩くと、中で、どさりと人が倒れる音がした。さすがに藤江も顔色を変えて、

「いけない、ドアを破ろう、よろしいですね、治子さん」

返事も待たずに、藤江はドアに体当たりした。ばんと、大きな音がして、ベニヤの戸に穴が開く。うながされるまま、悠木も藤江と一緒に戸を蹴破った。やがてめり込むように蝶番が壊れ、ようやく戸が落ちた。

「あ、タエさん」

鏡の前に、タエがうずくまっていた。両手で胸を掻きむしり、何かいいたげに口を動かす。

「しっかり、どうしたの？　どこか痛いの？」

治子はしゃがみ込んでタエを抱え起こした。

「ジョジさん、お医者様を、早く……」

「ううう」怖ろしいうなり声に場が凍り付く。

「本間ですね……やったのは」

藤江が大声でいった。

なんだって？　本間は死んで……。

妙な問いかけに驚いた悠木は、医者を呼びに行こうとしていた足を止めた。そして、ばけもののようなタエを見て、呆然と立ち竦む。

それは――笑う仮面だった。

苦しんでいたタエの口が三日月のようにひん曲がり、奇妙な笑顔になったのだ。

そしてゆっくり右手を上げ、やじろべえのように左右に揺れたかと思うといきなり悠木を指さした。

遅れて駆けつけた摩耶子が、ひっ、と、叫んで体を引く。

え？　僕が……なんだ？

タエは、自分を抱え起こしていた治子を乱暴に突き飛ばした。

かと思うと、今度は背中を弓なりにそらし、その勢いでぴょん、と軽業師のように立ち上がる。さらには、伸ばしたままの右手で、床、壁、天井、と次々に指し示し、驚いた面々が、引き込まれるように指の先に首を向けると、また、にやりと笑って、床すれすれまで頭をのけぞらせた。

ぼきり……不気味に、背骨が折れる音。

そして、ぜんまいが切れた人形は、二つ折りのままぴたりと動きを止めた。

「悪鬼……憑きだ」川村がつぶやく。

「タエさん……タエさん？」

「待ってください」

恐る恐る手を伸ばそうとした治子を、藤江が押しとどめた。

藤江は、タエの鼻の前に手のひらを近づけたかと思うと、首にも軽く指をあてる。

「絶命しています……この感じだと、毒だな」

「毒……」治子は摩耶子と手を握り合って後ずさりした。

毒？　まさか今、食べたケエキの中に？

皆が同時に食べたのに、どうしてタエだけがこんなことになるのだ。

「ああ、と……申しわけない」

にわかに藤江は、何かを思い出したように上を向いた。

「これはまた、巡査を呼ぶことになりそうですね。僕はやむを得ない事情で、どうしても今夜、京都に発たねばなりません。足止めを食らうわけにはいかないのです……申しわけありませんが、最初からいなかったことにしてもらいたい」

「お、おい……」

急に何をいい出すのだ、と悠木は慌てた。

が、騒ぎを聞いて駆けつけた雛元を見て、藤江もさすがにまずいと思ったのか、

「君、そういうことだから……君も口裏を合わせてもらえないかな。僕が帰れば、事態はすべて明らかになる、そのとき、得た情報をまず、君だけに与えよう」

相対論の講義ですっかり藤江びいきになった記者の眉が、ぴくりと上がった。

さらに藤江は、ほかに聞こえぬよう、悠木の耳元で囁く。

「いいか、絶対に早まるな、君は、ごく普段どおりでいたまえ」

そして治子と摩耶子に軽く指を振ってみせた。

「では、皆さん。しばしお別れを」

声をかける隙を与えず、藤江は風のようにその場を去った。

なすすべもなく、だれもが藤江の背中を見やる。すべて、あっという間のできごとだった。

「なんなん？　何があったんよ」

今頃になって現れた熊巳は、タエの死に姿を見て口をへの字に曲げた。そして悠木を押しやると、

「そこ、どいてや」

脈を取り、目を調べる。そしてしゃがんだまま、下から悠木を睨みつけた。

「……どういうことなん？」

骨が折れ、硬直した奇態な姿。

絶命直前、悠木を指さしたタエの不気味な薄笑い。
それらは圧倒的な恐怖でもって、じわりと悠木の首を絞めつけてきた。

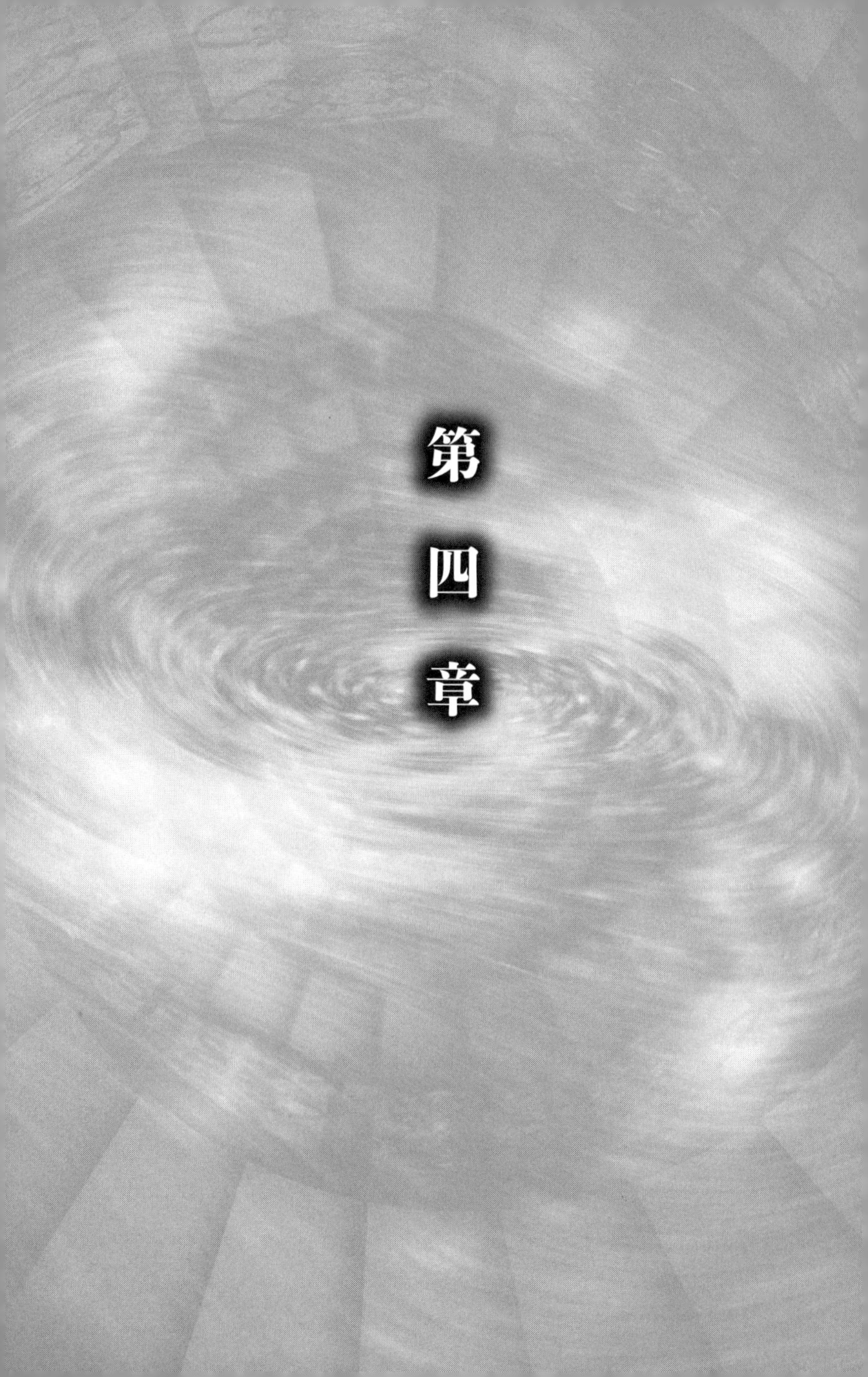

第四章

アインスタインが十六歳、まだ幼いともいえる少年の頃、
ひとつの疑問が浮かんだという。
光の速さで光と並んで走ると、どうなるだろうか。
それが「光速度不変の原理」。
まさしく、ノーベル賞への第一歩であった。
もし君が自動車に乗って、汽車とまったく同じ速さで走るとする。
汽車はどうなるか。
そう、止まって見えるはずだ。
では、光と同じ速さで走る、アインスタイン少年が見た「光」は？
止まって見える？
それとも？

十二月十一日（月）

タエの死因は藤江の予想どおり、毒物による中毒死であった。

鍵のかかった密室での服毒死。

残った料理から毒物は見つからず。

どうやってタエが毒物を取り込んだのか、警察が医院の二階、夫婦が間借りしていた部屋を調べても、なんら有力な手がかりは出てこない。常用している薬等に毒を入れられた可能性も、薬の包みや入れ物などが一切見つからずでは、立証できずに消えるしかなかった。

被害者が、夫を失ったばかりの未亡人であること。

少しでもタエを知り、言葉を交わした者はだれも信じなかったが——死亡時に複数人が居合わせた事実もあって——今回は特に、自死とみなされる可能性も高い。

悠木にとって、長年、一緒に仕事をしていた夫婦二人が前後して逝き、特にタエに関しては、あれこれ複雑な要因が絡みついている。不穏な気がかりは残ったが、医院の休業はさらに延び、夫婦の縁者が遺骨や遺品を引き取りに来ることもあって、悠木はしばし、雑事に追われる身となった。

思えば、今日は熊巳の診療所を訪ねる日だ。相次ぐ異常な事件にもかかわらず、行動は制限されていなかったので、悠木は混んだ市電を乗り継ぎ、診療所へと向かう。

診療自体、気は進まないものの、ただひとり事情を知る藤江は、非常時に限って、側にいたためしがない。場に居合わせた者の中ではまだ、熊巳は比較的、冷静に話ができそうな女ではあった。

ほどなく、例の拝み屋を兼ねた平屋建てにつくが、珍しく玄関に錠が下りていて、医院も無人の気配である。

——どこへ行ったのだろう。

すっぽかされたことは気に障るが、半ばほっとする心持ちもある。が、踵を返しかけたとき、ちょうど、電柱の角を曲がって戻る熊巳に出くわした。

うつむいて歩くさまがふらふらして、車にでも当たりそうに見える。丸髷《まるまげ》に地味な紺絣を着ていても年相応には見えないが、今日はいかにも疲れたふうだ。

悠木は声をかけるかわりに、ごほんと、ひとつ咳をした。驚いて、風呂敷包みを落としかけた熊巳は、悠木とわかるとすぐに、持ち前の傲慢さを取り戻した。

「ああ、ごめん……今朝まで、お産だったん。えらい難産で。私でなかったら危なかった。設備があればセッカイして取り出したかったくらい」

と、悔しげに、色のない唇を噛む。

「セ……切開？」

産婆といわれれば、今日の姿はいかにもそれらしい、と悠木は思った。

診察室に入ると、熊巳は手と顔を水でじゃぶじゃぶ洗い、絣の上に白い割烹着をつける。と、あっという間に生気が戻った。医者の仕事がそれほど好きなのか。決められた診療をこなすだけの悠木には、変わりようがうらやましくもあった。

「しかし、なんね、あれは」

熊巳はいきなりいった。自分がいたにもかかわらず、わざわざ近所の医師が呼ばれたことが、腹に据えかねている様子だ。

「藤江も……いないと思ったら、尻に帆かけて逃げてたんやね」

通報してやればえかった、と、意地悪い笑みを浮かべる。

そして、一応気を遣っているつもりか、とっくに火が消えた火鉢からやかんを下ろし、ここは寒いから、と、拝み屋の祈禱室へと悠木をいざなう。初めて来たときは外連味《けれんみ》に驚いた部屋も、光が入ると、とんでもなく安っぽく、陳腐な内装でしかなかった。

「あの新聞記者もなんなん？　ここにいる人だけでした、なんてわざわざ強調して。あれでおかしいと思わん巡査もどうかと思うけど……藤江、金でも渡したん？」

と、指で丸を作ってみせる。

「……いや、実はあのとき」

出奔する直前に、藤江が情報を餌に、あざとい交換条件で飼い慣らしたことを告げると、熊巳は鼻で笑って、

「そんなことだろうと思った……それで、警察はなんていってるん」

「夫の死による、衝動的な服毒自死ではないか、と」

「自死？　ぶはっ」

熊巳はいかにも信じられないふうに吹き出して、

「アホやないの？　だれがいってるんよ……どこをどうしたら、そんなん出てくるん？」

「最初は、料理に毒が入っていたのではないか、とも思ったらしいんだが、彼女の最期は皆が見届けているし、席を立ってから、亡くなるまでの時間を考えると、まず、他殺とは思えない……と」

「だから、あんたもこうして自由に外出できるわけか、ふーん」

絶命直前の異様さは、あえて語る者がなかったせいで、自然に隠蔽された。特に、あちこち指さしたなかに悠木が含まれていたことは、駆けつけるのが遅れた雛元や熊巳も知らぬことだ。

「絞殺か、首吊りかわからない歯科医の死体。それが発見された四日後に妻が服毒死、か……それで最初の頭部が焼けた死体は？　身元は確認されたん？」

考えながら熊巳は尋ねた。

「いや、顔なし死体の被害者と目されていた本間さんはあの状態だし、もうひとり、雑司ヶ谷の浮浪者もシマを変えていただけで、また、河原に戻ってきたんだ」

「あら、あれ、本間って人だと思われてたん？　指紋は？　行方不明なんやし、家や病院に残ってる指紋と比べれば、違うって簡単にわかったやろうに」

「あ……」悠木は動揺する。

夫ではない、と妻のタエが証言したため、調べられてもいなかった。あれが本間ではないか、と一番怖れていたのは、他でもない、悠木自身だったのだ。

すべてがもやもやする。本間はともかく、住み込みで洋髪を習う、と張り切っていたタエが自死することなどあり得ない。こうなるまで知るよしもなかったが、タエは見かけによらず男っぽい性格で、悩むより前向きに行動する、むしろ姉御的な気質だったのだ。

金輪際、あなたには関わらないわよ。だってあなたはもう……。

診療室でタエがいいかけたことを思い出す。あのとき、何をいおうとしたのだろう。どうして急に、悠木に関わることをやめたのか。

が、熊巳は悠木の表情など気にも留めず、不謹慎ないい方をした。

「ふん、おもしろくなってきたワ……でも、どうなんやろ。死体はどれもまともじゃないのに、自死、自死って、後戻りばっかりやん。身近なもんはだれも自死なんて思わないのに、警察、本当に犯人を挙げようって気、あるんかしらん」

「それは……まあ」

引き上げていた巡査もまた戻り、朝から忙しそうに動き回ってはいたが——結局、何も摑めているとは思えない。食事会の出席者を疑うふしがないのは、やはり、料理や飲みもの、ケエキなどから、毒らしきものが見つかっていないことが一番大きな理由なのだ。

「そういえば……摩耶子の弟に相対論の解説本を貸してくれたんだって？　嫌っていてもちゃんと読んでるんだな、って感心してたよ」

「そりゃね、読んで理解しないと、文句もいえんやん」

熊巳は意地悪そうに笑って、

「わかった気になるのは禁物。若いもんが、相対論なんてイロモノに惑わされたらいかんわ」

「……本当に嫌いなんだな」

悠木は呆れて、顎を上げた。

「嫌いなのは、アインスタイン」と熊巳は指をはじいて、

「ただねえ、考え方としてはおもしろいところもあってね……事件っていうのは、ある時刻に、ある場所で起こるやん。だけど、時刻や場所は相対的で『人によって違う』っていうのが、相対論なんよ……まんなかにどっかと事件を据えて、それにくっつく時刻と場所を、光単位の目盛りでグラフにするん。そしたら時間軸と空間軸が傾くんやよ。それが相対論の時空図……わかる？」

「……いや。さっぱり」

「まあ、ええわ」

熊巳は肩をすくめた。笑うと、まるで子犬のようだ。

「……じゃ、そろそろ始めましょか」

「始めるって、治療？　ここで？」悠木は怖じける。

「ここの方が落ち着くでしょうが」

熊巳が眉をひそめるのを見て、いや、まさか、と悠木は思った。そして、いいあぐねていたことをやっと口にした。

「催眠術のことだけど……しばらく、休もうかと思うのだが」

ふいに熊巳の表情が変わった。見たこともない冷酷な色が浮かび、悠木は背中に汗をかく。

「なんで？　この部屋がいやなら、診察室でもええのんよ」

「いや、そういうことじゃなく……今のところ生活に支障はないからね。まわりもその、ゴタゴタしているし……普通に暮らして、しばらく様子を見ようかと思うのだ」

「ごたついてるからこそ、早く記憶を取り戻したいんと違うん？　安心したいんやないのん」

幼顔が急に尖った。必死になるほど、真剣さが不気味になる。

「そうだけど……」

あれ以来、夢にうなされるようになった。そのわりに記憶が戻る気配はとんとない。

関わりがあった女が不審な死を遂げたことで、恐怖が増し、熊巳に、自分も知らない「秘密」を知られることが怖ろしくなったのだ。

「あんた、仮にも西洋歯学を学んだんだから、催眠術に偏見はないんよね？」

熊巳は目を細めて、

「そんなに大げさなことじゃないの、少しコツがわかればだれでもできるん。藤江にもね、昔、教えたことがある。あいつ、凝り性やし、一時期、凝っていろいろやってたんよ」

「……そうなのか？」

本当に、なんにでも首をつっこみたがる男だ。

「西欧では、軽めの外科治療のとき、瞬きを我慢させたりするんよ。目に神経が集まって、痛みが軽減するからね。日本じゃまだ、治療の痛みは我慢するのが当然、と思われてるんやから。ほんま野蛮な国やわ……特に歯科」

そういって因果を含めるように人差し指を立て、

「私は、日本で歯の治療受けるなんざ、まっぴらごめん。だから、虫歯にならんよう、ちゃんと自分に合う楊枝を削ってるんよ。それで毎晩、何分も歯の隙間を掃除するん」

身も蓋もないいい方だが、やっていることは理にかなっている。

熊巳は茶筒を開き、やかんの湯で茶を入れた。番茶はぬるく、皮肉にも茶柱が立っていた。ついぞ飲んだこともないような不味い茶で、安っぽいのにたいそう苦い。

「藤江はいつ、戻るんかしら」

自分は白湯《さゆ》を飲みながら、熊巳は肩をすくめた。

「アインスタインが出国するまで追いかけるだろう。上海までついていくつもりかも」

筋金入りの馬鹿やね、と、軽くけなし、

「アインスタインにはね、ああいう、常識外れな高等ヤクザを摑む何かがあるのんよ。光の速さで飛ぶとか、地球と同じくらい重いとか……机上の空論で遊んで、ほんま、ええご身分やわ。大事なのは、地に足をつけて考えることやのに。それを必要としとる人が、目の前にぎょうさんおるのに……恵まれた環境で、ふわふわ生きとるやつらには、まったく……これっぽっちもわからへんのよ」

激するにしたがって、熊巳の声はどんどん低くなる。

「目に見えんこと？　そんなんいらんわ……目の前には難題がごろごろ転がっとる。女は好きなことでもできんで家に縛り付けられて、夫に花柳病までうつされる。数式の統一？　はあ？　それを理解したら、何人、遊郭の女が自由になれるん？　人の役に立つのは、相対論やない。ガリレイやニュートンや……決まった時間に起きて、田畑を耕し、豆腐を売り、定規でまっすぐ線を引いて橋を作り、乗り物を作り……そうやって、人は一生懸命、生きてきたんやよ」

「それとこれとは……」別だといいかけてやめた。

確かに高等遊民である藤江は世情に疎いところはあるが、世の中や自身の生活に疑問を持たない悠木も似たり寄ったりだ。女だてら、単身海外に渡り、世間の暗部にも深く関わる熊巳に、正面から反論できる道理もなかった。

「世の中ちゅうのは、要領のよい人間が得するようにできてるん。光の正体を暴き出したのはマックスウェルやし……マイケルソン、モーレー、ローレンツ、ポアンカレ、みんな、こつこつ実験をして、あともうちょっとのところまで来てたんやよ。それをアインスタインは……知らん顔して、自分だけの手柄にしたん。人の発明にまで特許出して大儲けする、欲深なエジソンと同じやんか」

今の日本に、ここまで毒々しく、エジソンやアインスタインをこき下ろす人間がいたことに、正直、悠木は驚いた。

「面倒な雑用は下々にやらせておいて、はっ。藤江の小説に出てくる探偵そっくりやわ。イージーチェアに座って、自分はこれっぽっちも動きやしない。アイディア？　何がアイディア？　数学理論にして方程式を解いたのだって、アインスタインやない、ミンコフスキーやよ」

さらに熊巳は、それこそ藤江が聞いたら脳溢血でも起こしそうなことをいう。

「おまけにアインスタインは女を人と思うてない冷血人間や。世間で、聖人だの天才だのいわれとる人が、家族を不幸のどん底に突き落とすことなんて、まあ、ごく普通にあることやけどもね」

「アインスタインは……奥さんと仲むつまじいと聞いたが」

天才の私生活まで批判し始めた熊巳に、悠木は肝を潰す。

「ああ、二人目のね。前の人は科学者で研究の仲間だったけど、離婚してもらうために、もらってもいないノーベル賞の賞金をやる約束して追い出したんや。案外、相対論の発想も、前の奥さんから盗んだアイディアかもしれんやよ」

「……そんな馬鹿な」

熊巳にかかれば、相対論すら剽窃《ひょうせつ》なのか。が、博士も博士だ。もし賞がもらえなかったら、どうするつもりだったのだろう。

「ほんと、大嫌いなん。吉良上野介《きらこうずけのすけ》の次に嫌いや」

熊巳のいらいらが最高潮に達した。そして呆れている悠木に向かって、ぐい、と顔を近づけてみせる。

「あんたね……何か、うちに隠していることがあるやろ？」

なぜ今、忠臣蔵が？　とぼんやり考えていた悠木は、ぐっ、と喉を詰まらせた。

——あのことだ。

確かに。熊巳どころか、だれにもいっていない。もしかしたら藤江だけは気付いているかもしれないが、どうか、忘れていてくれ、とそればかり願っている。

「な、なんのことですか」

熊巳は不敵に笑った。

「催眠はね。術者がかけるんじゃない、自分でかけとる。思いこみやね。あんたが馬鹿みたようにかかりやすかったんは、催眠術に対して、なんやええ印象を持っとったからや……なのに、あんたは急に錠を下ろしてしまった。死にとうない人を自死させるのが無理なように『かからん』と決めた人に催眠はかからんの。だから……真正面から、こうして聞いてるんやの」

「意味が……わからない」

そう答えながら、額の汗をぬぐった。

「あんた。だれか、殺したんよね。ひとりか二人か、もしかしたら三人か」

「そんな、まさか。あ、は、はは」

笑い飛ばそうとして、かえって怪しいそぶりになった。それをいわれるとどうしようもない。悠木自身、疑い始めたらきりがないのだ。

「記憶がなくても、自分でそう思うとるんやろ」

「ど……どういうことだよ」

楽しげな笑顔にぞっとしながらも、尋ね返さずにはいられなかった。

「屋根裏部屋の……出窓」

「え？」

まさにその出窓から、どぎつい光が射しこんだように目眩がした。あのとき、熊巳が手でひさしを作って見ていたのは、窓と天井だったのだ。

「藤江はあきらめてたけど、あそこ、二人もいれば、じゅうぶん死体、通せるんやよ」

「どうやって……」

耳を塞ぎたい気持ちと、知ってすっきりしたい気持ちがせめぎ合う。熊巳は口を歪めて、

「まずは、屋根裏倉庫に死体を上げんとね。これはどうやる？　五、四、三、二、」

秒読みか？　悠木は慌てる。

「はしごの幅は狭いし、上から縄で吊るのも大変だし……あ、ああ、背負ってはしごを上る？」

「アウト」熊巳は手で大きなばってんを作り、

「死体が自分で上がればええんよ」

「死体が……自分で？」

「そ、生きてる本間が、自分ではしごを上り、屋根裏に入ればええん」

「そ……それは」

あそこで殺した、ということか。悠木はぞっと震えた。

「じゃあ、ここに首尾よく死体になった本間がいます、それをどうやって屋根に乗せる？」

熊巳は肩をすくめて、

「そのためには若干、道具がいるんやけど……今からいう物が、あそこにあったかどうか……あんた、順に確認するやよ」

「あ、ああ……」

「まず、縄。わりと長さがあって、丈夫な縄」

「……あった」

二間（約三・六メートル）ほどの縄が数束、部屋の隅で蛇のようにとぐろを巻いていた。

「オーライ、それで首も絞めたんやね……じゃ、布、寝台のシーツのような」

「ある……」

行李の上に、埃よけに二枚、かけてあった。

「……よね？　うちも見たもん」

熊巳は大きくうなずいて、

「その二つがあそこにあることは、家の人はみんな知ってたはず。消えたら消えたで、かえって目立つやんか。だから、うちみたいな賢い人間に見抜かれる危険があっても始末はできん。あったところにそのまま置いとくしかなかったんよ」

縄と布？　それでどうやって、本間の巨体を動かすのか。みの虫みたいに包んでぶら下げるのか。

「まさか……それ本気でいってるんなら、あんたもたいがいアホやね」

と、思い切り馬鹿にしてから、

「あのね、あんたはもちろん、女や年寄り……極端な話、おばあさん二人でも移動は可能。そのためには、もうひとつ。大事なもんが必要なん……それはね、うちらが上ったはしご」

「はしご？」

「うん、あのはしご、簡単に取り外しできるようになってたよね。あれを上からひっぱり上げて、担架みたいに使うんよ」

「たんか……か」

「そう、はしごに布を被せて滑りやすくし、その上に本間の死体を乗せるん。そして、はしごの両側を平衡になるよう縄で結んで、屋根裏の梁にひっかける。で、慎重にひっぱって、時々縄をくって固定しながら、ゆっくりゆっくりはしごを持ち上げるんよ。梃子《てこ》の原理でね」

古い建物にしては、天井の梁も丈夫にできている。熊巳が上を見ていたのは、梁の位置を確かめていたのか。感心するよりむしろ怖ろしく思えて、悠木はぐっと口をつぐんだ。

「それでね、はしごがまっすぐ上がって、死体の頭部分がちょうど出窓まで到達したら……今度は足の側だけ持ち上げて、傾斜を作り」

傾斜を作り……？

「下から頭側の布をひっぱって……ざーっ」

「ざーっ……？」

悪趣味な表現に、また、死体の無惨さを思い出す。

――それを……僕がやったといいたいのか。

つじつまが合うところが怖ろしかった。何せ、記憶がないのだ。違うとはいい切れない。

「催眠で……何かいったのか？」

「さあねえ」熊巳は意味ありげに笑い、口を歪めた。

「でももし、あんたが人を吊す方法を催眠で語ったとしても、推理して話す可能性もある。自白は証拠にはならんわね。だから犯人しか知らない事実や、他人には考えつかない動機、個人的な行動……そういうたぐいのことを、今、ここで洗いざらい、うちにしゃべってくれへんかなあ」

「何をいってるんだ」

悠木は怖気を感じて、藍色の冷たい火鉢を撫でさすった。

「別になあんも……でもねえ、それ聞いて、あんたを警察に突き出したら鬼よねえ、うふふ」

図２　屋根裏出窓からの死体運搬方法

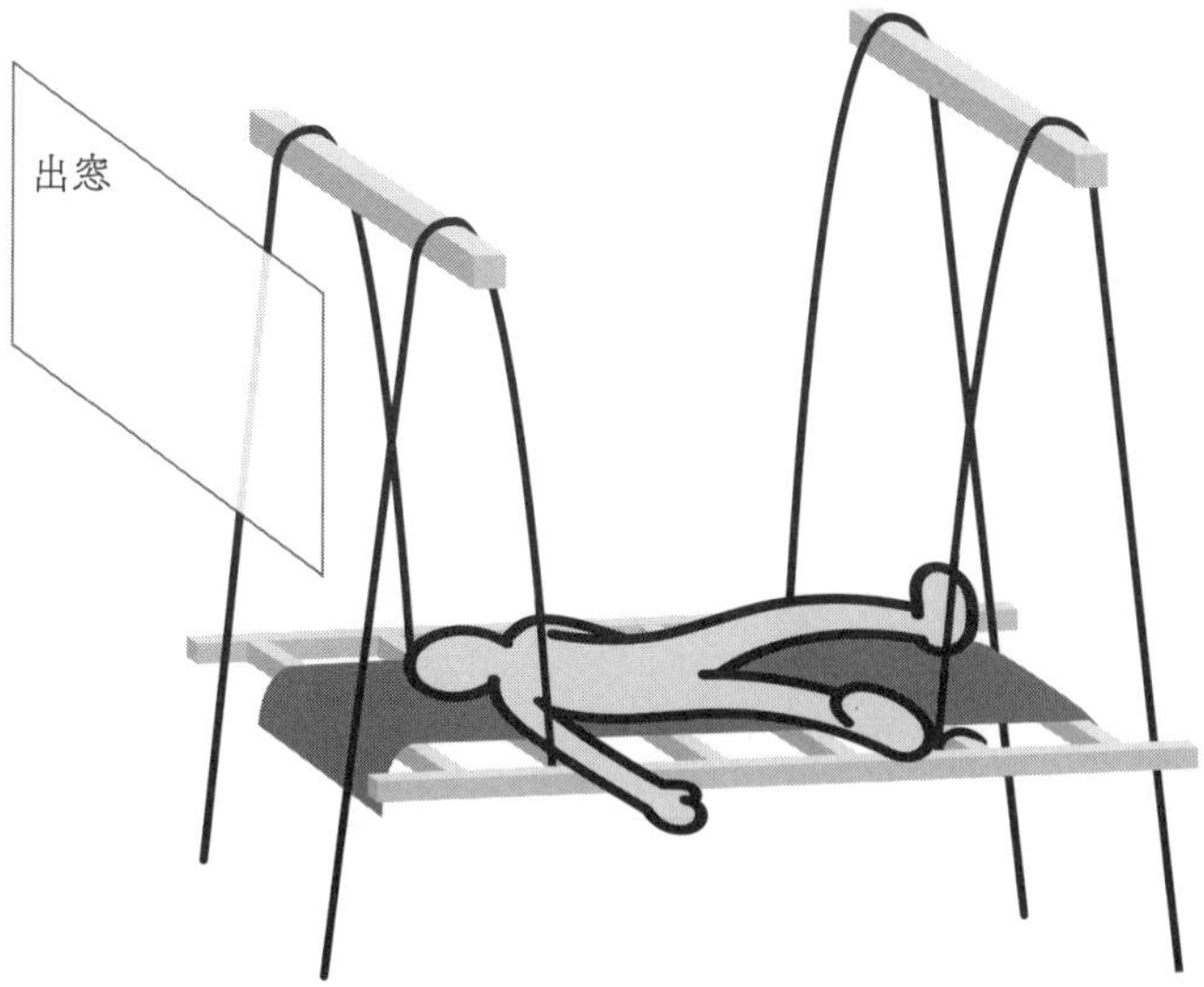

小柄な体から、火山のように噴き出していた憤怒が毒へと変わる。

悠木には彼女が何を欲しているのか、見当もつかなかった。が、やがてその魂胆が語られ、さらに震え上がる。

「ね、あんた一度、大きな病院で治療を受けてみん？　九州の帝国大学にK教授という方がおいでとるん。思い切って手紙を差し上げたら、私の経歴に興味を持ってくれはって。近いうち、東京の大学に呼ばれるから、ぜひとも患者も連れて大学に来るがよい、ですってよ。そこね。精神医学の別館もあるんよ」

「患者って、僕か？」

「ふふ、ほかにだれがおるん？」

そういって、熊巳はほつれた髪をかき上げた。瞳が猫のようにふっと横に広がる。

「僕に……瘋癲院《ふうてんいん》に入れと？」

「最新の病院やし、悪いところじゃないよ。あ、あんた、被害者と姦通もしていたんよね？　殺人で捕まって絞首刑になるより、病院の方が、全然ましやないの」

藤江が漏らしたのか、それとも自分が催眠で語ったのか。

「経歴がかわれたんなら、ひとりで行けばいいじゃないか。なんで僕まで病院に入らないといけない」

「まあ、そうだけど……おみやげにカステイラがあるのと、手ぶらで行くのとは、やっぱり違うやん。教授、あんたの症例にすごく興味持ってはってね。私もこれまでさんざん痛い目にあってきたし。使えるものはわらしべでも使いたい……それで論文書けば、ぱっ、と前途が開けるかもしれんし、ね」

頭もよく、金をかけて女医学校に行き、女だという以外、なんの不利益も被ってこなかったやつだ。有名教授の下で仕事をするためなら、悠木を瘋癲院に入れることなど痛くも痒くもないだろう。

「悪いけど、帰る。用があるから」

悠木がいうと、熊巳はキッと目を吊り上げた。なぜか口元が泣き出しそうに震えている。

「だめやん、帰ったら」

あれ？

「なんだこれは……」目眩がした。

もやもやした細いすじが、いくつも目の前を揺らぎながら漂っていく。

「やっと効いたあ……あんた、催眠術は馬鹿みたようにかかるのに、薬には強いんやね。中毒者？」

不敵な笑みを浮かべ、熊巳は立ち上がった。

十二月十二日（火）

目を覚ますと、闇の中から暗い眼が自分を見ていた。

こめかみが打つ脈に合わせ、それは近づいたり離れたりする。眼はかん高い声で嗤う。

ひとごろし、ひとごろし。

やめてくれ、頼む……悠木はうめきながら、だるい体に力を込めた。

高く、シミだらけの天井。

眼ではない。あれは天井の木目だ。笠もない裸電球に目をやると、あたりが眩《くら》み、黄色く、丸く、そして暗くなった。

慌てて起き上がろうとして、腰にがつんと衝撃を感じる。

手足が胴体に張り付いて動かない。体をねじって、重いせんべい布団をはねのけると、自分がまるで、死に装束のような白い衣を着ていることに気がついた。

なんだ、これは。

一見寝間着にも見えたが、柔道着のような厚い生地で、合わせが何ヶ所も紐で縛られている。おまけに袖の先にも紐があって、左右からきつくひっぱり、胴体にくくりつけてあった。

縛衣か……。

ぞっとした。瘋癲院や監獄で、暴れた者が自由を奪われ着せられる衣、拘束衣。

聞いたことはあるが、見るのも、まして着るなど初めてのことだった。気を失う前のことを思い出す。そうだ、病院に入らぬか、熊巳はそういって脅したはずだ。

必死で首をひねると、神棚があり、足を上げて踊っている象の仏像が見えた。どうやらここは祈禱室。まだ、病院ではないらしい。

「あら、気がついたんね。おはよう」

満面の笑みを浮かべて、熊巳が現れた。

くたびれた表情はすっかり消え、ウールの赤い着物姿はまるで若い生娘だ。柔らかな日差しを浴びて、襟足の産毛がふわりと揺れる。手には、あちこち焦げた古い土鍋を持っていた。

おはよう？　まさか、もう、朝か？

窓に張った黒い幕の隙間から、日差しが漏れて射し込んでいる。日は高いようだが、時間はわからなかった。いったいどのくらい眠っていたのか。頭が重く、胃も胸もむかむかする。

「狭い場所で申しわけないわね。でも、あとしばらくの辛抱やん」

熊巳はぞっとするような優しい声でいい、悠木の頭を抱えて、折った座布団を背中に差し込んだ。されるがままに体を起こした悠木は、呆然と薄暗い部屋を見回した。

——そうだ。

どういう経緯でこのようなことになったか、曇りもなくはっきりと覚えている。熊巳は、悠木を手みやげにして、瘋癲院の教授に取り入ろうとしているのだ。

「K教授もね、困ったことにアインスタインの講演を楽しみにしとるんて。最後に、九州であるらしいん。だから、上京は年明けになるけど、その前にちゃんと車を仕立てて、病院まで送ってもらえるように頼んだし、うむ、安心してや」

そういうと、木の匙で色の悪い粥をすくって、あーん、とむりやり悠木の口に流し込む。不覚にもつい飲み込んだ悠木は、なんともいえない粥の臭いに、ゲッとえずいた。

「なんだ、これは……」

「むぎのお粥よ。オーツ。牛の乳で煮込んでるん。滋養もあるし、アメリカじゃみんな普通に食べとるわ。私も、朝はいつもこれ」

そういってまた口に入れようとするのを、悠木は顔を振り、必死に避けた。

「食べないと、首んとこに食塩水注射するよ?」

熊巳は静かにいい捨てた。ぞっとした悠木はしばらく黙ったのち、弱々しく乞うた。

「じゃあ……せめて、腕だけでもはずしてくれ……痛い」

刺激しないよう、穏やかに体を揺するが、腹で留められた両腕はびくともしなかった。

「あんた、馬鹿? 腕が動かんように、わざわざ着てもろうとるのに」

上から見下ろすように見て、熊巳はあっはっは、と笑った。

まさに悪魔だ。子どものような外見に惑わされていた自分に腹が立った。

はねのけた掛け布団が、すぐ傍らにある。悠木は唯一動く頭を畳に押しつけたが、芋虫のようにその場でくねり、ぶざまに頬を擦りつけただけだった。

「僕が帰らなかったら……警察がすぐに捜すぞ」

へえ、やっぱりあんた犯人やん。熊巳は平気でいい、むぎ粥の椀を置く。

「あんたね。うちに来とること、どうせだれにもいうとらんやろ? 脳病の……それも女の医者に掛かるなんさ、格好悪いと思うとるもんねえ……私はせいぜい友人の元妻。あんたと関わりなんかないん。警察が必死に捜したって、ここまで来るはずがないやん」

「藤江が……知っている」

そう、そう、そうやったわあ、熊巳は大笑いして手を叩いた。細く射し込んだ光の中で、細かい埃がまた舞い上がる。

「でもねえ。このあと、石ころ博士は、まだまだ悠々と日本をご漫遊なさって、九州に行くん。あのお調子者も、上海までついてくだろう、って……それ、昨日、あんたがいうたんやよ。残念やけどね。博士が出国する時分には、あんた、もう、ぼーっとして、藤江に会っても、顔も名前も思い出せんくなっとるわ」

ぞっとした。

昔、母と住んでいた町の山裾に、怪しげな瘋癲院があった。庭のまんなかに大きな獅子頭がひとつ。視点の定まらない患者たちが列をなし、そのまわりを何度もぐるぐる回っているのだという。

病人と二人だけで行ってはいけない。二人とも瘋癲院に入れられる。そしたら、もう二度と家には戻れない。町の人たちはそういい触らし、いいつけをきかないとあそこに連れていくぞ、と、子たちを脅して怖がらせたのだ。

「ま、待ってくれ、僕のどこがそんなに珍しい。ちょっと記憶が飛んでいるだけだろ。その偉い教授がどうして、そこまで欲しがるんだ」

余裕をなくし、悠木の息が荒くなった。力をふりしぼって必死に抗う。

熊巳の顔が瞬間、曇った。

そして口を引き結び、見せたこともない切ない表情で悠木を見つめた。

「……ごめんね、悠木。うち、あんたに恨みがあるわけじゃないん。でもね、あんたにもきっとそっちの方が……」

「もし、」

と、そのとき、ふいに外で男の声が聞こえた。

悠木ははっとして耳を澄ます。顔をしかめた熊巳は、細い指で目尻をぬぐい、持っていた手ぬぐいで悠木に猿ぐつわを嚙ませた。

そして、はーい、とよそ行きの声を上げて、部屋を出ていった。

ぼそぼそと話してはいるようだが、何も聞こえない。そう思ったとき、いきなり、激した熊巳の声が響きわたった。

「きちんと払って一度も遅れたことはないですよ」

相手の男もつられて声が大きくなる。

「だから、ねえ。こっちは、びた一文の儲けにもならねえってのに、わざわざこうして来てやってるんだ。久米《くめ》の旦那はなあ……見かけはちょっとあれだが、羽振りもいいし、たいそう情の深いお方なんだよ。あのお方の世話になりたい、って女はたっくさんいるんだ。町なかにこじゃれた家の一軒でも建ててもらって、きれいなべべ着てさ、こんないい話はめったにないぞ」

「……なら、世話になりたい女に、話を持っていけばええ」

最初はおとなしい声で話していた熊巳が、一瞬でくだんの口調に戻った。

「あんたが欲しい、と、おっしゃってるんだよ。あんた、先月、お屋敷で、子を取り上げただろ。あんとき、旦那さんが見そめてね。ぜひに、っておっしゃってるんだよ……ほんと、ありがたい話じゃないか」

「あの……生まれる直前まで逆子だった子」

低い、うなるような声だった。

「あんた、最近、産婆の仕事、減ってるだろう。家賃だって無理して、困ってるんじゃないか」

「まさか……」熊巳の声が震えた。

「うちに仕事が来んように、手を回しとるん?」

「あんたが、うんといわんからだ」男があざ笑う。

「旦那に逆らって、この界隈で仕事ができると思ったら大間違いだ。しかしあんたねえ……仕事、仕事、って女が何、必死になってるんだい。女なんて男にかわいがられて、子でも産んでなんぼだろ。せっかくかわいらしい顔してるのに、お宝を無駄にするなんざ、ほんともったいねえよな」

どーん、と壁を蹴飛ばす音がした。

「うるさい、帰れ。あほたらけ。あんたがうちだけ家賃、倍取っとるの、知らんとでも思っとったんか。こんなボロ家、こっちからとっとと出てってやる……その、すけべえおやじにもそういっとけ。死ね。アスホー」

男が怖じける気配がして、悠木は慌てた。

つい、聞き惚《ほう》けていたがとんでもない。どんなにゲスな野郎でも、人が今そこにいるのだ。逃げ帰ってしまわぬ間に助けを求めなければ、たぶん、もうあとはない。

目の前にあるのは、不味いむぎ粥だけだった。悠木は唯一動く足を曲げ、力一杯、椀と鍋を蹴飛ばした。

鍋は倒れただけだったが、椀は思ったより飛んだ。神棚に当たって弾け、象の仏像がひっくり返った。ちゃぶ台でも転がしたような音があたりに響く。

「な、なんだ、だれかいるのか」男の驚く声がした。

助けてくれ、その女に閉じ込められているんだ。悠木はうなりながら、必死で体をよじる。

が、すぐに、開き直ったような熊巳の声がした。

「ああ、そうやよ。男がいるんやよ。気が荒くてすぐ刃物を振り回すんだ。ああ、こわ……うちにすけべえな話を持ってきたのが知れると、あんたもその旦那も、串刺しにされるかもだねえ」

「お、男がいたのか、聞いてないぞ。出戻りで産婆をしてるっていうから貸したのに」

「悪かったね……ああ、あんたあ」熊巳が甘えた声でいう。

「大家がねえ。私に、ありがたい妾の話を持ってきてくれてさあ。どうしようか」

這々の体で男が逃げ帰る気配がした。

そして、鬼のような顔をした熊巳が戻ってくる。ひっくり返った粥を見て、熊巳はぐっと息を止めた。

そして何もいわず、いきなり白い足袋で悠木の頭を踏みつけた。纏足《てんそく》でもしたような小さい足が、悠木の頬をぐいぐい畳にねじ込んでゆく。

「男らは、馬鹿でも簡単に仕事について……私は人の何倍も努力して……それでも、女だってだけで、あんな最低なことまでいわれて、くやしい、くやしい」

熊巳は歯をぎりぎりと食いしばった。

「これまで、まったく縁がなかった研究室よ。それも、あの、K教授の下で仕事ができるん。今、あんたに逃げられたら、せっかくの機会が台無しなんよ。わかるやろ、悠木……恨むなら、私を虐げてきた世の中と、あんたを見捨てて遊び回っとる馬鹿な藤江を恨んでや」

そういいながら、今度は力まかせに腹を蹴り飛ばした。

熊巳は着物の裾がめくれるのも構わず、片足を上げ、咳き込む悠木に何度も足を振り下ろした。悠木は痛みにうなりながら、体を曲げようとしたがびくともしない。

「まあ、ええわ」

瞳の色が黒くなり、今度はしゅっと幅が狭くなった。

「大丈夫や。治療が始まったら、あんた、もう絶対、病院から出たいと思わんくなるから」

怖ろしい言葉に悠木は震える。

そしてうぐぐ、とうなり声を上げ、必死に目で訴えた。

「なんやの？」熊巳はやっと猿ぐつわをはずす。

「べ、便所に行きたい」

「はん？」

熊巳が布団をむりやり引き抜いたので、悠木は丸太のように転がった。その上から、重く湿った布団を投げつけられ、ぐう、と妙な声が出る。

「そのまま、そこにしても大丈夫や。おむつの上にゴムの雨合羽が巻いてあるから」

そういい、また、乱暴に猿ぐつわを嚙ます。

熊巳は手際よくこぼれた粥をかき集めた。そして最後にもう一度、思い切り腹を蹴りあげる。

「じゃあね、悠木。おやすみ」

痛みにのたうち回る悠木を見下ろしてそういうと、熊巳はさっさと部屋を出ていった。

ひとりになって、悠木は少しだけ息を吐いた。

夜だけの定額灯らしく、いつのまにか天井の裸電球が消えている。机に煤だらけの古い石油ランプがあるので、灯りがない間はそれを使うのだろう。

畳の上には、やかんが載った小さい火鉢があった。熊巳はこの湯で茶を入れたが、自分は白湯を飲んでいたことを思い出す。

蹴られたことで、熊巳への恐怖心が増した。これまでは、子どものように見える小賢しい女、くらいの認識だったが、これほどの歪みや、世の中への憎しみが浮き彫りになると、怪物めいた生き物に思えて生きた空もない。

もし、催眠療法を続けるといえば、こんなことにはならなかっただろうか。

いや、せいぜいひと月遅れたくらいだ。K教授のもとへ行くことしか頭にない熊巳は、催眠をかけた悠木を、今と同じように拘束し、閉じ込めたはずだ。

ごめんね、悠木。うち、あんたに恨みがあるわけじゃないん。でもね、あんたにもきっとそっちの方が。

大家が来る前、悠木に謝りつつ、涙ぐんでいたように見えたのは思い違いだったのか。

かたん、と音がして、悠木は横目で神棚を見た。粥を蹴飛ばしたときに傾いた、お供えの餅が崩れたようだ。神道なのか仏教か、東洋の古い神々のようでもある。ごった煮のように並べた装飾。女であることが妨げになるこの国で、俠気《きょうき》と自負心が行き場を失った熊巳。いくら報われないからといって、悠木への仕打ちは常軌を逸している。

尿意とともに、焦りが強くなった。拘束されたまま、雨合羽に排泄することなど考えられない。しかし、近所づき合いもあの程度なら、助けが来ることなど期待しても無駄だ。

なんとかならないか——悠木は、目を凝らして周囲を見た。

なんとしてでも、まず、ここから逃げなければ。

手の拘束を解くために紐を切りたいが、刃物や尖ったもの、擦りつけるような硬いものはどこにもない。せめて診察室なら使えるものがあっただろうに、ここで目につくのは妙に丸っこく、何に使うかわからないような似非《えせ》道具ばかりだ。

水晶の玉、連なった数珠、白い紙で作った神社の垂《しで》。

象の顔をした仏像は妖しげに腰をくねらせている。薄く射し込んだ陽がちょうど像を照らし、ぶざまに転がっていても、まるで後光が射すかに見えた。

——光は波なのだ。

藤江の言葉が頭に浮かんできた。

『太陽の光は色を含んでいる。波の間隔が長いと赤くなり、短いと青い。七色のうち、吸収されず跳ね返った色が、物そのものの色になる』

——光は粒でもある。

『物を熱したときに出る光は、飛び飛びの、振動数に応じたエネルギーしか持たない。それは光が粒子だからだ』
本当に役に立たないな、と悠木は脱力した。
熊巳のいうことは本当だった。実験室の檻で、自分が何者かわからぬほど壊される悠木に、光の正体などなんの意味もない。
光が波だろうが、粒だろうが、もう、どうでもよい。せっぱ詰まって必要なのは、生き残るための手段なのだった。

どのくらい、そうしていただろうか。

熊巳が何度か不味そうな食べ物を持って現れた。腹は減っているが、食べる気力がない。

体がだるく、頭痛がした。じき尿意もなくなった。うとうと眠っていると、いきなり足でうつぶせにひっくり返され、畳に叩きつけられた。

「あんた、死にたいん」

そういうと、拘束衣の背中を剝がす。ちくりと鋭い痛みが走り、不快な圧が首筋を押した。

「このまま脱水が続くと死ぬよ、こんなところで死んでええんね」

そうか、脱水。それで尿意も収まったのだ。食塩水を注射したのだな、と悠木は思った。

このまま弱ってしまえば、干からびて、眠るように死んでしまうだろう。自分が死ねば、熊巳もすべてを失う、いい気味だ、と悠木は思った。病院に入れられ、実験動物にされるくらいなら、乾物にでもなって死んだ方がましだ。

しかし、熊巳はやはり甘くはなかった。

「死なせんよ。あんたの腹に穴を開けて、腸に直接、むぎ粥を流し込んじゃる」

「……やめてくれ」

悠木はぞっとした。そんな話、聞いたこともないが、窮した女医は本当にやる、そう思った。

「なら、食べる？」

悠木はうなずき、朦朧としながら熊巳が口にあてがった酸っぱいパンと、豆乳を飲んだ。いきなり腹に入れたので、胃をひねり潰されたようだった。えずくと同時に排尿した。そして感情もなく、また、管のようなもので白湯を飲んだ。

しばらくすると、急に睡魔が襲う。このまま死にたい、と思いながら目を閉じ、やおら目を覚ますと、拘束衣のズボンが新しいものに替えられていた。

これは悪い夢か。

悠木はぼんやり天井を眺めながら考えた。

頭痛も、背中の鈍い痛みも、だいぶましになっている。拘束衣が替わったせいか、足も少しだけ動くようになっていた。どうやら、ズボン部分の結びが弱いようだが、それでもまったく起き上がることはできない。

こんなもの、考えたやつはまともじゃないな。

悠木は人ごとのようにぼんやり思う。

と、顔に見える天井の節目が、また悠木をあざ笑った。その横に、小火《ぼや》でも上がったのか、煤のような薄い焼け焦げが見える。

――小火？　そうか。その手があるか。

小火が出れば、さすがの熊巳も慌てるだろう。

今や、悠木は熊巳の大事な駒だ。駆け込んで来て火を消すか――それが無理なら、なんとか連れ出そうとするのではないだろうか。弱ってはいるが、手足が自由になれば、小さい熊巳など一気に振り切れる。

頭痛が弱まったおかげで、少しずつ意識がはっきりしてきた。悠木は改めて、まわりをぐるりと見回した。

火鉢の上に、徳用のマッチ箱が見える。しかし、火鉢には火の気がない。もしマッチを箱ごと蹴落として火が点いたとしても、せいぜい火鉢の中で安全に燃え尽きるだけだ。

箱を固定し、マッチを擦るのはどうだろう。

猿ぐつわを噛まされているので、口でくわえるのは無理だが、足の指なら少しは動く。マッチ箱のところまで辿りつければ、なんとかなるかもしれない。

拘束衣のベルト部分は、モスリンの腰紐を半分にしてきっちり柱に縛り付けてあった。長さは三尺（約九十センチ）ほど。動ける幅は狭い。悠木は、芋虫か尺取り虫のように体をくねらせながら、全力で火鉢のそばまで体を移動させる。

寝返りをうつだけでも大変なのに、火鉢までの距離は本当に遠かった。

なんとか辿りついたときはもう息が上がって、ふらふらと目眩がした。痛みが腰にきて、起き上がることすらできない。マッチを擦るためには、マッチ箱を下へ落とさなければならないのだ。

火鉢を揺らせる場所まで、回り込む力はなかった。腰紐の距離もぎりぎり。食べ物で取り戻した体力はもうほとんど残ってはおらず、いつもの半分程度動ければ上等だった。

なんとか足を上げて火鉢の脇を蹴ってみる。据わりが悪いせいで大きく揺れ、火鉢ごと倒れそうになった。が、マッチ箱は落ちてこない。

もう一度。今度は静かに火鉢を揺らした。

よし。

思惑どおり、マッチは箱ごと火鉢の反対側に落ちた。が。

——空っぽじゃないか。

気力が尽きて仰向けに倒れ込む。

マッチくらい、補充しておけよ。

無理な体勢で動き続けたので、横腹が痛かった。猿ぐつわも苦しい。

祖母と川村が心配しているだろう。青ざめ、おろおろしている老女たちを思うと、いたたまれない気持ちになった。が、ふと。

寝返りをうった視線の先に、高々と飾られた水晶玉が見えた。

水晶玉の手前には和綴じの資料。たぶん祈禱依頼者の名簿だろう。閑古鳥の鳴く治療院と違い、荒稼ぎしているらしい拝み屋の資料は山積みになっている。

手が届くなら——あの水晶玉で光を焦点に集め、火を点けてやれるのに。

子どもの頃、兄の虫眼鏡で、百貨店の包装紙に火を点けたことがある。代わる代わる光を集めるも難儀し、やっと火が点いたときには、二人で小躍りして喜んだものだ。

しかし、今、水晶玉は遠く、百貨店の包装紙もなかった。そもそも射し込む冬の日差しが弱く、届いたところで、火が点くほど光を集めるのは無理に違いない。

箔をつけるためか、拝み屋の名簿にはよい和紙が使われていた。まっすぐ積まれた紙の折りしろには金糸が散って、一枚、別の紙が飛び出している。手紙だろうか、と悠木は思った。

力をふりしぼって足を上げると、なんとか紙のところに指が届いた。親指と人差し指で挟んで体をひねるうちに、太もものすじが痙《つ》って激痛が走る。痛みのあまり痙攣しても、手は腹の位置でびくともせず、撫でさすることすらできない。

悠木は七転八倒、つま先を上げたり下ろしたりした。脂汗が額を流れ、目に入って涙が出た。これでは逃げる前に、力尽きてしまう。

あ……。

便せんがふわりと飛んで、悠木の腹の上に落ちた。

首を曲げて見ると、書き損じらしくはあったが、どうやら教授に宛てた手紙のようだった。男のように角張った字。長さは便せんの半分くらいで、あちこちごしごしと塗りつぶしてある。

もちろん、教授。こういう例は大変珍しいのです。欧米では時折、治療として使われていると聞いてはおりますが。それは——ですが。今後、我が国でも脚光を浴び、第一線で———間違いありません。もちろん倫理的な問題が――とやかく――これは間違いであると、考えております。知能、知識は高い――ですので、本人に自らの――悟られては研究の妨げになることは必至であります。一日もはやく、患者の身柄を確保し、法権の届かぬ場で、研究を進めることを切望いたします。つきましては、私も精神医学における権威、米国のC女子大学校において研究を重ねてまいりました。――必ずや――。

得手に帆を揚げつつ、不惜身命《ふしやくしんみよう》、捨て身で研究に打ち込む所存でございます。

つきましては、もし可能でありましたらば、年内、なるべく早い時期に患者を入院させるべく、病院へ参りたいと存じます。必ずしもよしとする――そのことで同じ苦しみを背負う患者を救うことになりますれば――。

教授のご名誉を守ることも、我が役割と考えております。どうか――

ドクター熊巳華子拝

熊巳は本気だ。

不穏な文字が並ぶ手紙を見て、悠木は背筋を凍らせた。

と、がさり。後ろで何かが動く音がした。

なんだ。

手紙を読んで、脈拍が上がっていた悠木は、息が止まりそうになった。

足をふんばって背をそらせ、脇腹で体を支える。もし縛られていなかったとしても、いきなり動くことは怖ろしかった。ほんの少しずつ寝返りを打って体を回し、不気味な気配を確かめる。やっと首を向けると、部屋の隅、小さな台の上に、湾曲したガラスの鉢があった。

蛇か。

鉢の中で、熊巳の愛玩動物である白い蛇が二匹、とぐろを巻いていた。白子のアオダイショウか。うろこのような模様をつやつやと光らせ、赤い舌をのぞかせている。鉢の底に乾し草が敷かれ、ご丁寧に、止まり木まで添えられていた。

正体がわかると、急に腹が立った。どうしてこんな気味の悪いものを飼っているのか。ますます熊巳という女の、得体が知れなくなってくる。

草が湿ったような生臭い匂い。どうやら、鉢の温度が高くなっているらしい。ガラスの鉢は食品店のケエスのように、円柱の上下を削り取った形をしていた。口の部分には細かな網で、蛇が出ないようきっちり留めてある。つい先、射し込んだばかりの淡い光が、鉢の縁で曲がり、別の角度から蛇を照らしだしていた。

作りが粗いのか、蛇の動く位置によって、時々、鳥でも呑んだようにその胴体が膨らんで見える。隅の方には脱皮したあとの皮も乾いて丸まっていた。

太くなったり細くなったりしながら、二匹の蛇が動いている。

——これを、水晶玉の代わりにはできないか。

相変わらず日差しは弱いが、先の教授宛の手紙なら軽くて楽に動かせる。鉢の膨らんだ部分に光を集め、それを紙に当てれば、火が点くのではないだろうか。

鉢はかなりいびつな形だった。膨らんだ場所はいくつもあるが、それぞれの丸みはどこもさほど大きくはない。

腹に力を込めて、足で鉢を回す。弛《たる》んだ筋肉がぷるぷると震え、茶櫃ほどの鉢が傾いた。が、少し動いただけで光は大きくそれる。太い方の蛇が驚いて鎌首を上げ、また威嚇するように舌を出した。

飲み食いしたせいかまた尿意も強くなり、苛立ちが増した。慎重に少しずつ動かさないと、とてもじゃないが、うまく光を集められそうもない。

一度目。右に回りすぎ。

二度目。だめだ。大きく、ずれた。

三度目。今度は、左に動きすぎる。

大きく息を吸って五度目、やっと光の輪が小さくなった。

しかしいくら晴天とはいえ、思った以上に冬の日差しは弱い。鉢を動かそうにもこのくらいが限界だ。

そのまましばらく待った。が、紙に火を点けるどころか、温めているようにすら見えない。

やっぱりだめか。

二人がかりでも大変だったのだ。真夏の炎天下、本物の虫眼鏡でもあれば別だが、やはり着想が幼すぎたのだ。

拘束衣の中に汗をかき、蒸れて不快感が増す。よい考えだと思っただけに、落胆は大きかった。

もう、体力も限界だ。

『あきらめるな、ジョージ』

――どこからか、兄の声が聞こえた。

『いいか、ジョージ。こうやって、根気よく光を当てるんだ。季節や気温は関係ない。冬の方が空気が乾燥していて、案外うまくいくのだ』

へえ、そうなの？　兄さんは物知りだね。

『それにほら、紙の裏を使おう。黒い紙の方がよく燃えるからな』

そうだ、黒い紙。悠木はまわりを見回した。

透明な水晶玉の向こうに、転がったマッチの箱が見える。

マッチ箱の側面は黒い。確か、リンが塗りつけてあるはずだった。これならば弱い熱でも案外簡単に火が点くかもしれない。

鉢を蹴飛ばすと、はずみで網がはずれた。驚いた蛇が這い出してくるが、構う暇はない。足を使ってマッチ箱を転がし、鉢の近くに置いた。全力で体を曲げて、箱をたぐり寄せる。今度は腹の肉が痙ってしまい、畳にこすりつけながらなんとかしのいだ。

頼む、うまくいってくれ。祈るように悠木は顔を上げ、光の位置を確かめた。

さっきよりもまた、日の角度は低くなっている。それでもなんとか光は届いているが――翳って弱い冬の光が、はたしてどれほど熱を持つだろう。

がさがさと、蛇の這う音が耳元で響いた。

万事休すか。

そう、あきらめかけたとき、箱の側面から微かに煙が立ち上った。そして、喜ぶまもなく、いきなり派手に燃え始める。そして、あれよというまに、机の上にまで燃え移った。

うわあ……。

熊巳が駆けつける気配はない。悠木は慌てた。

自分は動けないのだ。もしこのまま熊巳が戻らなかったら、ここで焼け死ぬしかない。

気づけ、熊巳。家が燃えてるんだぞ。

悠木は背中で床を這いながら、転がっている象の仏像をまた、力一杯蹴飛ばした。けたたましい音がして、窓のガラスが割れる。

さすがに驚いたのか、熊巳が現れた。そして両頬に手を当てて大声で叫んだ。

「何よ、何やってるんよ」

手足を拘束され、猿ぐつわまで嚙まされた悠木は、弱々しく、いかにも息も絶え絶えというように体を揺らしてみせた。芝居ではなく、本当に胸が苦しく、気も遠くなりそうだ。

「立ちなさいよ、早く。消さないと」

熊巳は悠木の猿ぐつわをはずした。やっと話せるようになった悠木は息を荒らげ、そのまま激しく咳き込み続ける。火は燃え広がり、名簿や書き損じた手紙まで、瞬く間に炎に包まれた。

「う、動けない……手足が」

座布団で火を叩きながら、熊巳も咳き込んだ。そして倒れた鉢に蛇がいないのを見て、悲鳴を上げた。

「月《つき》やん、ましろ……二匹ともおらん。どこ行ったん」

「それよりこっちを助けてくれ、もうだめだ」

「ましろっ、月やんっ」

熊巳は呼びながら、悠木の体を持ち上げるように立たせた。それでもまだ、必死で蛇を捜し続ける。

熊巳は動揺している。もしかしたら、このまま置き去りにされるかもしれない。しかし、手がこのままでは——どちらにせよ、逃げきることはできないだろう。

悠木は一瞬ためらったが、思い切ってわざとその場に尻餅をついた。それを見た熊巳は、ひい、と悲鳴を上げる。

「手を、手をはずしてくれないと、立てない。無理だ……目が回るんだ」

アホ、と熊巳は、思い切り悠木を罵倒した。

しかし、このままでは本当に危ないと思ったのか、懐から糸切り用の握りばさみを取り出し、拘束衣のベルトを切り落とす。

ふいに二本の手は自由になり、足も軽くなった。立ち上がった悠木は、拘束衣の上から部屋の隅に投げてあった自分のインバネスをはおって巻き付ける。

「ちょっと、悠木、待ちなさい」

熊巳が呼び止めるが、もちろん悠木は聞く耳など持たなかった。

ばん、と音がして、名簿が崩れ落ちる。

「……あ」

熊巳は振り返り、名簿の上で鎌首をもたげる蛇に気付いて駆け寄った。

「月やあん」

その隙に、悠木は表に飛び出した。

第五章

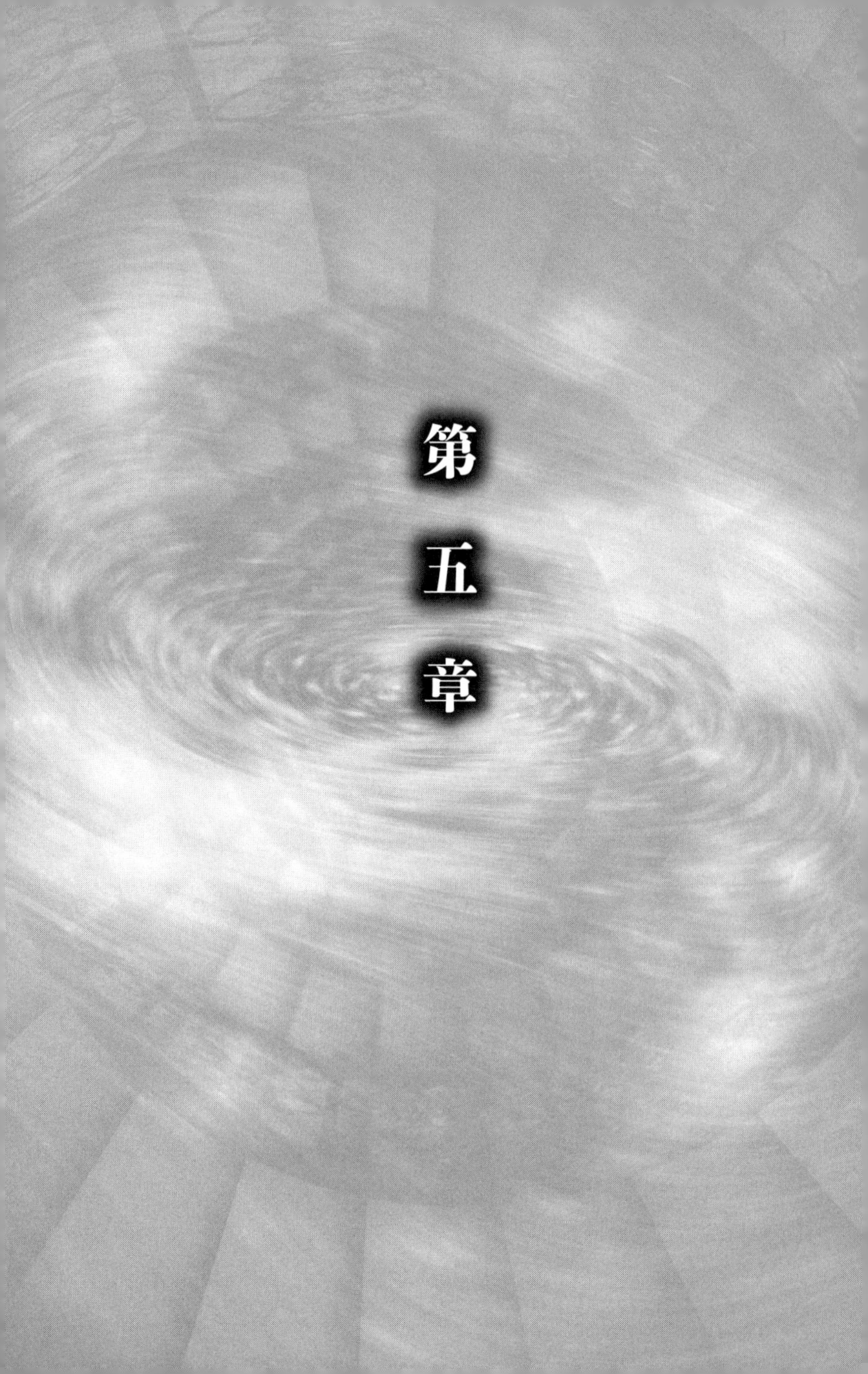

走る船のマストから石を落としたらどうなるね。

そう、真下に落ちる。

自分の場所が動いていても止まっていても、その速さが一定である限り、運動の法則に変わりはない。これがガリレイの「相対性原理」だ。

「特殊相対性理論」はこの「ガリレイの相対性原理」と「光速度不変の原理」をいしずえにして産声を上げたのだ。

ガリレイ、ニュートン、マックスウェルをないがしろにしてはいけないよ。

いくら天才アインスタインをもってしても、彼らなくしては奇跡は生まれなかったのだから。

探究とは、けっしてよどまぬ悠久の大河なのだ。

十二月十四日（木）

表に飛び出し、悠木は思わず足を止めた。

外はまさに逢魔《おうま》がとき、悲惨な一日がやっと終わるとでもいうように、空は西日で真っ赤に染まっていた。

幸い、靴箱には悠木の靴があり、インバネスのポケットに札入れがそのまま入っている。尖っているようで、やっぱりどこか抜けているのだな。悠木は胸をなで下ろした。

監禁されたことを表沙汰にしたところで、なんの得もない。小火まで出して逃げたのだから、さすがに熊巳もあきらめるだろう。悠木自身、今、警察の不審をかうことはなるべく避けたかった。

ぞうきんのようなズボンを隠しながら、陰を走り、人と目を合わさないように家路を急ぐ。

駅は仕事帰りや学校帰りの人でごったがえしており、むしろ、人混みのおかげで目立たず移動することができた。

屋敷の門が見えたときにはほっとしたが、庭には巡査が大勢いて、以前とはまた違った様相を呈している。悠木は本能的に塀の陰に隠れ、咎人《とがびと》のように中をのぞき込んだ。

体は疲れているのに、頭の芯は冴え渡っている。

まだ、安心できない。頭のどこかで、不気味な警告音が鳴っていた。

「覚悟、ってどういうことです、それは……何かわかったのですか」

治子の声が聞こえ、動悸が激しくなった。悲愴な空気が漂い、カーテンに映った影が、頭を抱えるように前に後ろに何度も傾いだ。

「いや、まだ、お知らせできることはありませんが……予断ならないことが起こっていることは確かですから。お孫さんの行方がわからないでは、なんとも」

「まさかぼっちゃまの身によくないことが……」川村の声が途中で消えた。

心配性の老女たち。転んで足をすりむいただけでも涙ぐむので、悠木は幼い頃から、危ない行動を極力避けてきた。しかしそれがすべて台無しになるほど、ここひと月、気苦労ばかりかけている。

そうだ、藤江邸で寝起きしていたことにしよう。叱られるだろうが、これ以上、心配の種を作るよりはましだ。ただ、不在の三日間に、新たな死体が現れてはいないらしいことだけが、せめてもの救いだ、と悠木は思った。

意を決して、敵陣に飛び出そうとしたとき、

「……え？」

悠木はいきなりぐい、と腕を摑まれ、振り返った。

暗い植え込みから飛び出してきたのは目と鼻を赤く腫らした摩耶子で、せっぱ詰まったような目がじっと悠木を見上げている。

「……摩耶子？　どうしたんだ」

「しっ。いいから、ジョージさん。こっちに来て。見つからないように」

摩耶子はあたりを見回したかと思うと、体を屈めて庭に滑り込んだ。

いかにもやつれた顔で、眉間に皺が浮いている。悠木の腕を摑んだ手はぞっとするほど冷たく、洗

いすぎたように、指がかさかさになっていた。

摩耶子は振り返ることもなく、悠木の手を引いてまっすぐ裏庭を横切ってゆく。例の焼却炉は立ち入りできないよう縄が張られていたが、もうそこに巡査の姿はない。

向かった先は温室だった。中は暗かったが、目が慣れてくると屋敷の外灯に照らされ、周囲がぼんやり浮き上がった。手入れする者もなく、ただ置きっぱなしの植木鉢には、枯れた根っこだけが残り、まるで廃墟の模型のようだった。

思えばユキがいなくなってから、ここには一度も入っていない。川村の目を盗んで、ユキと会っていた頃のことを思い出し、悠木の胸が軽く痛んだ。

――だめよ。ジョージさん。私じゃどうあっても、ジョージさんのお嫁さんにはなれないわ。だって、ゆうきゆき、なんて名前。おかしいでしょう?

――そんなの関係ない。偶然じゃないか。

――偶然……そうね。そういう偶然がね……運命なの。

「どこに行っていたの」

乾いた声で摩耶子がいった。ほのかな思い出が破れ、悠木は我に返る。

「藤江のところだ。本を読みながら、つい飲み過ぎてしまった……皆が心配してるから、早く家に戻りたいんだが」

疲れが声に出た。隠しているとはいえ、コートの下は拘束衣なのだ。ゴムの雨合羽だけは公衆便所に捨てたものの、おむつはつけたまま。おまけに体中、汗でべたついている。

摩耶子は初めて気付いたように、悠木の白いズボンを見たが、何も訊かず唇を噛んだだけだった。そのまま黙ってうつむいてしまう。悠木はわざと大きく息を吐いた。

「用がないなら、僕は……」

やっと逃げてきたものの、確かめること、考えることがたくさんあった。本間のこと。顔のない死体のこと。そしてタエのことも。

「じゃあ、また」

そういって、すりぬけようとすると、摩耶子が、いきなり抑揚のない早口でつぶやいた。

「ジョージさん、今、お屋敷に入ったら捕まるわよ」

なんだと？

悠木は立ち止まり、摩耶子を見た。

「屋根裏で……タエさんのハンケチが見つかって……警察はジョージさんのこと疑っているの。捕まえて尋問する、っていってるわ」

屋根裏部屋で？　タエのハンケチが？

どうして、そんなものが出てくるのだ？　寝耳に水だった。

「タエさんが普通に屋敷に出入りして、片付けなんか手伝っているなら変ではないけれど……家人でもめったに上がらないというなら、かなり怪しい。あそこで何か、あったのじゃないか。本間さんの死に、タエさんが関わっていたのかも。そして屋敷内にもタエさんとつながりが、いえ、事件に関わりのある人物がいるのかも」

抑揚のない声で、読み上げるように摩耶子はいった。

「それは……」

悠木は目を剝いた。やはりそうか、という絶望と、まだそうと決まったわけではない、という淡い願望が、同時に沸きあがって胸を締め付ける。

「し、知らないよ、そんなこと」

摩耶子はやっと顔を上げたが、目は暗さを増していた。そしてふいに話を変える。

「弟から聞いたことがあるのだけど。藤江様の……世酔の名で書いた探偵小説は、ほとんど売れていないのですってね」

あっ、と、声が出そうになった。

だれにもいえず隠していたこと。なるべく考えないようにしてきたこと。そして、そのせいで催眠術を怖れるようになった——その理由。まさか、摩耶子はそれを知っているのか。

足が震えたが、なんとか抑えて平静を装い、あえて、悠木は話をそらした。

「世酔のほかに……筆名があるのか」

摩耶子は小さくうなずいて、

「そう……藤江様が悪いのではないの。日本人は舶来ものが好きだから。日本人が書いた探偵小説、ってだけで、馬鹿にしてだれも手に取ろうとしないのですって。そのうちきっと、どなたかが一躍有名になって、偏見が消える時代が来るに違いない、って……藤江様、おいいだったけど……今は……自分で書いたものを舶来らしく設えて、時々、翻訳者名で発表してらっしゃるのよ。筆名はヘンリ・

ウィステリア。藤江様がお作りになった、架空の舶来小説家よ」

それは初めて聞いた。ヘンリ・ウィステリア。「新青年」に載っていた、密室ものの作者だった。舶来にしては読みやすいな、とは思っていたが。そうか、そういうからくりだったのか。

摩耶子の話が別の方向へ進み、悠木は少し安堵する。そうだ、何を怖れているのだ。あのこと、、、を、摩耶子が知っているわけがないではないか。

「弟がいったの。それでね、その作家の……」

「ああ、ちょっと、悪いけどさ」

摩耶子がまだ、語ろうとするのをさえぎって、悠木はいった。

「ちょっと風邪気味なんだ。それに皆が心配するから……もう戻るよ。君も気をつけて帰って」

「……いやよ」

「え?」

悠木は眉をひそめた。摩耶子は、通せんぼうでもするように悠木の前に立ちはだかった。

「私、本当に本当に、ジョージさんを好きだから」

「何を急に……」

面倒くさいと思いつつ、通常、平穏なときにいわれたなら、悪い気はしなかったろう。先送りにしてきた自分も悪いのだから、一度はきちんと話をすべきなのだ。

が、しかし今日の悠木は、体力的にも精神的にも限界だった。こめかみの痛みが強くなり、これ以上、摩耶子と話をする力は残っていない。

「ごめん、そのことはまたゆっくりと、日を改めて話そう」

「だめよ」

それでも摩耶子はまだそういって、胸の前で両手を握りしめた。

悠木は舌打ちしたくなった。本来、素直ないい子なのだ。しかし甘やかされて育ったせいで、自分中心にしか物ごとを捉えられない。そのせいで、いつもたいてい間が悪い。

むりやり振り切って、温室のドアに手をかけたとき、摩耶子が叫ぶようにいった。

「『碧石館《へきせきかん》の殺人』」

「……え？」

びくりと、悠木は足を止めた。

それは、藤江世酔名義の探偵小説。売れなかったとはいえ、もちろん読者は皆無ではない。

「タエさんは……自死なんかじゃない、殺されたの」

悠木は摩耶子に背を向けたままで、息を吐いた。摩耶子はやはり知っていたのか。それで、隠れて自分を待ち伏せしていたのか。

摩耶子は静かにレースのハンケチを開く。ゆっくり振り返った悠木は、大事に包まれているものを見て、膝ごと地面にくずおれそうになった。

「どこで……それを？」

「タエさんが運ばれたあと……ほうろうの手洗い台で見つけたわ」

ああ、やっぱり。そうなのか。

予想した中で、最も悪い事態。まさに絶望的。悠木が一番怖れていたことだった。

――小さな、かぶせ型の詰めもの。

その形状、素材。悠木が作ったものとそっくりだ。

動揺する悠木を、摩耶子はじっと見た。そして、じわりとあきらめの色を浮かべる。なんとか気持ちを保とうとでもいうように、摩耶子はハンケチごとそれを懐に戻し、切れ切れに言葉を継いだ。

「これを見て……すぐに思い出したの……私も読んだのだもの……『碧石館の殺人』を。トリカブトの毒を歯の詰めものに入れて、人を殺めた……藤江様の本」

「あれは……作り話だ。簡単にできることじゃ、ない」

悠木はかすれ声でいった。しかしそういいながら、さすがにもうこれ以上、真実から目をそらすことはできなくなった。

「いいえ。弟はこうもいっていたの。あれは、アメリカで本当にあったことだって。一時、その事件で、アメリカじゅうが大騒ぎになったんだ、って。犯人は歯医者さん。歯の詰めものに毒を詰めて、時間差で人を殺したのだって」

そうなのだ。悠木は唇を引き結ぶ。

瀕死のタエが自分を指さしたとき、悠木が真っ先に思い浮かべたのは、母の小ダンスの隠し引き出しから消えた「あるもの」のことだった。それがまさに、今、摩耶子の手中にある。

昨年、湯治にでかけていた藤江が、帰るなり原稿の束を悠木に手渡しながら、

「君、ここに書いてあるように、人を殺めることが実際に可能だろうか。実は、もう本当にやった者

がいるのだが……アメリカの話なのでね、日本の技術がそこまで進んでいるか、確認しておきたいのだよ。もし可能なら、試しに、詰めものだけでも作ってみてくれないか」

と、いったのだ。ただの小説にそこまでするのか、と悠木が驚くと、

「いや、君、読者を甘く見てはいけないよ。矛盾やごまかしがあると、すぐに底が割れてしまうのだから」と深いため息を吐く。

悠木は、冗談じゃあない、と一笑したものの、実は自分も好奇心に駆られて――。

「私、信じたいの、ジョージさんのことが好きだから。そんな人じゃないって知ってるから」

せっぱ詰まった摩耶子の声に、悠木は我に返った。

自分を信じたい、それこそ悠木の心情そのものだった。が、記憶のない一週間の自分は、正真正銘、最悪のクズだ。信じようにも、それができないから苦しいのだ。

「ジョー……ジさん」

摩耶子は唇を嚙んだ。目に妙な光が浮かぶ。

クリスマス会の日、藤江も気付いていたのだ。それゆえ、瀕死のタエに、やったのが本間である可能性を確かめようとし、悠木には「早まるな」といい残したのだ。

「私には、本当のことをいってちょうだい……やっぱりそうなの？　やっぱり？」

いきなり、摩耶子が距離を縮めた。そして持っていた巾着から、何やら光るものを取り出した。

それは――刃渡り四寸ほどの小さな出刃包丁。

思いもよらない摩耶子の行動に仰天し、悠木はただ、その手に握られた凶器を見つめた。

「ちょっと待て、なん……うわっ」

言葉の途中で、悠木は叫んだ。瞬間、体をかわしたせいで、手のひらに軽い刺激が走っただけだったが、驚くほど鮮血が飛び、植木鉢の土がどす黒く濡れた。

「な、何をするんだ……」

摩耶子は両手で包丁を握りしめて、ぶるぶると震えた。

「ジョージさん。私と一緒に死にましょう。私は何もできないし、お馬鹿さんだし……ジョージさんのためにしてあげられることは、一緒に死ぬことくらいだから」

摩耶子の視点は定まらず、さらにその尖った包丁を振りかざす。

「ま、待て、落ち着け」

「ジョージさんは悪くない。誘惑して、そそのかしたあの女が悪いの」

知っていたのか。タエとのことも。

一瞬、途方に暮れた悠木を、再度、摩耶子の包丁が襲った。

「脅かされたのでしょ。だから殺したのね」

避け損ねて、今度は腹に刺さった。痒みのような鋭い刺激が横腹に走る。

「あ、ごめんなさい。痛い？」

摩耶子は泣き声でいった。

痛いに決まっている。泣きたいのはこっちの方だった。悠木は摩耶子の手を振り払い、転がるように温室のドアを摑む。

「大丈夫だ、かすっただけだ……いいか、このことはだれにも話すな。すぐ、家に帰れ」

それだけいうのがやっとだった。

今、悠木が母屋に逃げ込んだら、包丁を持った摩耶子が追いかけてくるだろう。母屋にはまだ巡査らしい影がある。二人同時に取り押さえられ、不利な事実がすべて明るみに出てしまう。

もちろん摩耶子だって——とてもじゃないが——これまでどおりではいられない。小説を書いただけで退学を迫られる女子大学だ。刃傷《にんじょう》事件など起こせば、作家と心中未遂した卒業生と同じく、永久除籍になるに違いない。

どこかでしばらく待とう。摩耶子が帰り、傷が落ち着いたら、何ごともなかったように屋敷に戻ろう。そしてとにかく休んで、眠って——これからどうするか、冷静に考えるのだ。

暗い夜道。ガス灯もまばらだった。塀に手をついて体を支えながら、ふらふらと裏通りに出た悠木は、運悪く巡査と鉢合わせした。

「……悠木、ジョージ？　きさま、どこへ行っていた。来い」

聞き覚えのある声は、警部の隣でぼんやりしていた牧村巡査だ。牧村はまるでスリでも捕らえた邏卒のように、悠木の胸ぐらを摑んで離そうとしなかった。

やめろ。何をする。

悠木は思わず牧村を突き飛ばした。牧村は尻餅をついたが、すぐに起き上がって、待て、と大声を上げた。

手で押さえた腹から、血がしたたり落ちる。悠木は必死で闇を抜けた。

葦《あし》の繁る河原は霧が立ち、冷たかった。興奮しているせいか、これほど血が出ているのに、ほとんど痛みを感じないのが不思議だった。

血痕が残ると、逃げたところですぐに居場所が知れるだろう。悠木は追ってくるカンテラの光を見ながら、軽々しく逃げたことを後悔していた。巡査を振り切って逃げた以上、もう立派な犯罪者だ。

「自分がやった」と認めたようなものなのだ。

と、また、すぐ近くで慌ただしい足音が聞こえた。悠木は思わず草むらに体を縮めた。巡査が数人、何か叫びながら走りすぎていく。

捕まりたくない。

川沿いの坂を登るうち、いつのまにか小高い崖の上まで来ていた。はるか下方に岩だらけの河原が見える。

「おい……」

腕を摑まれて、悠木は足を止めた。月明かりに、長身の影が伸びた。

だれだ？　巡査じゃないのか。

「ううっ……」

ふいに、横腹と手の痛みが戻り、悠木は自分のうめきを聞く。

「ここから落ちたら、間違いなくおだぶつだぞ」

耳元で囁く、低音の穏やかな声。そして、静かに意識がとぎれた。

気がつくと、ひどく寒かった。

さっきからずっと、川のせせらぎが聞こえており、辺り一面、どぶのような臭いが漂っている。いつも上を向いて眠る悠木が、海老のように丸くなっている。下にしている手の甲がねじれてじんじん痛み、頬の下から、じかに土の匂いがした。

間近に毛羽だったムシロが見えた。腕を伸ばすと、こめかみが引きつったように痙攣する。近くに火が見えるが、暖を取るより、灯りの役割がやっとの小さい炎だった。

視界はぼやけ、目が回ってなかなか焦点を合わせることができない。

少し動いただけで、今度は脇腹に激痛が走った。悠木はうめきながらさらに体を丸め、つぎはぎになって傾いた壁と、低い天井にゆっくり目をやった。

体の上から何枚も新聞紙がかけてある。一度濡れて固まってはいるが、もう湿ってはいなかった。

「だ……だれだ？」

悠木は木切れを積み重ねた隅で、火に手をかざす薄汚れた男にいった。

「おまえさんこそ、だれだい？」

男は訛りのある一本調子で尋ね返す。声は低く、かすれて語尾だけ高くなった。

「……ここは」

改めて見回すと、男の傍らには石を積んだかまどがあり、傾いた鍋と、芋が転がっていた。

「河原だよ。俺のシマだ」

男は熱がる様子もなく、取っ手のはずれた鍋を素手で持ち上げ、茶碗に湯気の立つ白湯を注いだ。

欠けて半分になっているが、花の柄が入った、見た目より清潔な碗である。

体を横にしたまま受け取り、慌てて飲んで思わずむせた。男は悠木の背中を軽く叩き、にっ、と歯を見せて笑った。

「熱は下がったようだな」

熱？　そういえば苦しげな夢ばかり見ていた。拘束衣を着せられて閉じ込められたり、いきなり包丁で斬りつけられたり、殺人犯になって巡査に追われたり。

いや――夢ではない。全部、現実だ。今の自分を見れば一目瞭然ではないか。

が、男の醸し出すゆったりした雰囲気のせいか、頭が朦朧としているせいか、よみがえった危機感も少しずつ薄れていく。

「あんたが……助けて、くれたのですか」

「ああ、シマで人に死なれると、寝覚めが悪いからな」

崖の上で腕を摑まれたことを思い出した。この男が、倒れた自分をここまで運んでくれたのか。

と、火にくべた木切れがぼっ、と小さく燃え、頰被りした横顔が明るく照らしだされた。

「あんた……ショーペンハウエル？」

時折、遠くから見るだけだったが、ボロ着を巻き付けた感じは、例の浮浪者に違いない。頭に巻いているのは手ぬぐいで、頭髪から黒ずんだ顔まですべてを覆っていた。小さな目がしょぼしょぼと眩しげにしぼんださまは、老人にも、気の弱い若者にも見える。

「俺は、厭世主義ではないよ。生きていればな、ほんのたまにだが、いいこともある」

学のある言葉で、また少し、悠木の感情が動いた。

「あんた、いったい……」

起き上がろうとしたとたん、また脇腹に激痛が走り、悠木はうめき声を上げた。見ると、着ているのはまだあのぞうきんのような白い衣。痛みがあるのは、腕と腹のあたりだ。

「動くな、傷が開く」ショーペンハウエルがいった。

摩耶子に刺された傷は、手ぬぐいのようなものできっちりと縛られている。清潔とはいえないが、どうやら血も止まり、化膿しているふうもない。

「おまえさん、追われてるのかい？ 借金か？」

いいながらも、問い詰める様子はなかった。悠木が答えないでいると、ショーペンハウエルは黙って硬くなったパンを差し出した。奇しくもそれは熊巳のところで食べたのと同じ、酸っぱいだけのロシアパンだった。

「ええと、今日は？ 何月何日？」

「十二月十六日だ。おまえさんは丸一日眠っていたんだよ。血もたくさん出ていたしな。無理せず、しばらく休んでいけばよい」

そういって、壁につり下げた麻袋から、今度はキャラメルを取り出した。遠慮なく口に入れると、甘さが口に広がって、また少し、頭が働き出した。

哲学を知り、ミルクキャラメルを食べ、傷の手当てをする男。

悠木が目白の屋敷に引き取られた頃には、すでにこの界隈では有名な浮浪者だったから、四十はとうに超えているはずだ。いったいどういう男なのだろう。女子大学生たちの噂とあいまって、悠木はだんだん興味が湧いてきた。

灯台もと暗し。

まさか巡査たちも、悠木が浮浪者のシマにいるとは思わないだろう。

世話になって、しばらく傷を癒やしてもよいだろうか。少しなら金もある。そう思い、とんびの懐をまさぐった悠木は、持っていた札入れが見つからないことに気付いて慌てた。

「これか？」

ショーペンハウエルが笑いながら、見覚えある札入れを取り出した。受け取って中を見ると案の定、一銭も残っていない。

「中身が……」

「ああ、もちろんもらったさ。金がなけりゃ、人助けもできんからな」

と、一本調子のまま平気でうそぶく。とんだ哲学者じゃないか、と、悠木は顔をしかめた。

「あんたは、すりか何かか？」

そういってから、悠木は、他人に関心を持つのは久しぶりだな、と思った。

「まあ、いろいろやってるよ」

浮浪者は、けっけっけ、と笑う。不気味ではあるが憎めない男だった。

十二月十七日（日）

札入れの中身を抜かれたことで、悠木はむしろ遠慮なく飲み食いし、じき、生気も取り戻した。

ショーペンハウエルはただの浮浪者ではなく、羅宇屋《らうや》であった。羅宇というのは煙管《キセル》の竹のことで、ヤニを取り除いたり、新しいものにすげ替えたりする手仕事だ。

親指と人差し指が黒くなっているのはヤニのせいか、こすり合わせると魔術のように白い煙が出る。しかし案外几帳面で、自らは煙草も吸わず、作業も小屋の外でする徹底ぶりであった。

彼は、三助の代わりもやった。さすがに客の背中を流すことはしなかったが、三日おきに銭湯に通い、運ばれてきた大鋸屑《おがくず》で風呂を焚く。客がはけたあと、掃除をしながら仕舞風呂ももらう。悠木も傷を庇いつつ風呂を洗い、富士山の絵を見上げ、のんびり湯につかった。

「おまえさん、俺をうらやましいと思っておるだろう」

いい気分で小屋に帰ると、ショーペンハウエルは積みあげた新聞に寄りかかって座り、悠木にまた、キャラメルをひとつ投げてよこした。

「しょってますね」

そういって笑いながらも、ここ数日、ついぞ心配ごとを思い出さなかったことに気付く。浮浪者まがいの怪しい男と、これほど忌憚なく話せるのも意外だった。

まわりには、とにかくたくさんの新聞紙が積まれ、小屋の半分を占めている。ショーペンハウエルが毎回、銭湯で数日遅れをくすねてくるせいだった。親父が見て見ぬふりをするのは、安い日当で真面目に仕事をするからだ。

ショーペンハウエルは悠木の視線を追って、

「これか？　これは世の中で一番便利なものだよ。重ねて着れば暖かく、燃やせば燃料になり、読めば知識となる」

そして薪のように固めた古新聞を灯りにくべる。ぼっと火が強くなって、幾分寒さがましになった。頬被りの隙間から、引きつった傷痕が見えた。頬被りはそれを隠しているのか、それとも防寒のためか、悠木にはわからなかった。かまどの火が強くなると、瞳に一瞬、獣のような赤いうねりが現れる。が、それは炎が映り込んでいるだけで、すぐ凪いで穏やかになった。

こんな境遇に陥らなければ、たぶん目を合わせることもなかっただろう。旧知のようで別世界に住む男のおかげで、悠木はなんとか動けるようになった。しかし、はたして、元の生活に戻ることはできるのか――気がつけば、やはりそんなことを考えていた。

「もう少し食え」

男は湯呑に、白湯のようなおもゆを注いだ。米粒と大根が入っており、味はほとんどついていなかった。それでも疲れた臓にぬくぬくと染みる。

「相対論に興味があるのか」

悠木の視線を追って、ショーペンハウエルが笑った。見るでもなく目を注いでいた新聞に、「アインスタイン」の文字がでかでかと躍っている。

当然、気持ちは藤江へと飛んだ。

あのいいかげんな男は今どこにいるのか。悠木が自分の元妻に監禁され、さんざん腹を蹴られたと知ったら、なんというだろう。

「まさか……相対論がわかる、なんていいませんよね」悠木が問うと、

「わかる、と思っている輩は、わかっていない。わからない、と答える輩も、わかっていない」

ショーペンハウエルは禅問答のようにいって笑った。

「結局、だれにもわからない、ってことですか」

そうだな、と浮浪者は笑って、

「わからないものは怖がられ、疎まれる。この理論にもそういう時代があった。しかし一度認知されれば、もうこちらのものだ。世界一周旅行にノーベル賞までついてくる」

そんな下世話なことなのか、と悠木は呆れた。

「先月から毎日、どの新聞を開いてもアインスタインと相対論、ばっかりだ。嫌でも目に入ってくるからな。それを読みながら、俺は考えたんだ。この旦那はいったい何をやらかしたのか、ってね。そして理解した」

いうに事欠いて、理解した、などと――。悠木は仰天して浮浪者を見つめた。

「まあ、簡単にいうならこういうことだ……ふむ」

彼は鼻を鳴らし、煎った花の種を口に入れた。それをがりがりと嚙み砕きながら、

「俺たちの住むこの世界は『空間』だ。縦、横……そして高さ」

汚れた指で前、横、上を指さしてみせて、

「……と、三方向に広がっている『三次元』なのだ」

「ええ、」悠木はうなずく。

不思議なことだが、ほんのまじない程度に数字が出てくるだけで睡魔が去り、頭が働き始める。物理学には悲しみも、情も、幸せもない。非道だが物堅い世界なのだな、と悠木は思った。

ショーペンハウエルはさらに問う。

「俺やおまえさんにとって、時間とはどういうものだ？」

どういうもの、といわれて説明できるものでもないが。

一刻一刻、正確に進み、命が尽きる瞬間へと、着実に自分を追いやるものか。それとも、いくら悔やみ、嘆いても戻すことのできない、後悔だらけの吹きだまりか。

「そう。『時間』は、逆方向へは戻せない。過去から現在、未来へと……どこまでもまっすぐまっすぐ進む。一方向へ……ゆえにこれは『一次元』だ」

悠木の感傷などお構いなしに、頬被りの浮浪者は淡々といい捨てた。

「ニュートン以後、人々がずっと、この『時間』と『空間』について、信じ、疑わない『道理』があった。すなわち、二つは関わり合いのないまったく別のところにあって、それぞれが『絶対的』に変わらない、ということだ。それは長いこと、世界に君臨し、だれひとり疑うことをしない『真理』だったのだ……だがな、その鉄のような、侵しがたい決まりごとに関して『そりゃ、ちと違うんじゃあねえかい？』と、もの申したのが、かの、アインスタインの旦那だ。『この二つ、時間と空間は、実は相対的で、しかも、お互いしっかりと関わり合っておるんじゃ』と、な」

ふうむ、と悠木は息を吐く。

わかるようなわからないような、複雑な感じだった。

「この『時間』と『空間』、この二つがどう関わっているか、と、いうとだな……」

ショーペンハウエルは指を折り、

「時間の一次元、そして空間の三次元、この二つをいっしょくたにした、一足す三は四。すなわち第四の次元、『四次元』＝『時空』というものがあるのだ。それまでだれも考えることなどなかった『時間と空間のつながり』だな」

「時間と空間のつながり……」

かつてさんざん藤江に聞かされたことだが、今日は不思議に耳に残った。

「ああ、平たくいえば、『横』が『過去』に変わったり、『高さ』が『未来』に変わったりする。時間と空間は同じものである、という観念だな。それによって、あれやこれや、それそれいろいろと可能になった」

あれやこれや、それそれいろいろ……。

悠木が顔をしかめるのを見て、ショーペンハウエルはまた笑い、

「もともと、アインスタインの旦那の出発点はなんだったか、いってみろ」

「……光ですか」

それも飽きるほど、藤江に聞かされてきたことだ。光速度が一定とか、不変とかいうやつ。

「おお、おまえさん、少しは知っているのだな」

ショーペンハウエルは尖った犬歯を見せて、

「『速さ』というのは、『進んだ距離』を『時間』で割ったものだ。光の速さが一定で不変なら、進んだ距離や時間の方が変わるしかなかろう？　それが『距離が縮んだり、時間が遅れたりする』ということなのだ」

「なんだか、いいくるめられた感じがしますが……理屈はそうかもしれないですね」

「まあ、細かいことは気にするな」

ショーペンハウエルは無責任に笑い、

「しかし……俺はわかるぞ。アインスタインのやりたかったことが」

「……なんです？」

ほんとか、と悠木は、半信半疑で浮浪者を見つめた。

「おまえさんは、だまし絵というのを見たことが、あるかい」

「お祭りで売っている、おもしろい絵ですよね」

烏《からす》の絵をじっと見ていると、突然ぐるりと視点が変わり、女の横顔になったりする。模様じたいが、からくりになっている絵だ。

「アインスタインの旦那は、ずっとだれも解けなかった難解複雑なだまし絵をじっと眺め、ある日突然、ぷい、と解いてみただけなんだ。世界中の人々が凝り固まって、ずっと同じ方向から見ていただまし絵をだ……その結果大人から子どもまで、当然そうだと信じていたものが、まるっきり別のものに変わっちまった……それだけのことさ」

だまし絵。

まだ母と暮らしていた頃、夜店に、のぞくと中で絵が動く、不思議な箱の屋台があった。そこでは、壺が人の顔になったり、鼠が花になったりするだまし絵も売られていた。

もっと見たいとだだをこね、店から離れない悠木に、絵師のじいさんが一枚の絵をくれた。喜び勇んで家に戻った悠木だったが、何度ひっくり返して眺めても、いっこうにただの風景画。いつか見えると信じて、何度も何度も見返したが、結局、最後まで、同じ景色のままであった。

ただの絵に違いない、だまされたのだ……そう思うようになり、投げ出した絵もどこかへ紛れ込んで、消えてしまったが。

あれこそ、複雑難解なだまし絵だったのかもしれない。

アインスタインならば、それをぷい、と解いてみせたのか。

悠木はふと、顔を上げて、ショーペンハウエルを見た。彼はうなずいて、さらにいった。

「ニュートン以降、人は、時間、すなわち『今』を他人と共有できる、と、考えてきた。しかし実のところ、時間というものは人それぞれ、人によって違うのだ。おまえさんが感じている今、と俺の感じる今、はけっして同じものではない。『共有している』と思うのはただの錯覚にすぎないのだ」

「……錯覚？　同じではない、ということですか」

「そう、生まれたときから人は孤独だ。だれとも、同じ時間を共有することはできない。時間はそれぞれ個々に『相対的』なものである……そう考えるのが、アインスタイン旦那の相対性理論なのだ」

同じ一時間でも、恋人と楽しく過ごす『時』と、バケツを持って廊下に立たされている『時』では、進み方がまるで違うだろう、ショーペンハウエルはそう茶化して、けけけ、と笑う。

相対論を理解する浮浪者、ショーペンハウエル。

出自はともかく、その知性において女子大学生の噂はあながち間違っていなかった。

摩耶子の勘も正しいのだろうか。自分は殺人者なのか。

どうしてもそこに戻る。

平和な時間は過ぎ、また、少しずつ気持ちがざわつき始めた。

十二月二十日（水）

悠木がショーペンハウエルと暮らすようになって、一週間近くが過ぎた。

傷もほぼ癒え、いつまでもこのままではいられない、と思いながらも、なかなか、出ていく踏ん切りがつかない。

逃げる時間が長いほど、悪い状況になるのはわかっているが、頼るべき藤江はいまだ旅の人。解決策も浮かばず、悠木はついだらだらと、浮浪者まがいの日々を享受していた。

「あの、数式はどういう意味なんです？」

凍えるような水際で竹を削っているショーペンハウエルに、悠木は小屋の中から声をかける。

あれから暇にまかせて、積まれた新聞記事を読んではみたものの、わざと偉そうに書いているのか、と疑いたくなるほど、難解な説明ばかりだ。

「ああ……あれか」

ショーペンハウエルは竹を束にくくりながら、あっさり答える。小さなみぞれが藍の手ぬぐいに止まるが、水際の冷たい風に揺れても、それはすぐ溶けることはなかった。

「物というものはそこにあるだけでエネルギーを持っていて、その強さはそれぞれの重さで変わる、ということだ」

「エネルギーというのは……」

「力仕事をしたり、物を壊したり、燃やしたりする能力のようなものだな。役に立つ力だよ」

ショーペンハウエルは、竹の先で凍った砂の上に式を書いて、

「Eはエネルギー、mは物の重さだ。cは光の速さ。ゆえに、$E=mc^2$は、エネルギー＝物の重さに光の速さを二回かけたもの、という意味だな。おまえさんも知ってのとおり、光の速さはどんなときでも変わらんし、見えんくらい速い。だから、光の速さの二乗なんてものは、まあ……想像もつかんほど、ものすごい数字になるわけだ」

「ええ……そんな感じですね」

悠木は火に新聞の塊をくべながら、なんとなく答えた。ショーペンハウエルのしもやけは赤く腫れて痛々しい。早く小屋に入って暖まればいいのに、と悠木は思った。

「これまでは、物なんぞ、投げるなり、落ちるなりしない限り、エネルギーを持たぬと思われてきたのだ。たとえばこんな……」

と、入り口のムシロを留めた石を指さし、

「ただ置いてあるものに、エネルギーなぞない、とな。まあ、普通、常識で考えればそうなるが」

「……違うんですね？」悠木は眉をひそめた。

「うむ、そこでさっきの式なのだ。これによると、普通にそこにある石でも、重ささえあれば、重さに光の速さ二乗をかけただけの、ものすごいエネルギーを持っている、という」

「ああ……確かにそうですね」

「重さを消すことで、エネルギーが出る。うまくすれば、ほんの小さいものから、莫大なエネルギーを取り出せるらしい。せいぜいこのヤニの粒くらいのもので、湖の水をぐらぐら煮立たせることができるんだ」

「すごいですね……」

「まあ、実際かなり難しいだろうがな」

——そんな大きな力を作って、いったい何をするんよ。爆発させて敵国でも吹き飛ばすん？

熊巳がいっていたのはそういうことか。今頃になって、すとんと腑に落ちた。

やっと小屋に戻ったショーペンハウエルは、火の中から芋を出して、悠木に手渡す。

「熱いから気をつけろ」

「うーん。重さというのはなんでしょうか」

禅問答のようだな、と思いながら悠木は尋ねる。しかしショーペンハウエルはあっさり答えた。

「そうさな……物があると、まわりの空間が歪むのだそうだ。布を張って、その上に石を置くとするだろう。そうすると、布に窪みができるな。布は空間、その窪みが重さだ」

「ほお……」明快な答えだった。

「前に、時間と空間は深く関わっている、と話しただろう。その時空において、時間と空間は同じものだ、とアインスタインの旦那はいうのだ。だから重さがあると、空間と同じく時間も歪む。時間が歪むというのは『時間が遅れる』ということだ。ゆえに重さがあると、時間も遅れるのだ」

「なるほど……そういうことが書いてあるのですね、そこに」

悠木は新聞の束を振り返った。ショーペンハウエルは苦笑して、

「そうさな。皆、理解しようと悪あがきしているが、間違っているものもそうとうあるから、鵜呑みにしちゃいけねえ。その点、時空図なんてのは、ましな方だ。横は空間軸の x、そして縦は時間軸の t。おまえさんも幾何で習った x・y グラフを時・空に変えただけだからな。空間軸を光の単位にして、知りたい矛盾に関して原点を決めれば、時空が傾いて、歪みが見える」

前に熊巳が同じようなことをいっていたな、と悠木は思った。

ただ、大げさに賛美する藤江や敵意丸出しの熊巳とは違い、ショーペンハウエルの話は妙に納得できるから不思議である。

「あんたは……どうしてこんな生活を？　元は何をしていたんです？」

つい、悠木は尋ねた。

こんなに器用で頭もよく、几帳面な男が、どうしてこんな暮らしをしているのだろう。真面目に商売でもやれば、そこそこやっていける気がするのに。

「器用貧乏、というやつさ」

ショーペンハウエルは自嘲的に笑って、

「おまえさんこそ、どうしてここにやってきた」

「僕は……」芋が喉に詰まりそうになった。

「ある日突然、時空が歪んだ……そんな気がします」

「時空はいつも歪んでいる。だれも気付かぬだけだ」

ショーペンハウエルは静かにいった。

お世辞にもうまいとはいえない悠木の語りを、ショーペンハウエルは忍耐強く静かに聞いていた。

「そうか、おまえさん、あの歯医者の？」

手を火で炙りながら深くうなずく。

「知っているんですか」

世事に疎そうに見えて、実はあれほどの新聞を読んでいるのだ。悠木は感心したが、ショーペンハウエルはいやいや、というように首を振って、

「もちろん、大昔から建物は見ているがね……ポリスが来たのだよ。歯医者の庭に死体が出たが、あんたじゃないのか、と残念がられた」

「すみません」野良犬扱いだな、と悠木は思った。

「謝るということは、おまえさんがやったのか」

そういってショーペンハウエルはまた高い声でけけけ、と笑う。

悠木は思わず息を吐いた。

「記憶がまったくないところに……どう見ても、自分がやったとしか思えない、そういう証拠ばかり

が出てくるのです」

そうか、とショーペンハウエルはしばらく考えて、

「その、詰めものとやらを、最後に見たのはいつだ」

「はっきり覚えてはいませんが……半年近くは引き出しを開けていません。そんなものがあることじたい、すっかり忘れていたし」

部屋が散らかっていなければ、たぶん開けもしなかった小タンス。最近は、母のことも兄のことも思い出すことすらなかったのだ。

「そうさな、少し整理してみよう」

そういって、ショーペンハウエルは新聞をごそごそと並べ、竹串でまた砂地に文字を書いた。
一、本間タエ　毒殺の場合　仕掛け　六月〜十二月九日（十一月二十五日〜十二月二日）
二、本間医師　絞殺　死亡十一月二十八日〜（十二月五日発見。死後約一週間）
三、被害者不明　死因不明、頭部喪失　死亡時刻十二月二日午前
四、本間タエ　毒殺　死亡時刻十二月九日午後一時五十分
「……そうか、発見された順じゃないのか」

だれだかわからない人間が殺され、顔が焼かれたときには、すでに本間は屋根の上で絶命しているから犯人ではない。が、タエの場合はいたって複雑だ。

「こうなると、俄然、絶対時間を共有していることがありがたいな」

ショーペンハウエルはしみじみいって、

「本間とやらの細君が、もし他の事件の加害者だった場合、犯行時にはすでに被害者として成立している可能性もあるからやっかいだ……仕掛けが可能な期間も長い……まあ、毒を盛ったのがおまえさんなら、括弧内の一週間に限られて楽だがな」

括弧はそういう意味か、と、悠木は顔をしかめた。

「それでも、本間さんとの前後関係はややこしいですね。もっと、何かわかればいいのですが」

「なくした詰めものに毒は入っていたのだな」

「ええ……迫真性が大事だ、と藤江がいうので、アメリカの事件のとおり、藤江が煮出したトリカブトを入れました。トリカブトは蒸発したものを吸うだけで危険らしく、今思うと命がけでした。完成度が高いので、実在物として使えそうだ、という結果になって、捨てるのも危ない気がして取っておいたのです」

藤江は本来、ことが終われば結果に執着しない。過程こそすべてなのだ。だから、なんでも悠木にまかせてそのまま忘れてしまう。

「実際、どうしようもないな、おまえさんたちは……トリカブトなんぞ扱って。犯人はその作家じゃないのか。小説の迫真性とやらを追求するあまり、自分で物語を作り、演じてみせた」

「まさか……」

しかし藤江があのとき、早まるな、といった表情は、何もかも見越した上での一言に違いなかった。まさか、摩耶子が見つけてしまうとはゆめゆめ思わなかっただろうが。

と、ちょうどそのとき、小屋の外から、騒がしい男の声が聞こえてきた。

「ん？　なんだ？」

不穏な気配に、ショーペンハウエルは耳をすます。

「見たんですよ、間違いありません」

また、声がした。確かにこの小屋を目指して歩き、さらに切迫した物言いだ。

悠木がムシロの上で腰を浮かせると、ショーペンハウエルもぐいと表情を引き締める。彼は新聞の山を除《の》けて隙間を作ったかと思うと、これまで見たこともない俊敏な動きで、悠木をその隙間に押し込んだ。

ほぼ同時に、制服の巡査と勤め人の男が、断りもなく掘っ立て小屋に踏み込んでくる。

悠木は新聞の陰で息をひそめ、無礼な侵入者たちと、それに対峙するショーペンハウエルの様子を窺った。

「なんだあ？　あんたら」

ショーペンハウエルは眠そうな声でそう尋ねた。

「殺人犯をかくまっているだろう、おまえも罪になるぞ」

巡査は高飛車に決めつける。目をつり上げた巡査の顔を見て、悠木はやっとそれが執拗に悠木を追ってきた牧村だと気がついた。

「殺人犯……だと。だれだ。そんなやつどこにいる」

ショーペンハウエルは立ち上がり、わざと日差しをさえぎる場所に立った。

「悠木ジョージ、歯科医だ。三人も殺した極悪犯だ」

絶望で目の前が暗くなる。速まる動悸を抑えながら、悠木はさらに体を縮めた。

「知らんよ。ここにいたのは弟だ、その弟も帰ったし、もうだれもおらん。いきなり人の小屋に押しかけて、変ないいがかりはやめてくれ」

「隠し立てするとためにならんぞ」

巡査は尖った声でいうと、案内をしてきた男に表に出るよう合図した。金でも渡しているらしい。不穏な空気に顔を曇らせたショーペンハウエルは「出てくるなよ」という視線を悠木に投げ、巡査が戻ってくる気配にまた、口を引き結んだ。

巡査はひとりだった。そして無言のまま、ショーペンハウエルの顎にいきなりげんこつを喰らわせた。ショーペンハウエルはあおりをくらって後ろ向きに倒れ、かまどに腰をぶつけた。

悠木は仰天して、危うく飛び出しそうになった。情報に金を遣い、浮浪者に暴力をふるうとは、およそ、巡査とは思えない蛮行だ。

「おまえみたいなゴミ野郎、殺したって困らんのだぞ。これ以上、構ってる時間はねえから、とっととあの男の居場所を吐きな」

ショーペンハウエルがふらふらと起き上がると、巡査はまたげんこつを構えた。何やらそういう拳法でもやっているのか、と思うまもなく、今度は腹を殴り上げる。

見ている悠木の方が、うっ、とうめく勢いだった。

「ほら、いえよ。いわんと殺すぞ」

巡査の目は血走っていた。警部とともに屋敷を訪れたときの、穏やかに老成した牧村ではない。このままでは、本当にショーペンハウエルが殺されてしまう、と悠木は思った。

「ここにいる」

新聞の間から姿を現し、巡査を見やる。

「殴るのはやめろ。その人は関係ないんだ」

「ほう……」

充血した眼《まなこ》で巡査は嗤った。そして悠木に抵抗する意志がないことを知ると、にやにやしながら手と腰に縄を巻いた。

「……おまえ」

地べたに這ったまま、ショーペンハウエルはうめくような声でいった。

「大丈夫です。一度はきちんと話をしなければならないと思っていたので……いろいろお世話になりました」

悠木がいうと、ショーペンハウエルはやっと体を起こした。そしてヤニだらけの手で口をぬぐいながら、悲しげにうなずいてみせた。


悠木は縄をつながれたまま、巡査のあとをついて、とぼとぼと川のほとりを歩いた。

こんなみじめな姿を見たら、祖母や川村はどれほど嘆くだろう。

幸い、巡査はわざと選んでいるかのように、人気《ひとけ》のない河原を歩き続けた。でこぼこして歩きにくかったが、だれにも会わない道は正直、悠木にもありがたかった。

巡査はひどく無口だった。最初に会ったときにはなかった、明らかな殺気まで漂わせている。

これからどうなるのだろう。

殺人犯として投獄されるのだろうか。本当に三人も殺したなら、記憶が戻らなくても吊し首になるだろう。

みぞれはやみ、薄日が射し始めていた。それでも風は冷たく、底が剝がれた悠木の靴は、歩くたび木魚のような音を立てた。

枯れた茅《かや》の葉が折れ曲がり、その向こうに、サイダーやブリキのおもちゃを売る駄菓子屋がぽつんと建っている。治子のいいつけを守り、子どもの頃から一度も入ったことはなかったが、店主らしき背中が見えたので、悠木は思わず足を速めた。

やがて、店が一軒もなくなり、さらに人気のない場所へと辿りつく。と、ずっと背中を向けていた巡査が、いきなり立ち止まり、制帽を脱いだ。

どうしたんだろう、悠木は巡査の背中にぶつかりそうになり、驚いてまわりを見回した。そこは橋の下の暗い野原で、冬枯れしたすすきや葦が風に揺れるばかりである。

「悠木……俺を覚えてないか」

巡査が何をいっているのかわからず、悠木は首を傾げた。

牧村……じゃないのか？　そういいかけるが、口調も気味が悪く、ただ首を振る。

「忘れたのか、三越で会っただろう？　春だったぞ」

三越だって？　悠木はその、栗のように毛が立ち上がった頭と、細い体を見た。

「俺だよ、タエさんが弟だといっていただろう」

「……弟？　あっ」

そういわれて、やっとぼんやりした記憶が呼び戻された。

数年前、治子の荷物持ちで行った百貨店で、ばったりタエと出くわしたことがある。

弟に背広を仕立ててやったという。確か、治子が大喜びで二人を最上階の食堂へと誘い、評判のビーフシチュウを食べたのだ。

食堂のすぐ横では、少年音楽隊が賑やかに「昔の英雄今はた在らず」と、「川中島」を演奏していた。確か、中肉中背、ほとんど覚えに残らないような、おとなしい青年だったが。

「弟……だったのか」

「そんなわけないだろう、うすのろ」牧村は顔を歪めた。

「俺にはそれ以上の人だった。田舎から出てきて……友達も親戚もいない俺を、姉のように……ずっと助けてくれたんだ……」

あのときのタエは派手な友禅を着、桃色の紅を塗って普段より十は若く見えたが、牧村を見る目はまさに弟、愛人という感じはまったくなかった。

「タエさんの夫はどうしようもないやつだった。金に汚く、酒も飲まねえのに、青い顔でくだをまいて殴る蹴る。ぐでんぐでんでよ……やっと死んでくれた、これからは好きなことをするんだ、と、張り切ってたのに」

青い顔でぐでんぐでん？　酒でないなら……エーテルか。横流しだけでなく、自分もエーテル中毒だったのか。よくそれで歯科医ができたな——悠木はぞっとした。過剰なほどタエが治療に関わっていたのはそのせいだったか。

「……あんたが、本間を殺したのか」

一縷《いちる》の望みをかけて悠木は尋ねた。

「はあ？　頭、おかしいのか？　自分がやったんだろ、自分が。それより……おまえ、おとなしそうななりして、どうやってタエさんをたぶらかしたんだ？」

牧村は地団駄を踏んだ。

「ち、ちがう……僕は」

いいかけて口をつぐむ。はっきりと否定できないためらいが顔に出た。

「やっぱり……おまえ、タエさんを利用して、邪魔になったとたん、あっさり殺したんだな」

待て、といっても牧村は聞く耳を持たず、悠木を水辺へとむりやり引きずり込んだ。そして襟を摑むと、氷のような水面に顔を押しつけようとする。

「皆、とっくに死んでると思っているからな。ここで凍え死んで、野良犬に食われろ」

「……あんた警察だろう、さっきの男も見ているし、ショーペンハウエ、」

必死に抗ったが、言葉の途中で頭が水中に沈み込んだ。一瞬で感覚が麻痺したのか、まるで熱湯に浸かったように痛い。耳の奥でキーンと音が鳴り、悠木は生臭い川水をしこたま飲んだ。ぶくぶくと泡立つ自分の叫びが牧村の声を消し、何を叫んでいるかもわからない。

「浮浪者のいうことなんか……だれも……通報者もおまえを見てない……」

「や、やめろ」

力一杯、牧村をはねのけて、やっと水面から顔を出す。

——これは嫉妬だ。

男扱いされなかった不満で、悠木への怒りが倍増している。危険だ、悠木は直感した。

「ま、待て……警察に……行くのじゃ……ないのか」

ふん、と牧村は鼻で笑った。

「裁判をしくじったら、絞首台に送れねえだろ。痛めつけて、確実な証拠をしゃべらせてからお縄にしてやる……だから、ほら、おまえがやったことを、今、ここで、全部吐け」

「ば、馬鹿な……」

悠木は必死に体当たりし、そのはずみに牧村の手をふりほどく。

牧村は転げ、ゴン、と鈍い音を立てた。後頭部を岩にぶつけたのか、白目を剝き、仰向けのままもだえ苦しんでいる。

「……おい、大丈夫か」

濁った水でもそれとわかるほど、大量の赤い血が水面を流れてゆく。

死ぬのか。

殺して……しまったのか。

沸き上がる恐怖。悠木はその場にいたたまれず、そろそろと後ずさりする。そして、きびすを返すなり思い切り草を蹴って駆けだした。

「うわあ、怪我人だ。怪我人がいるぞ」

偶然通りかかったのか、若い男の叫び声が遠くに聞こえた。

悠木は腰の紐をたぐり寄せ、振り返りもせず走り続けた。

第六章

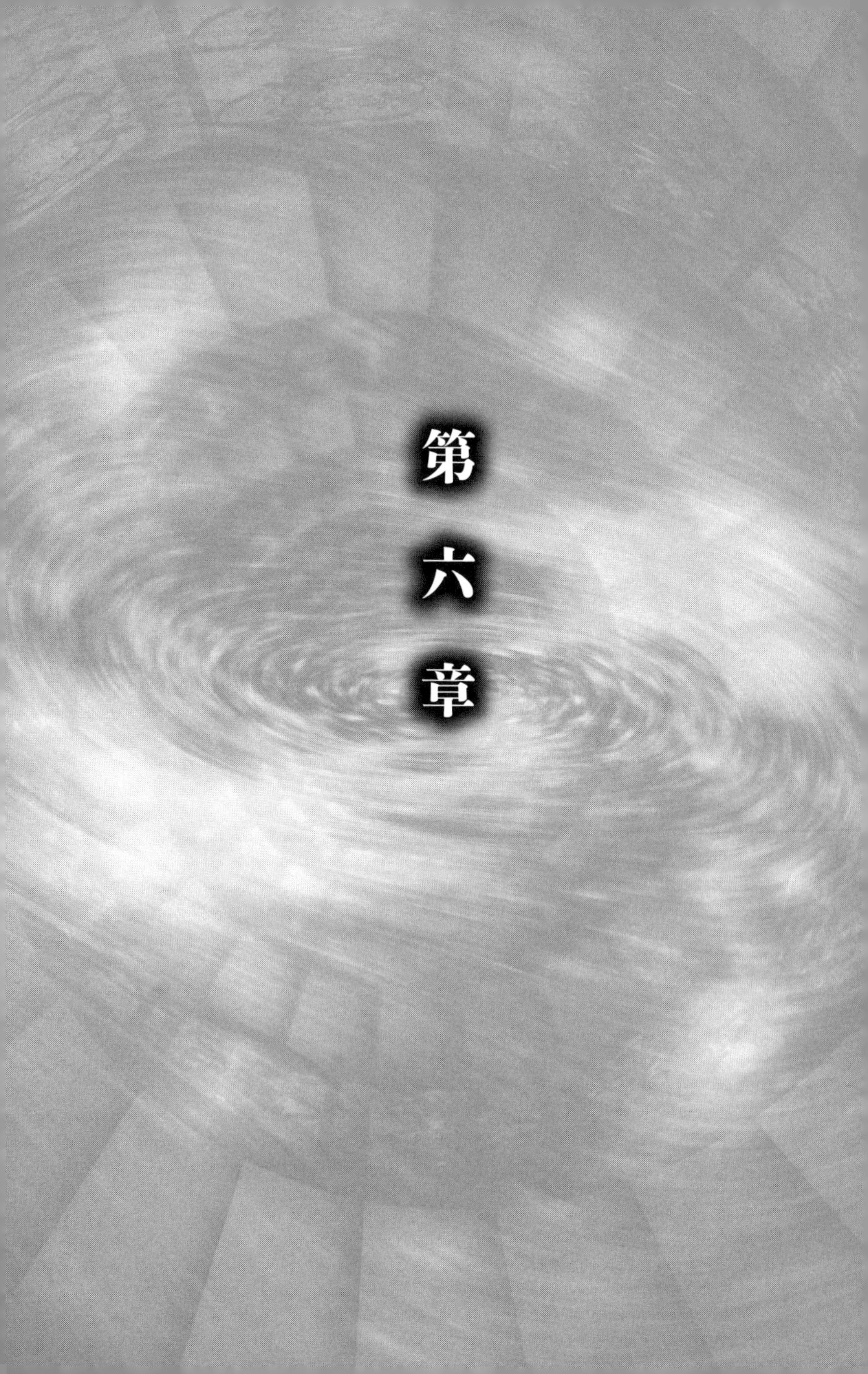

速度は見る人の基準で変わる。当然のことだ。
しかしその当然が当てはまらないものがある。
光だ。
光は絶対なのだ。どんなときでも「絶対」に変わらない。
この矛盾はなんだ？
どちらも正しいのに、どうして食い違うのだ。

蟹のような蕾をつけるシャボテン鉢が三つ。

その下を捜し、昔と同じく真鍮の鍵を見つけた悠木は、安堵に胸をなでおろした。不用心この上ないと、何度も苦言を呈していたが、そのおかげで助かったのだから皮肉なものだ。

家の中は火の気もなく冷え込んでいる。留守中も手伝いのばあさんが来ているようで、悠木が泊まった夜より、むしろきれいに片付いていた。

ランプのホヤも磨かれ、例の不気味な楽器にも、皺ひとつない白い布がかけられている。ソファには、清潔な丹前と綿入れ。主がいなくても、そこには穏やかな日常があった。

しかし――長居はできまい。

とりあえず朝までは大丈夫だろうが、お尋ね者なのだから、息をついている暇はない。

そしてやはり、一番の気がかりは牧村の容態だった。たまたま通行人がいたのは幸運だったが、はたして助かったのか。怪我が治れば、また嫉妬と執着で追いかけてくるとはいえ、これ以上人を殺したかもしれない不安を抱えるよりずっとましだった。

――どんどん、袋小路に入り込んでいく。

自分がやった、そう認めた方が楽だ、という気さえする。

じき、宵闇が訪れ、あたりが暗くなると、悠木は少しためらった後、思い切って灯りをつけた。子どもの時分のように、暗闇が怖ろしくなったのだ。

机の前に貼ってあるのは、アインスタイン――すなわち、藤江――の日程表。

あの日、逃げるように京都へ向かった藤江は、アインスタインを追いかけ、大阪、神戸、奈良、さらには広島へと向かうようだ。最後に、関門海峡を渡って門司へつき、最終講演は博多。再び門司に戻り、平家よろしく壇ノ浦でお開き、二十九日、博士は帰国の途につく。

悠木にとって、藤江は最後の砦であった。が、日程表に書かれた宿に連絡し、自分から助けを求めることには腰が引ける。功を奏さなければ、すべて終わり。もう、あとがないからだ。

今日は何日だっただろう。

憎まれることも好かれることもなく、まるで白湯か冬瓜のように、息を殺して生きてきた。その結果がこれ。まさにまわりは敵だらけだ。だれより平々凡々と暮らしていたはずが、何度も殺されかけ、流浪し、傷だらけになっても、まだこうして逃げ続けている。

と、テーブルの上に封筒が見えた。

宛名はドイツ語でYunokiとある。どうやら自分に宛ててあるようだ。

ざわつく気持ちを抑えながら、悠木は巴紋の封蠟を開き、むさぼるように目を走らせた。そこには見慣れたくせのある字で、こう書かれていた。


親愛なる悠木よ。

君がこれを読んでいるとすれば、大変、残念なことだ。

事態は、最悪の方角に向かっているのだろうから。

しかし、絶望してはならぬよ。宿命は光。運命は時空。

光はどうあがいても変わらぬが、運命は智慧と行動でいくらでも変えられる。一見、変わらぬように見えても歪み、そして動くのだ。

幸いにも君は、大きな幸運とともにある。すなわち僕の存在。どうだ、最強の持ち札だろう？

そして今、君と僕に必要なのは、論理に基づいた知識であり、情報なのだ。

なんでもよいから思い出せ。そしてそれを持って、僕のところへ来い。

通いのばあさんには休みを取らせた。代わりにユキさんに、君を補助し、尽力するよう頼んでおいた。ベルを二度鳴らし、ノックを三度。そう、合図するようにいい含めてある。

君、くれぐれも、変な矜持で彼女を突っぱねてはいけないよ。これだけは、しかと肝に銘じてくれたまえ。本来、君にとっての彼女は光、そういう存在であったはずだ。

しかしくれぐれも気をつけて。ユキさん以外、だれも信用してはならぬ。もちろん警察もだ。

追伸
ひょろ長い君には合わないかもしらんが、適当に着替えてくれ。

それと、台所の食器棚には、少しばかりの軍資金が入っている。

遠慮はいらないよ。無事、君が悠木医院に戻ったあかつきには、ちゃんと利子をつけて返してもらうのだから。一緒に置いてあるチョコレイトやビスコット、干し柿も、好きなだけ食してくれたまえ。

あと、八百畠のヒカルに会うことがあれば、考査に備え、すべからく励むべしと、伝えてほしい。

学生の本分は鍛錬だ。ミステリや相対論をかじるのもよいが、「旅人算」が苦手では話にならぬ。

その点、僕ももっぱら君と同意見だよ。

君の心友　藤江世酔

健闘を祈る。

にわかに腰がくだけた。

この男の明るさに触れると、祖母治子とはまた別の意味で、現世に悩みなどない気がしてくる。

湯を沸かして体を洗い、寒さに震えながら丹前を着た。あちこちに傷痕は残っているが、もうさほど痛みはない。

干し柿を食べていると、いわれたとおりのノックをしてユキがやってきた。

ユキは今どきの巻き込み髪だが、この前より地味な綿入れを着て、大きな風呂敷包みを持っていた。寒さで鼻を真っ赤に染め、頬には泣きぼくろが浮いている。九州の炭鉱町で生まれたユキは、名前に似合わず、昔から寒さが苦手なのだ。

ユキは何度か無駄足を踏んでいたらしく、悠木が戸を開けるとびっくりして、声も出ないふうで立ち竦んだ。

「あ、あ……お元気でいらっしゃった？」

状況を知って心を痛めていたのか、じっと顔を見る視線が先だってとははるかに違う。

思わず見返すと、

「恥ずかしい……私、ずいぶん、年を取ったでしょう？」

「え？　いや」

半月やそこらで変わるはずもない。が、確かに赤い銘仙を着ていたときより大人びて見え、どちらかといえば、先日の方が記憶のユキに近かった。ユキはしばらく後ろを向いていたが、ぐすんと鼻をすすると、悠木が着ている丈の短いどてらと、ほご紙入れに捨てた衣類を見た。

「あ、これ、お着替えですわ」

「……ありがとう」

包みを受け取りながら、悠木はふと、釈然としない心地になった。あれほどユキと二人きりで会うことを願っていたのに、いざ向かい合ってみると、思い描いたときめきや切なさをみじんも感じないのはなぜだろう。

この女は……本当にユキなのか？　まるで別世界の人間のような。

「いらっしゃるとわかっていたら、お弁当をこしらえてきましたのに」

「いや、もう、じゅうぶんだ」

しかし、目の前にいるのはやはりユキに違いなかった。変わってしまったのは自分。傷だらけでお尋ね者の自分だ。

本をめくるふりをして、動きを追っていると、振り返ったユキが、え？　と、首を傾げた。

「あ、いや。藤江は……僕が殺人犯人だと思っているのだろうか」

いってすぐ、後悔した。が、ユキは心底驚いたように、

「まさか。そんなはずはないでしょう？　ジョージさんが人を殺すなら、自分なんぞもう何十人も殺してるって、そう、おっしゃってましたわ」

「う……うん」

「こうも、いっておられました……日本人はみんな、誇りを持って、お国や人のお役に立とうと日夜、がんばっている。ジョージさんは、その中でも特に、職業道徳をないがしろにしない、とても正直な歯医者さんだと」

「買いかぶりだ……」

今度は、心に鉛のようなしこりが生まれた。藤江が悠木を庇えば庇うほど、そしてそれをユキが口にすればするほど、どこかぎこちない居心地の悪さを感じてしまうのだ。

「藤江は……本当に上海まで行くのかな」

悠木は小刻みに足を動かした。

「上海？」

なんのことかわからないように、ユキは首を傾げる。

石《シュタイン》ころを追いかけるならとことん国中、どこへなり……と。さすがに上海までは、とお笑いでしたけど。

そういったのは、つい先日。ほかでもない、目の前のユキだったはずだが。

「いや、藤江は……」

「藤江様は……」

二人、同時にいい、しばし見つめ合った後、ユキがぷっと吹き出した。今日、初めて見る笑顔。目尻に細かい皺が寄った。

「……なんでしたの？」

「いや、たいしたことじゃない、君は？」

「忘れて……しまいましたわ」

思えば、お互い、さっきから藤江の話しかしていない。

ひとりぶんの茶を出すと、ユキはおもむろにショールを取り上げた。

「では、私はこれで……また、参りますわ」

「……ああ。ありがとう」

なぜか、引き留める気にはなれなかった。

――どういうのだ、この据わりの悪さは。

湯呑を取り上げる悠木に、ユキは黙って頭を下げた。


振り子の音がやたらと響く居間で、悠木はぼんやり考える。

結局、あの、顔なし死体はだれだったのか。

近隣の住民なら、歯科医院の患者である可能性もある。歯でも残っていれば、診察簿を確認できたが、悠木自身、犯人かもしれないのだから、そんな役割が回ってくるはずはない。むしろ、警察が死体を調べ、悠木との関連を探っているかもしれなかった。

――藤江なら、どうするだろうか？

そう思ったとたん、ふいに、見慣れた童顔が目の奥に浮かびあがり、気取ったしぐさで指を鳴らしてみせる。

『いやはや。君たちが顔のない死体を見つけたのは、師走の三日だった。それから二週間と四日。時は流れ、一見、何もかも変わってしまったかのようだ。が、君。失念してはならないよ。時間も空間も本来、相対的なもの。人によってまるで違うのだから』

まだ何か、見落としがある、というのか。

『そう、初心に戻って、もう一度、周囲を調べるべきではないかね』

しかし「周囲」といったところで、すでにおまえと確かめた、もろもろの――。

あっ。

たいして期待もせず、あたりを探っていた悠木は声を上げた。

コートの内懐《うちぶところ》から、薄い固まりが出てきたのだ。

切符か？

なぜ、思いつかなかったのだろう。そもそも、このコートが一番怪しかったのだ。

無頼を気取る学生のような、薄っぺらいとんび。

摩耶子には安物だといわれたが、しっくり体に馴染む気がして、ずっと手放せなかったインバネスコート。ショーペンハウエルのシマにいたときも、すぐに着られるよう、ずっと新聞の固まりに着せかけてあったのだ。

命からがら、濡れたり転んだりしたせいで、切符はあちこち滲み、読めない部分も多かった。普通急行で下り、三等？　値段は……やはりわからない。

上……上野？

日付は十一年十一月二十六日。日曜。記憶がなくなって二日目だ。一本線二五〇哩《マイル》以下……どこだろう。切符が残っているということは、目的地まで行かず、途中下車でもしたのだろうか。

本棚を捜し、歴史年表の間に埋もれていた地図帳と、真鍮の仏式コンパスを取り出す。いやしくも家主が小説家だけあって、さすがに資料や道具は様々整っている。

日本全体の図を開き、丸くなった鉛筆で円を描いた。浮き上がった線を見て、悠木は少なからず落胆した。

――みちのくから中部まで……これでは、どこだって行けそうではないか。

しかたなく、もう一度、とんびを裏返す。

やはりいかにも安っぽいウールで、見れば、あちこち細かいほつれがあった。裏側は英国ふうの格子柄で、綾織りの柄は茶色と黒、赤……。

ん？　これは。

もうひとつ、見落としていた奥の内懐に、折りたたんだ茶紙が入っていた。

広げると、キュウリの絵と御寿司の文字。窓から空箱を捨てないでください、とある。どうやら、駅弁当の掛け紙らしい。

店名は……松廼家《まつのや》。そして、印字されている駅名は？

宇……都宮か。

裏返すと、醬油がついた白い裏紙。滑りの悪い鉛筆で、旅館の名前らしきものが書き殴ってあった。

――白……根旅館？

自分の字とは思えなかったが、散らかった部屋を思うと、はっきり違うといい切る自信も失せる。

幼い時分から、悠木にはこういう掛け紙を残し、覚え書きに使うくせがあったのだ。

『君、弁当が宇都宮でも、宇都宮が目的地とは思えないぞ。さあ、君が訪れた土地はどこだい？　もう一度、地図を詳細に眺めてみたまえ……ほら』

コンパスを反対側にぐるりと回すと、延長線内に、

「……日光だ」

確信に近い気持ちで、悠木は大きく息を吐いた。

十二月二十一日（木）

いざ乗り替へん日光の　線路これより分れたり
　二十五マイル走りなば　一時半にてつくといふ
日光見ずは結構と　いふなといひしことわざも
　おもひしらるる宮の様　花か紅葉か金襴か

藤江の残した軍資金とやらをありがたく拝借し、悠木は翌朝、始発で旅の人となった。

上野駅から日光駅まで買った切符は、種類もはさみの形も、とんびのポケットにあったものとまったく同じものである。よく見るとそちらにはもうひとつ、入鋏とは別に、ほんの小さな穴が開いてい

た。

寒い時季、それも年末というのに、人が多い。上等の席はもっと混み合い、ホテルで年を越す外国人で一杯なのだ、と、大宮で降りた旅商人が教えてくれた。

商人は、アインスタインが日光で吹雪に遇《あ》い、足を滑らせて転んだ話もした。幸い、怪我はなかったらしいが、

「打ち所が悪くて、偉い博士が死んじまったりしたら大変だ。怒った外国がこぞって攻めてくるに違いねえ」

どうやら、本気でそう、信じているようだった。

日光は昔、家族で訪れたことがあった。屋敷に来る前で、まだ父も存命だったが、幼かったのでさほど記憶には残っていない。

唯一、覚えているのは湖だった。小舟に乗って、のんびりと山を眺めた思い出がある。山は紅葉して美しく、父も母もたいそう幸せそうに見えた。確か、母の希望で途中下車し、宇都宮から人力車で、日光の西洋ホテルまで乗り付けたのだ。

眠れない日々が続いたせいか、汽車の振動で、つい、居眠りしそうになる。

外は相も変わらず田舎風景が続くが、やがて次第に上りの傾斜が出て、まわりは杉の並木になった。あのときは、僕が外を見たがったせいで、トンネルごとに窓を閉めなくてはならなかったな。

悠木は、父と兄が忙しく取っ手を上げ下げしていたことを思い出した。窓から汽車の黒煙が流れ込んで、座席も人も煤だらけになってしまうのだ。

――勢いで、こんなところまでやってきてしまったが。

正直、ふいによみがえる昔の記憶までもが怖ろしい。

この切符の、そして白根旅館の記憶が怒濤のように戻ることは、悠木にとって脅威以外の何物でもなかった。

いったい、だれと、なんのために、訪れたのか。

まさか、タエと？

相手がタエならば、なんたる厚顔無恥。姦通はもちろん、その親密さから、凶悪な犯人である可能性も高くなる。

沸き上がる不安を振り切り、悠木は窓の外に目をやった。列車の吐く蒸気に煙って、杉並木の向こうに遠く、山々が霞んで見える。

赤羽で買っておいた寿司を食うと、腹もくちくなって、また、眠くなった。

こんな状況なのに、いや、こんな状況だからか。普段より眠くなるのは、度を越えた恐怖や不安に対する、自己防衛のひとつなのかもしれない。

唯一の手がかりであり、不安の源でもあるインバネスを引き寄せ、悠木は規則的な揺れに引き込まれてゆく。

『君、まずは気楽に、観光旅行としゃれ込もうではないか。別人の足取りを追う気持ちで。そう、自分を頭の斜め上から眺めるなどよいねえ。他人のことだと思えば、よけいな悩みに囚われずにすむ』

藤江、おまえは、本当に楽観的でうらやましいよ。

がたんごとん、がたんごとん、しゅっ、しゅっ。ぽっぽっ。

汽車の音を遠くに聞きながら、悠木はゆっくりと眠りに落ちていった。


『さて、まずは、切符だナ』

藤江の幻影にせかされるように、悠木は汽車を降りた。

日光駅は白い壁に囲まれ、外国の絵はがきのように垢抜けた建物である。今年初めに英国皇太子も訪れたため、二階はさらに立派な貴賓室になっているのだという。

少し眠っただけで、気力が回復していた。悠木は乗客がすべてはけるのを待ち、しんがりで改札に向かう。

「この、切符《チケツ》、記念にもらえないですか」

「ああ、いいですよ」

よくある頼みなのだろう。はさみでカチャカチャ調子を取りながら、駅長は笑顔でうなずいた。

返してもらった切符には、コートの中にあった切符と、まったく同じところに小さな穴が開いている。

手のひらの上で切符を二つ並べ、悠木の心はまた粟立った。

子どもでもあるまいし、なぜ、こんなものをわざわざ残そうと思ったのだろう。旅の相手は女なのか。が、それなら、なぜ、女でなく自分が後生大事に持っているのだろう。

道や屋根は、粉砂糖をまぶしたように白かった。

駅の前には、高級旅館のものらしい黒塗りの自家用車が数台、エンジンをかけて客を待っている。線路の向こうに電気軌道の停車場があるが、発車したばかりで、並んでいる客はほとんどいなかった。人力車は一台だけだった。年配の車夫をつかまえ、しらね、という旅館について尋ねると、口の重い車夫はああ、と、いっただけで駅の方を指さす。見ると駅のすぐ隣に、まだ新しい西洋旅館の看板が見えた。

たぶん行き当たりばったり、駅近くの旅館を宿所に決めたのだな、と悠木は思った。覚えにくい宿名だから、弁当の掛け紙に書き留めておいたのかもしれない。

「おいでなさいませ」

旅館とはいえ、駅舎と同じく舶来ふうの造り。入ってすぐ立派な西洋食堂があり、玄関口からバタのよい匂いが漂っている。悠木がなんと尋ねたものか、と考えていると、

「お部屋ならば、空いておりますよ、どうぞ」

一瞬浮かべた胡散臭そうな視線をそらし、番頭がいう。

「あ、仕事で来たんですが、せっかくなので、一泊して観光しようかと……」

このくらいの嘘は許されるだろう。悠木は差し出された宿帳に藤江の本名と適当な番地を書く。

「外国人で、どこの宿もいっぱいだと聞いていましたが……よかったです」

「え、ええ、まあ」

番頭は依然としてどこか煮え切らない様子だった。

何かあったのかな、と、思うが、悠木にこれ以上のはったりは無理だ。部屋に案内され、一応、旅

館らしく仲居が茶を入れていったが、ひどく無愛想だったため、結局、何ひとつ聞けずに見送るしかなかった。

真新しい座敷には、ソファやテーブルがあり、大きな寝台がひとつ。

便所や、温泉が出る小さな風呂まで部屋に備え付けられている。そしてこの、左右も鼻緒もない、薄っぺらい履きもの。

『そうだ、スリッパーだ。外国人は、家でもどこでも靴のままだからな。ホテルでは日本人向けにスリッパーを出すのだ』

藤江のうんちくを思い出す。

見たところ、大きな浴場もない。普段の悠木なら絶対、こんな宿には泊まらないはずだった。日光ならさしずめ、鬼怒川温泉あたり。過分な軍資金もあって、つい、勧められるまま部屋に入ってしまったが、勘定時、どれほど請求されるものかと思うと、急に不安になる。

窓から雪の積もった山々が見えた。急にまた気が滅入り始めたので、悠木は寒さをおして、外に出ることにした。

とんびの上から藤江の襟巻きを巻き、ドアを開ける。と、暗い板場から押し殺したような女の声が聞こえて立ち止まった。

「あの客、帳面の名前は違ってたけど……そうじゃないかって、トメさんがいってる。見た？」

すぐそばで仲居が二人、悠木に気付かずこそこそ話をしている。

「まさか、そんなはずないよ。そうなら、番頭さんが泊めるもんか」

「番頭さんはちゃんと会ってないもの……でも何しに？　いまさら、来る意味なんかないだろう」

「いや、わからないよ。金でもせびりに来たのかも。そのせいで、こっちは閑古鳥が鳴いてるっていうのにさ」

閑古鳥といわれれば、確かにこれだけの旅館なのに客をほとんど見ない。部屋があるといいつつ、番頭が口ごもっていたのには、やはり理由があったのだ。

やがて二人は階下に消えた。少し待ったが、だれも戻ってくる気配はない。

あきらめた悠木は無人の受付を抜け、今度こそ寒い外に出た。

急げば次の電気軌道に間に合うだろう。あれで湖に行ってみようか。華厳の滝まで行くには、終点の馬返《うまがえし》で降り、歩くか、車を仕立てねばならないらしい。

路面電車はほぼ満席で、小さな女の子を連れた若い夫婦と相席になる。

「滝って、自殺の名所、なのね。どうしてかしら」

「一高の生徒が辞世の詩を詠んで、飛び込み自殺をしたからだろう」

「ああ、それなら知っているわ。ここだったの？　失恋でしょう？」

「そうだな、そうでなければ借金だろう」

ここに、藤江がいなくてよかった、と悠木は思った。

どこにいても、だれかれ構わず、うんちくを垂れ始めるのが藤江の悪いくせなのだ。

手持ちぶさたな悠木は、駅で買った旅のしおりを、開いたり閉じたりして拾い読みする。

じき、箱のように小さな電車は汽笛を鳴らし、がたごと動き始めた。旅館や店が連なる通りを抜け、川にかかった狭い橋を渡る。

「怖いわ、落ちそうよ」

そういいながらも、女の子は楽しそうに目を輝かせた。向かいに見える赤い欄干は神橋といい、有名な観光の名所である。

「この電車も一昨年、坂道で事故があってね。死人や怪我人が出たらしい」

女の子の父親が、子どもに聞こえないよう妻に耳打ちした。

悠木はあれ？　と首を傾げる。

その話を、つい最近、どこかで聞いた覚えがある。

だれに聞いたのだろう。

記憶の糸口がほぐれてきたのかもしれない。そう思うと、また、気持ちがざわついた。

『そうだ。君。記憶というものはバネのついたびっくり箱だ。場所や匂いや音がきっかけで、真っ暗な井戸から、ふいに飛び出してくることがある』

また、藤江の声がどこからか聞こえた気がした。


湖は寒々として、人もまばらだった。

国宝・中禅寺観音とあるのは、近くの寺のご本尊だろうか。悠木は、とんびの襟をかき寄せ、寒さに耐えながら遠く、湖に目を凝らした。

小舟を貸す店はさすがに閉まっているが、手書きの看板はまだ、いくつも並んだままだ。小雪のちらつく時季でも開けているらしく、対岸に釣り堀、えさ、の文字が見えた。

「ジョージは怖がりすぎだよ、こんなの、海に比べたら小さくてずっと狭いのにさ」

兄がいい、まだ子どもなのだからと、母の声が答える。

「母さんは僕より、ジョージが好きなんだ。ジョージなんて死んじゃえばいいのに」

死んじゃえ、死んでしまえ、死ぬんだ、ここでおまえは……死ね。

——なんだ……今のは。

昔、家族と湖で遊んだ記憶が、一瞬、別のものと重なったような……。

寒さのせいだけでなく、悠木はぞっと震えた。

びっくり箱ではなく、パンドラの箱だ。箱から、よくないものが飛び出そうとしている。

今ならまだ、引き返せる、引き返すべきか、前に進むべきか。

と、また、頭の奥で藤江の声がした。

『ホレーショの哲學、竟《つひ》に何等《なんら》のオーソリチィーを價《あたひ》するものぞ』

自死した一高生が、ミズナラの木に刻んだ厭世の詩だ。

「学生さん、平気かい？」

はっと我にかえると、セエタアを着た老人が、悠木の顔をのぞき込むように立っていた。

「あ……どうも。いや、なんでもありません」

頭越しに、寒そうな色の水が波を立てているのが見える。

夏場は人の多い湖畔の茶店も二軒ばかしだけで、あとはほとんど休んでいた。氷が浮かぶ湖面には、小舟が思い思いに舳先《へさき》を向けて船体を休めている。

薄着の老人は、寒そうに両腕を撫でさすりながら、

「茶を沸かしたんだがな、ひとりで飲むのもなんだから、一緒にどうだい？」

「ご親切に……ありがとうございます」

穏やかな声に誘われて、悠木は老人とともに、みやげもの屋ののれんをくぐった。大型のストーブが燃え、衣紋掛けにはなめし革の防寒着と鳥打ち帽が、乱れもなくぶら下げてあった。

店主は悠木に茶を差し出しながら、

「旅行かい、学生さん」

「はあ、学生、ではないですが……ここは、冬も店を開けておられるのですね」

「ああ、お宮さんと違って、ここは冬場の人出が少ないでな。閉めろと家人はいうんだが……」

と、少しいいよどんで、

「一軒でも開けとかないと……早まったことをする、若い衆を思い止まらせることもできんからな」

早まったこと？　あっ。

どうして老人がセエタアのままで店を飛び出してきたか、悠木はやっと得心する。

「いや、僕は、身を投げるつもりは……」

慌てたので、お茶が喉に詰まった。

「……なら、いいが」

老人は上目遣いに悠木を見て、

「最近少し落ち着いたがな。かつては毎日のように、若い衆が滝に飛び込んだのよ。例の一高生のまねをしてな……そのたび、町じゅうほぞを噛んだが、放っておけばますます増えるで。それらしい輩には、迷わず、声をかけることにしたんだよ」

死んで花実は咲かんでな、と老人は口を歪めた。

「宿は……鬼怒川温泉かい？」

「いえ、早めに帰るつもりだったので、駅の近くの、えーと……」

内懐から掛け紙を取り出して広げると、

「白根かい？　洋風の？」

のぞき込んだ老人は露骨に顔をしかめる。どうやら、派手な新参の西洋旅館に、あまりよい印象を持ってはいないらしい。

「がら空きだっただろう？」

はい、でも、どうして？　と首を傾げる悠木に、

「あんまり、おおっぴらにしない方がいいのだが……」

と、心にもない前置きをして、

「この前あそこで、事故があってな」

「事故？」

金谷ホテルに倣い、日本の生活様式に馴染めない外国人客向けに開業して、それなりに流行っていた白根旅館。十一月の終わり、そこで、とある事件が起こったのだという。

「練炭ストーブだ……お客さんが死にかけて、病院に運ばれたんだ」

そういって、老人はストーブの中で赤々と燃える練炭を振り返った。

練炭ストーブ？　一酸化炭素中毒か。

「命は助かったが、しばらく意識が戻らず入院しておって……あげくその客は、月が変わるとすぐ、病院から消えてしまったらしい」

そうか、それで。

悠木は仲居たちの話を思い出す。そのせいで、閑古鳥が鳴いている、といっていたのか。そういえば、その客が悠木ではないかと、疑っていたようだったが。

――客が入院したのが、十一月の終わり。病院からいなくなったのが十二月の初め。もしそれが悠木なら、悠木は少なくとも本間を殺害した犯人ではない。

一瞬、気持ちが浮き立つのを感じたが、すぐに我に返る。

いや、やはり、それは無理だ。

悠木はその間、屋敷にいて仕事もし、家族やタエ、摩耶子と顔を合わせているのだ。

「その客は……どういう人だったんですか」

いささか失望しながら、悠木は尋ねた。

「何もわからん。ただ、若くて、背の高い男だったらしい。東京から来たといっていたが……旅館はともかく、一番、こけにされたのは仲間医院の先生だ。治療代は踏み倒されるわ、よく知らんやつらには、白根と結託して仏さんを始末したといわれるわ、踏んだり蹴ったりよ」

仲間医院？

その病院に行って、話を聞くべきだろうか――悠木は迷った。

しかし、これほど不確かで、おまけに自分に関わりがあるかどうかも知れないことに、わざわざ首をつっこむ価値はあるのだろうか。

藤江ならどうする？

『君、もちろん。一厘でも気持ちが動くなら、試してみてもいいのじゃないかい。しかし、せっかく日光くんだりまで来たことを思うとねえ……東照宮へ行って、眠り猫や三猿を鑑賞するのも悪くない。見ざる、言わざる、聞かざるの三猿は、実はロダンの『考える人』と同じく、ある大きな作品の一部分であるのだよ、あれは悪いことを避けて、猿、すなわち人の平和な一生を描く……』

東照宮や、華厳の滝を見る気持ちはまんまと失せた。

悠木は礼をいう代わりに、棚から木の実で作った猿の根付けを選んで三つ買い、なにげないふうで、医院の場所を尋ねた。


医院といっても、悠木や熊巳の医院とはわけが違う。仲間医院は、古い門構えではあるが、二階に入院患者の部屋もある、ちゃんとした内科の病院だった。

暖かい待合室には、子どもの背丈ほどの振り子時計と、額に入った腹内模型が飾られている。

診療時間は過ぎていたが、まだ、患者ははけていなかった。受付でまた「藤江」を名のり、「話を聞きたい」というと、しばらく待たされたのち、手際よく診察室に通される。

穏やかな老人のようで、まだじゅうぶん壮健さを持ち合わせた医師は、悠木を見ると、一瞬、濃い眉を上げた。が、すぐさま感情を消して、

「どこが悪いのですか」

「先日、練炭中毒で入院した患者について、話を聞きたいのですが」

「あなたは……ご家族ですか」

受付から渡された紙片に目を落とし、「藤江」という文字に下線を引きながらそう尋ねる。悠木はつい、口ごもって、

「い、いいえ……そういうわけではないのですが」

「……では、お話しすることはありません。無責任な噂や記事が出ていますが、うちはただ患者を診療しただけですから」

静かだが、はっきりとした滑舌で医師は答えた。

そうだろうな、と悠木は思った。どこの医者でも、患者の秘密を守る義務がある。問われて、ほいほい話すなら、むしろその方が問題だ。

「いや、けっして興味本位ではないのです。実は……その人が、行方を捜している知り合いかもしれず……もし、そうでしたら、ご迷惑をかけたお詫びと、その……」

悠木は頭の中で、藤江の軍資金があとどれほど残っていたか、指を折ってから、

「治、治療費の……支払いを」

医師は眼鏡の奥からじっと悠木を見つめた。

「そうですか……しかしうちはもう、その患者さんとは縁が切れていますからな。まず、駐在所へ行かれるべきでしょう。治療費は、はっきりその方がお知り合いとわかった後、請求させてもらいます」

ほっとする気持ちと、残念だ、と思う気持ちが相半ばした。が、ユキのいう「職業道徳」を地でいく老医師に、悠木は少なからず好感を持つ。

医師はじき、次の診察簿を取り上げ、無言で悠木に退室をうながした。

――東照宮に行けばよかったかな。

しぶしぶ、表に出るともう、すでに外は暗かった。旅館は駅に近いから、おそらく歩いても十分ほどだろう。

と、そのとき、

「あのう……すみません」

と、小声で呼び止める者がある。

振り向くと、摩耶子と同じほどの若い女が、停め置かれた大八車に隠れるように身をひそめて手招きしていた。

なんだろう、と思いながら近づき、塀の間をのぞき込むと、女は上目遣いに悠木を見て、

「いきなりごめんなさいよ。怪しいものではないのです。私、仲間といいます。院長の娘で受付にいた……」

はあ、そうだったか。ほとんど記憶にない女を眺めながら、悠木はうなずく。

女は唐突にいった。

「さっきの、練炭中毒の患者さんについてですが……あのう、もし、私にわかることなら、なんでも聞いてくださいな」

『ハレ、ハレ、ハレー彗星』

狂喜乱舞する藤江の声が聞こえたようだった。

悠木は仰天して、意外な申し出をするその娘をじっと眺めた。女は袖がほつれた羽織を着、生え際に若白髪がちらほら見える。

「ありがとうございます……あ、娘さんは、その患者に会っているのですか」

女はほっとしたようにうなずいて、

「はい、看護婦じゃないので一度だけ。じろじろは見ていませんけど」

「どうして……急に」

娘の真意が摑めず悠木が口ごもると、娘はまた下を向いて、肩を小刻みに震わせながら、

「もし本当にお知り合いならば……入院……代をいただきたくて。父は診察料も気まぐれにもらったりもらわなかったりで、その……暮らし向きがあまりよくないのです」

悠木は、思わず眉をひそめた。が、女が雷にでも打たれたように、「ごめんなさい」と叫び、顔を赤くして走り去ろうとしたので、慌てて呼び止める。

「あ、いや、待ってください」

びくりと震えて、女は怯えたように悠木を見上げた。

「すみませんでした。もちろん、こっちからお願いしたことです……いくらですか」

「五円、で」

入院までしてその程度か。悠木は藤江の封筒から五円札を出し、さらに一円足した。娘は首を振ったが、結局、頭を下げて懐にしまう。

「どうでしょう。その患者ですが、どういう感じでしたか。旅館で、僕に似ているという話を聞いたのですけれど」

女は悠木を見上げ、ふっきれたようにはきはきと答えた。

「はい……とてもよく似ています。それでつい、追いかけてしまって……でも、はっきりそうか、といわれれば自信がなくて。入院は十一月二十七日から、いなくなった十二月二日早朝までの五日間ですが、私が会ったのは二十七日の朝。板に乗せられて白根旅館から運ばれてこられたときだけですし、顔が青黒く、ずいぶんむくんでおいででしたから」

「どういう症状で……運ばれたのですか」

「ストーブの練炭がちゃんと燃えず、息ができなくなったのです。眠ったまま、すぐには声をかけても起きませんでした。父は練炭中毒だといっていました。隙間だらけの家でも、時々死ぬ人がいる。あそこは洋風でしっかりした部屋だし、暖かいがそのぶん危険だ、と話していました」

「どんな格好でしたか」

「浴衣でした。でもホテルに荷物と衣類が残っていたので、うちで受け取りました」

「どんな服でしたか。それとも着物？」

「さあ、そこまでは……」

「こういうマントのついた……とんびでは？」

悠木はとんびのマントを摑んで揺らしてみせた。

「うーん、そうだったかもしれません」

考えながら女はうなずいた。

「……近所の人がいっていました。アインスタイン博士を好きな方みたいなのだけど、日にちを間違えなすったらしい、って。それでこんな目に遭って、間の悪いお人だねえ、って」

そういえば、汽車で相席した商人が「博士が日光で転んだ」と話していたことを思い出す。

「アインスタインはいつ？」

「翌週の月曜日でしたかしら。金谷ホテルに泊まられ、東照宮さんを訪ねられたのです。残念ながら、中禅寺湖は吹雪でお滝も見えなかったとか」

そういえば、食事会に現れた藤江も、日光に行ったとか、行かなかったとか話していたが、やはり同じ金谷ホテルに泊まったのだろうか。

「事故のせいで……旅館のお客が減ったというのは本当ですか」

「ええ、急にいなくなったので、死人が出て都合が悪いから、旅館の旦那が仏様を運んで、どこかに埋めたんじゃないかと……そんな噂が立ったら怖れて人は来ませんし、うちもそんなことは絶対にない、と、説明したのですけど」

それで、仲居たちが腹を立てていたのか、と悠木は得心した。冬場の練炭中毒など、どこにでもあるごくありふれた事故だ。それだけで、あれほど人が減るとは思えなかったのだ。それで実際、医院に影響がないのは、やはり老医師の人徳だろうな、と悠木は思った。

「患者は、ずっと寝たきりだったのですか」

「いえ……」女は襟巻きの房を指で揉みながら、

「眠っていたのは二日ほどで、だんだん座るようになり、いなくなる前日には、お粥を食べ、歩くようになっていたとか」

そうなのか、悠木は少し驚いた。

「ごめんなさい。私、欲深で」

女がまた思い出したように懐を押さえる。

「父は……家族を犠牲にしても平気で施療に明け暮れてきたのです。だから、こちらから弟さんに請求するのも許さない、と」

弟？　悠木は息を吞んだ。

「弟がいたのですか」

悠木は歯嚙みする。最初こそ、タエと連れだって訪れたのでは、と怖れてはいたが、練炭中毒の話が出てからはすっかりひとり旅だと思いこんでしまったのだ。

女は一瞬、怪しむように悠木を見たが、

「え、ええ。弟さんはひどく心配なすっておいでてしたが、仕事もあるし、またすぐ来るから、と、一度、東京にお帰りになりました。が……戻ってこず、患者さん本人までいなくなってしまって……

父は、『わざわざ連絡するのは浅ましい。用があればあちらから知らせてくるだろう』と、お預かりした連絡先を捨ててしまったのです……さっきだって、あなたを見てすぐ、何か思ったふうでしたのに、『本人がそういわないのは、よんどころない事情があるからだ』と、あんな……しらじらしく気づかぬふりなんぞして」

清貧というより、あれはもう病《やまい》ですわ、と吐き捨てるようにいう。

「弟は……いつ、東京に戻ったんですか」

いきなり溢れ出た情報の数々に混乱しながら、悠木は問うた。

「二十七日です。そのとき父は内心、たぶん、もう、いけない、と思っていたようです。しかし、体力もあり、心の臓も丈夫なようなので、今日明日、亡くなることはないだろう、と」

「患者の名前を……教えてもらえますか」

とうとう悠木は、怖くてずっと手にできなかった箱を開けた。

女は少し迷った後——忘れないよう、そこに書きつけていたのだろう——懐から、とんぷくを包む赤いセロファン紙を出して広げる。

「ごめんなさい。お金をいただく前に申し上げるべきでした……ええと、シナガワ……品川健人さんです」

品川、ケント。

ケント、ジョージ。

父が外国人のような発音で息子たちを呼ぶ声が、日光の杉並木に響き渡った気がした。

「弟の名前は……」体が震えた。

「ええ……確か、ユウキさん、ユウキ・ジョージさんです」

第七章

時間や空間は絶対ではなかった。
動くほど遅れ、光の速さに近づくほどその遅れは大きくなる。
十六歳のアインスタインの疑問を、君は覚えているかい？
光の速さで走ったらどうなるか。
もし、鏡をのぞきながら光と並んで走ったら、
自分の顔は鏡に映るのだろうか、とね。
さあ、鏡を見るのだ。
そして、そこに映る自らの姿を確かめるがよい。

旅館の部屋を引き払い、最終の汽車に乗ったのは、それから数十分後のことだった。

夜汽車は坂を下って走る。行きに見た見事な杉並木も、今はただ暗い闇に沈む海のようだった。

弁当を口に運ぶも、砂を噛むようでまったく味がしない。多くの客が余裕を見て前の汽車に乗ったのか、来たときに比べ、人も少なかった。

——兄さんは、生きていたのか。

窓の外を見ながら悠木は思った。

事故に遇って死んだ、と聞かされていた兄。

母が死に、葬儀のあと、すぐアメリカに渡った兄。

黄色い電灯に照らされ、疲れた横顔が汽車の窓に映っている。悠木はほとんど残った弁当を閉じ、それでもまだ押し寄せる不快な睡魔に身をゆだねようとした。

『そうだ、あの一週間で兄弟は再会し、二人で思い出の地、日光を旅したのだ』

眠りに落ちるぎりぎりの境目で藤江がいう。それはまるで、最初からすべて知っていたかのようだった。

『白根旅館で、品川ケントは練炭事故に遇い、そして、消えてしまったのだ』

僕のせいだ。僕が、意識のない兄を置き去りになぞ、したから。

——死んじゃえ、死んでしまえ、死ぬんだ、ここでおまえは……死ね。

記憶の断片は、いかにも怖ろしい。

はたして、悠木は再会した兄と湖で何を話し、何が変わったのか。

どうして、瀕死の兄を放り出し、逃げるように屋敷に戻ったのか。

その後一週間、悠木はいったい何を考え、何をしていたのか。

兄は、品川ケントは、いったいどこへ消えたのか。

昔、住んでいた小さな家は、今、砥石の工場になっている。

顔が焼けた変死体は――予想だにしなかったその正体は、もしかしたら。

十二月二十二日(金)

翌朝、悠木は戸を叩く音で目を覚ました。

外は薄暗く、カアテンの隙間から、ガス灯の光がほのかに射し込む。

台所からは味噌汁の匂いがした。傍の書棚に『碧石館の殺人』が埃をかぶって三冊並んでいる。

「ごくろうさま、確かにお預かりしましてよ」

ユキがいうと、ひどくしゃがれた声が、いえいえ、こんなことでしたらいつでも、と愛想よく答える。起き上がると、ごま塩頭の男が、ちょうど背中を曲げて玄関を出ていくのが見えた。

「……だれか来ていたのかい?」

昨夜はさすがに寝つくことができず、やっと朝方、少しまどろんだ。その間にユキも来たのだろうが、眠ったばかりで気付かなかったらしい。

「ええ、八百畠の店員さんよ」

「へえ、今朝は、中学生の小僧じゃないんだね。ああ、あれは店の息子だったか」

「青果屋の店員さんはあの人だけ。それに息子さん？　まだ、乳飲み子の赤ちゃんよ」

ユキは、茶碗を並べながらとんちんかんなことをいって、

「切符を届けてくれたの」と微笑を浮かべた。

「切符って？」

「急いで支度してくださいね。朝八時の便ですから。ジョージさんはこれから門司に行くの」

門司？　悠木は耳を疑った。

「今、門司といったのか？」

ええ、とユキはうなずいて、

「昨日、藤江様から鎌倉のお屋敷に電話が来たのです。朝、一番で、八百畠さんが切符を持っていくから、ジョージさんを門司によこしてくれ、とおっしゃって」

「なんだって？」

だれであろうが、平気で右から左へ振り回す男だが、まるで動じないユキもユキである。

「ええ、あさって、最後の一般講演会が博多であるのです……それでジョージさんに、書棚の本を持ってきてほしいのだそうです。ええと……」と書き付けを取り出して、

「長岡半太郎という方の『ラヂウムと電気物質観』」

ふざけるのもいいかげんにしろ。

博士なら、いくらでも好きに追いかければよい。しかし、実の兄の行方も知れないお尋ね者を、どうあったら、博多くんだりまで、呼びつけることができるのだ。自分のためかと、一瞬でもほろりと

したのが馬鹿をみたようだった。

「日光とは違うんだ。丸一日汽車に乗って、それからまた、船で海を渡らないといけないんだぞ。切符代も十円近くかかる、それを……書棚の本を持ってこい、だと？」

「二等ですから二十円ですわ」

ユキはあっさりそういってから、

「西洋では、お正月でなく、生まれた日にひとつ、年を取るのですって。もうすぐジョージさんのお誕生日でしょう？　一緒に祝杯をあげようともいってらしたわ」

そんなことで？　悠木は頭がくらくらした。そして、ユキは名前に似合わず暑い夏、八月生まれだったな、とぼんやり思う。

「どうせ尻込みするだろうが、ついでに話したいこともある。無理にでも汽車に乗せてくれと……そう、おっしゃるのです」

「話したいこと、ってなんだ？」悠木は眉をひそめた。

ええ、それが、とユキは困ったようにいいよどんで、

「原因と結果、これを『因果律』と呼ぶのだそうですわ。そして今回のことをすべて明らかにし、順を追って説明するから、とも、いっておいでですの」

「なんだと？」

ユキはぎゅっと口を引き結ぶ。

「犯人がわかった……とおっしゃっているのですわ」

十二月二十三日（土）

東京駅を出発して丸一日。

無事、関門海峡を渡りきった悠木は、二週間ぶりに藤江と顔を合わせた。

さぞ感動的な再会になると思いきや、このおちゃらけた童顔男は、心友の悲劇一部始終を聞いても、芝居がかって天を仰ぎ見ただけだった。

「いやはや、復活おめでとう……と、今は、この一言に尽きる。聖誕祭パーティ以後、君の受難は、命がいくつあっても足りないほどだ。マッドな巡査はともかく、あの、可憐なリーベまでが、君に刺客の刃を向けるとは……」

諸悪の根源、おまえの元妻を忘れるな。悠木が喉まで出かかった言葉を呑み込むと、

「博多の講演は明日、午後一時からだ。もちろん、君の入場券も手に入れた」

まるで講演のため、悠木が遠路はるばるやってきたようにいう。「犯人がわかったらうんぬん」は、やはり、この男流のはったりか、と気抜けしつつ——意図してはいなかろうが——犯罪者かも知れぬ相手をごく自然に扱う無邪気さだけは、変わらずありがたい、と悠木は思った。

待ち合わせた門司駅は、日光駅を彷彿とさせる左右対称の西洋建築で、町に出ればしゃれた舶来料理店も多い。中でも、藤江のお気に入りは、独逸の馬鈴薯料理が自慢の活気ある麦酒食堂であった。

ストーブが燃える暖かい席で、つん、と苦みが鼻に来る麦酒を味わいながら、藤江は満足げにうなずく。そして、練った粒辛子を腸詰めに載せ、いかにもしみじみというふうに味わってみせる。

「明日の講演、さしてよい席とはいえないが、ね、君。またとない機会であるから、心ゆくまで堪能していきたまえ」

「僕は……本を持ってきただけだ。君の話とやらを聞いたら、明日にでも帰るつもりだ」

物理学叢書第一巻、とでかでか書かれた、やたらと重い書物である。が、本を受け取り、ちらと表紙を眺めただけで、藤江はすぐ、それを鞄に収めてしまう。

「君、僕は、アインスタイン博士を見失ってしまったよ」

最後の講演を明日に控え、それらしきホテルで待ち伏せしたものの、ついぞ博士を見つけることはできなかったのだ、と藤江は嘆いた。

「どうやら、山手にある三井家のゲストハウスにおられるようなのだ。夫人がそこをお気に入りでね」

そして、隣の客が置いていった新聞をわざわざ拾い上げて、

「難解、という前評判に怖じけたせいで、仙台の講演は、思うほど人が集まらなかったのだ。ゆえに今回はね、君。あえて、平易に語ってくださるそうだ。君も少しがんばれば、ニュートン引力との違いを、理解できるやもしれないよ」

そこには「来たれ！　聴け！　見よ！　博士最後の講演！」との大見出しが打ってある。

「別にいいよ」悠木はうんざりしていった。

「僕は、暇を持て余してはいないのだ」

一日もはやく東都へ帰り、兄の行方を捜したい。そして、その身に何が起こったのか、ひいては自

分が何をしたのか、見届けたい。実際、怖ろしい予感しかなくても、もうこれ以上、逃げるわけにはいかないのだ、と悠木は思った。

「いや、君、焦る必要はないよ。君には僕がついている。それはある意味、奇跡なのだ」

と、相も変わらず自己を過分に肯定してから、

「君の受難曲は、これですべてかい？」と訊く。

「……そうだが」

悠木は平静を装いつつ、バタを塗った馬鈴薯を口に運んだ。

「そうか、やっとそれで、ある事象が証明された。すべてつながったといってよい」

まさに、それを知るため、一昼夜、直角の座席に座り、途中下車もせずここに辿りついた悠木である。が、案の定、藤江はあっさり手を振って、

「まあ、それは明日。まずは、最後の講演を聴かねば何ごとも始まらぬ」

悠木が歯嚙みすると、それでも余裕ありげに笑い、

「当たり前の探偵小説ならばね、君。何か話そうとしてもったいぶった人物は、たいがいその夜、無惨に殺められる。大事な情報を伝えることもなく、ストーリィから撤退する流れなのだが」

肩をすくめて楽しそうにいう。悠木は呆れ、どんなときでも底抜けに明るい旧友をぼんやり眺めた。

その夜、藤江が用意してくれたのは、立派な和風宿だった。

藤江自身は何日も前から、博士が泊まると目星をつけた西洋風ホテルに宿を取っている。

その夜。藤江に会えた安堵もあってか、悠木は寝床で穏やかな酒を飲んだ。そのまま眠くなり、う

つらうつらと夢を見る。

一度会っただけの青果屋の小僧、ヒカルが天正使節のごときなりで「野ばら」を歌う。これまでとは違う叙情的な深み。子守歌のような、ウェルナーの旋律だった。

やがて、悠木はここひと月一度もなかった、穏やかな眠りに誘われた。それは心から安穏な、ヴィオロンのため息のように優しい眠りであった。

十二月二十四日（日）

割れんばかりの拍手が起こり、アインスタイン博士が現れた。

隣に並ぶ団体客が、一様に固唾を呑んで身構える。

彼らは「学校教育に当たる者の見逃すべからざる大講演」とのことで、九州五県から招待された小学校教員たちだった。どういうコネか、藤江はそこに悠木を紛れ込ませたのだ。

会場は歌舞伎座のように花道まである大劇場で、悠木たちの席から舞台ははるか遠く、博士の姿もまさに豆粒。表情はおろか、治子が「玉蜀黍のひげ」と称した髪型すらわからぬほどである。

それでもさして興味のなかった悠木まで――そこに博士がいると思うだけで――胸が自然に高鳴るのだから、光の、重力の、とのぼせ上がった藤江が、宿泊先まで追いかける心持ちも推して知るべし、であった。

長い拍手が鳴り止むと、アインスタインは手を上げ、穏やかな声で話を始めた。時折黒板に図を描きながら、相対論のなんたるか、を入念に説明してゆくのだ。

ラッパのような拡声器から聞こえる博士の言葉は、たぶん、独逸語の専門用語だろう。ほとんどのものが理解できるはずもないが、皆、一言も聞き漏らすまいと、身を乗り出すように、必死で舞台を見つめ続ける。

話すのを止めて博士がゆっくりうなずくと、帳面に覆い被さって内容を書き記していた通訳が、講義内容を翻訳して皆に語る――その繰り返しだった。

「物質のある場所では、物質の周囲に引力が生じるので、その空間はユークリッド幾何学が成立しない空間となっています……私たちの宇宙には星が広がっている……私たちの知っている丸い球の面がひとつの閉じたものであったとしても、どこが端だとはいいがたい。つまり、端がないのと同じように、宇宙空間も、有限ではあるけれど限界がない、そう考えられるのです」

会場の三千人がまた、しんと静まりかえった。

黒板に描かれたやじろべえのような図は、太陽による光線の屈曲図である。そしてお互いに運動する二つの座標。

藤江がいったように、今回は平易に徹した講演会なので、難しい数式や言葉は一切、出てこない。とはいえ、ショーペンハウエルに教わって、少しはわかったとうぬぼれていたにもかかわらず、依然、内容は禅問答のようで、さっぱり理解できないのだった。

講演が終わったのは、午後六時。

東都ならすでに真っ暗だが、こちらはまだ、日が落ちたばかりである。大勢の人々が世紀の瞬間を体験し、熱量を発したせいで、火の気のない大劇場も汗をかくほど暑くなっていた。

——藤江が、玄関口で待っているはずだ。

客たちは、心地よい疲労感を共有しながら、おのおのロビイに吐き出されてゆく。

熊巳が取り入ろうとしていた「九州帝国大学のK教授」とやらもどこかにいるのだろうか。悠木はそう思いながら、人の流れに身をゆだねるように、ゆったりと出口に向かっていった。

「間近で聞けて、ほんのこつ興奮したわ」

「わからんとこもようけあったばってん、ふんばって来てえかったわね」

愛らしい声の方言に振り返ると、キリスト者の学校か、赤リボンのセエラー服にベレー帽の女学生たちが頬を紅潮させて、飛び跳ねるように悠木を追い越していく。

と、その向こう。

「……まさか」

悠木はふいに足を止めた。

人々が、ガツガツぶつかっていくが、凍り付いたように一歩も足を踏み出せない。

そこにいたのはハイカラなシャッポにステッキ、蝶ネクタイ。記憶の彼方にぼんやり残る、濃い眉、鷲鼻。母に背中を向け、いつも別の家に帰っていく男。

「……お父さん？」

思わず、前のめりになり、悠木は転んで膝をついた。

「博士ば、出てきちゃったとよ」

わあ、と、ざわめきが起こり、まわりの人たちがそちらに向かって、我先に駆け出してゆく。

「お父さん……」

悠木は起き上がれぬまま、声を上げた。怒濤のような人の波に飲み込まれ、父に似た背中はどんどん小さくなっていく。

ああ、だめだ。

そう思ったとき、人の波がさっと分かれた。

あろうことかすぐ近くで、赤茶けた頭の小柄な外国人が、数人の大男に守られながら、こちらを見下ろしていた。舞台が遠く、目も鼻も口もわからなかった例の博士が、まゆ毛と一緒に、喜劇役者のようなちょびひげを上げ下げしている。

「怪我はないか、とおっしゃっていますよ」

丸眼鏡をかけた額の広い博士がいった。舞台でずっと通訳していた、聞き取りやすいあの声だ。

「大丈夫です……ダ……ダンケ、ダンケシェーン」

やっぱり夢だ。霞んだ目をこすりながら悠木は思った。

こんなところに、高名な博士が——そして、時空を越えて父が——現れるはずはない。

博士は茶目っ気たっぷりに二度うなずき、取り巻きに奪われるようにどこかへ去った。

立ち上がると、父に似た男も空間の歪みに消え、その姿はもう、どこにもないのだった。

博多の宿も、昨夜と同じくらい立派な和風旅館だった。

門司に比べ、混み合い、騒々しいのは、アインスタインの講演を聴くため、全国から多くの人間が集まったものらしい。外国人用か、西洋風の長椅子が奥に運ばれてゆくのも見たが、ホテルでなくわざわざ旅館に泊まるなら、郷に従って畳に座ればいいのに、と悠木は思った。

部屋に落ち着いても、頭に浮かぶのは、ロビイで見た父親似の人物のことばかり。

熱気と興奮のるつぼと化した大劇場で——怪我を案じてくれた博士も含めて——あれは逢魔が時に、普遍の光が見せた幻影だったのだろうか。

大風呂に入っていると、湯気の向こうで田舎から出てきたと思われる男が二人、何やら興奮した様子で話している。

「さっきそこで、博士とお会いしたとよ」

「まさか」

「どてらを着て、こぎゃん、疲れておられたっちに」

「そりゃ、ニセ博士じゃなかと？　お忍びで出歩いとるふりばして、ただで飲み食いばあ、みやげまでもろうて、それらしい名言を吐く外人がおるらしいけん」

背中を向けたまま、悠木は久しぶりに少し笑った。

博士はどこかのホテルに泊まるはずだし、こんなところで、どてらを着、憩っているはずもない。

やがて藤江が、ふてくされた顔で宿の部屋にやってきた。

父に似た人物を見かけた、というと、他人のそら似だナ、と一笑にふす。そして、どこまでも自分勝手な男は、当然のように自らの不満ばかりぶちまけた。

「学生の歓迎会が急遽、中止になったのだよ。日本でお目にかかる最後の機会であったのに……昨日もホテルのロビイで、夜中までずっとお帰りを待ったのだが……やはりゲストハウスに泊まられたのか、ついにまみえること、叶わなかった。今日は内々で晩餐だろう……酒は召されないはずだが、どこのレストランだったのかナ」

酒、と自分でいって思い出したのか、酒はまだか、この旅館は客をほったらかしか、とらしくもない大声を出す。

五十年に一度あるかないかの大騒ぎ、仲居が総出でひどく忙しそうに走り回っていたから、個別の注文など忘れられてもしかたがないだろう、と悠木は思う。

「今年もあと七日だ。明日、博士は門司で、子どもたちと聖誕祭のパーティらしい。シオニストの博士にクリスマスを押しつけるなんぞ、どうかとは思うがねえ」

完璧な下調べの上、あれだけ追いかけても一度も間近で話せていないらしい。悠木が、ロビイで声をかけてもらったというと、

「まさか、君。似せた仮装で講演会に来る輩が、全国に少なくとも五十人はいるよ」

と、笑い、まったく信じようとはしなかった。

確かに講演後、わざわざ観衆でごったがえすロビイに出てくるとも思えぬが、通訳に似た男まで伴っているとは芸が細かい。さっき聞いたニセ博士の話を思い出して、いっそ集まって、皆で提灯行列でもやればいいのに、と、茶を飲みながら悠木は口を歪めた。

「まるで、少女歌劇を追いかける乙女のようだな。むしろ、ずっと遠くから眺めているだけでよいのでは？　その方が、思いも純粋で美しい」

君もいうね、と藤江は笑って、

「僕は決めたよ、君。上海まで船に乗り、その後、香港、シンガポール、そして聖地エルサレムを巡礼する」

なんだって？　それまでのんびり笑っていた悠木は、ふいに慌てた。

「……藤江」思わず声がかすれる。

また、自分を置いていくのか。やっと会えたというのに。

今は最果ての地で、現実味も薄れてはいるが——何も片付いていない。

日光に行っても、解決を見なかったどころか、ますます怖ろしい予感に怖気立つばかりなのだ。警察は悠木を逃亡した下手人と定め、今も行方を捜しているに違いないのに。

「大丈夫だ」

震える指を丸っこい藤江の手がしっかりと掴んだ。

と、柱時計がちん、と小さくなって夜の九時を告げる。

藤江は珍しく真剣な顔をし、息だけの声でいった。

「少し早いがメリークリスマス……悠木。君はだれも殺してはいない、無実なのだ」

「君の名はジョージ。アメリカでも通用する名前だ。そしてお兄さんはケント。君の御尊父は二人をそれぞれそう、名付けた。普通なら御尊父亡きあと、刀自が引き取るのは長男、ないしは二人ともだと思うが、考えたことはないかい？　なぜに君がひとり、悠木に来たのかを」

「兄は……母が手放さなかったから、引き取ることが叶わなかった。そう、祖母に聞いたが」

それについては、自分も一度ならず尋ねたことがある。

「そうか。君が引き取られたのは、いくつのときだ?」

「尋常科四年だ」悠木は口の端を下げた。

「そのときお兄さんは高等科だったな、三つ違いだから、十四にはなっていたはずだ」

そんなことまで話しただろうか。そう思いながら、ハイ・カラーと英国風背広姿のままの藤江を見やる。藤江は初めて気付いたように、上着を脱ぎ、あぐらをかいた足を組み替えて、遠慮もなく最後にひとつ残った酒菜を食べた。

「君は目白に行き、中学校に進んだ。ご母堂は体が弱かった。自分の欲得は捨てても、息子たちはどちらも同じく教育を受け、豊かに過ごしてほしいと願ったはずだ。しかし治子さんは、暮らし向きに一抹の不安があったものだから、しかたなく弟ひとりだけ引き取った。顔立ちが父親によく似ている君、ジョージが選ばれたのだ。そしてそのことはたぶん、もう分別もついていたお兄さんの心に深く、重い影を落とした」

「え……」

悠木は眉をひそめた。どういうことだろう。重い影とはなんだ?

「恨みつらみ、嫉妬、ねたみ、それらは持つ方も持たれる方も同じほど、いや、むしろ、持つ方に、より多くの禍害をもたらす。うちの叔母はね、君。先妻の継子を憎むあまり、それだけで半生を台無しにしてしまった。何ごとにもこだわってはだめだ」

「それはそうだが……」

何をいいたい、と、悠木は荒ぶる気持ちに必死で堪《た》えながらつぶやいた。

藤江は欄間から流れてきた煙草の煙を、神経質に両手で払い、

「調べたところ、君の兄さんは卒業後、口中医になっていたよ」

「口中医？」

国家資格として、歯科医の試験が行われるようになって以来廃れてしまい、今はもう、ほとんど役に立たない技術である。本間も最初は口中医だったが、わざわざ、歯科医の資格を取り直したのだ。しかし、歯科そのものが、いまだ医療として確立されているとはいえず、口中医の仕事も、まだ無資格と排斥されるまでには至っていなかった。

「自分が選ばれなかったことが、どうしても、納得いかなかったのだナ……それが執着となった。君、君は、その後のお兄さんの生活を知っているかい？」

「いや……」

母が死んだ翌年、母の弟である叔父も病気で死んだ。中学生になっていた悠木は、兄に会いたい気持ちもあってひとり、弔問に訪れた。が、期待した兄の姿はなく、家人から、一年も前に外国に行ったきり、そこで死んだらしい、と聞かされたのだった。

「親切な隣人が、叔父のところに報告の手紙をよこしたのだ」と悠木はつぶやいた。

——が、兄は生きていたのだ。

そしてどういう経緯か二人で日光を訪れた。悠木には切符と弁当の掛け紙だけが残り、兄はどこか

へ消えてしまった。

「そう、ひとつ、仮説があった。そして今、すべてのつじつまが合う」

藤江はうなずいて、

「なぜ、君たち兄弟が日光に行ったか」

それは、幼い頃、家族四人で訪ねた思い出があったからだ。悠木もうっすら覚えているくらいだから、兄の記憶はさらに確かなはずだった。

「すべてのことは、君の覚えが戻ったときに解決するだろう。が、我々は幸い、目に見えぬことも思考実験によって明らかにすることができる」

思考実験？　悠木は今日見たばかりの博士――小柄だが、確実に何かを持った天才科学者を思い浮かべた。藤江はいった。

「僕の結論はこれだ」


ケント・品川は、呆然とした。

数年ぶりに帰る故郷。叔父が住んでいた我が家は跡形もなく、母の墓もどこにあるのかわからない。家の跡にできた砥石工場が、あばら屋も墓も、母の思い出ですら、根こそぎ破壊してしまったかのようだった。

品川は弟、ジョージのことを思い出した。弟なら、叔父の行方を知っているだろうか。

いや、期待はできぬ。弟にとって、貧しい自分たちなどすでに赤の他人なのだ。

「それは……違う。そういうことでは……」

悠木が鼻白むと、藤江は手を上げて、やっときた熱燗をそれぞれの杯になみなみと注《つ》ぎながら、仲居に向かって文句をいった。

「遅いな、魚もまだ欲しいのだが」

「今日は特別なお客がいて、こんな時間まで大忙しなんですよ、魚もイカもありません、煎った豆でもいいですか」

仲居は帯に挟んだ栓抜きを揺らしながら、ドスの利いた声でいう。

「天下の栄屋《さかえや》旅館ともあろうものが……まったく、ナッチョラン、な」

ああ、忙しい、忙しい、とそそくさと帰る仲居を見送って、藤江は舌打ちした。

「藤江、君は何か勝手読みしているようだが……」

「まあ、黙って聞きたまえ。君はここでは当事者ではなく、観客なのだから」

どういうことだ、と首をひねる悠木に、藤江ははっきりといい切った。

「アメリカで自由きままに暮らし、つかの間忘れていた品川の負の思い。小さな火が戻ったのは、まさにそのときだったのだ……」

品川は悠木家に赴き、弟の身辺に探りを入れた。

それは、思った以上に神経を逆撫でする作業であった。愛らしい許嫁、豊かな生活、穏やかで世話好きな老女たち。見守るうち、自分と弟ではっきり明暗を分けた、不条理な運命が許せなくなった。

そしてついに、品川は悠木医院を訪ねた。十一月二十五日土曜日のことだ。

ちょうど午前の診療が終わり、庭に出てきた弟、ジョージは驚いたように目を見張った。

「お父さん？　いや、もしかして兄さんなのかい？」

「元気そうだな、ジョージ。会えてうれしいよ」

そういいつつ、品川の頬に浮かんだのはしらじらとした自虐的な笑みだった。しかし、幸福な弟は、腹が立つほどくったくなく喜んでみせた。

「どうぞ、入って。ねえ、うちに泊まっていってください。きっと治子さんも喜ぶよ」

そんなはずはないだろ。品川は思った。

自分と母を切り捨て、都合よく弟だけをすくい上げた祖母だ。どうやったら、落ちぶれた自分に会って喜ぶのだ。汚いものでも見たように、思い切り蔑むに決まっている。そして、金輪際、関わりになることを怖れ、はした金でも渡して追い払おうとするだろう。

母の死を機に日本を離れ、アメリカの赤い土と壮大な青空に癒されたおおらかな心地など、今の品川には一片も残ってはいなかった。

「いや、迷惑になるからな。今日は帰るよ。俺が来たなんて、いわない方がいいぞ。おばあさまにとって、おもしろくなどない話だろうからな」

「そんなことは……」

弟の表情が一瞬曇り、言葉が消えた。こいつも少しはわかっているのか、品川はあざ笑った。

「そうだ、兄さん。うちに泊まるのが気詰まりなら、一緒に旅行にでも行きませんか。ほら昔、家族四人で行った、日光の東照宮はどうです」

「日光……寒いのではないかな」

「大丈夫、友人に聞いたのですが、アインスタイン博士も近々、訪れるそうですよ。そいつは無二のアインスタイン信者で、日本中、講演を聞いて回っているのです」

「ほう、それは優雅な話だな」

殺意すら湧いた。インテリゲンチャなど皆、絶望して華厳の滝に飛び込めばよい。


悠木はもうやめてくれ、といわんばかりに手を振り、杯を干した。酒のせいばかりでなく、胸が焼け、ざわざわと悪寒が走った。

「まるで、見てきたようだな、どうして君にわかるのだ……」

「僕は小説家だよ。君。どす黒い邪心を自らのものとして描かねば、とうていよい物語など書けぬものさ」

それすらも演出のように、藤江は髪をかき上げ、鬱々といった。


懐かしい、家族との思い出の地、日光。

しかし、金谷ホテルは残念ながら満室だった。駅前の似たふうなホテルに宿を取ったが、予想以上に設備もよく、そこそこ盛況のようだ。

アインスタイン博士が来られるせい、というわけでもなかろうが、絢爛豪華な東照宮は以前に増して、金色《こんじき》の光を浴びていた。

中禅寺湖を回り、華厳の滝を見下ろしながら、思い出したように品川はいった。

「ここで、父さんがいったなあ、哲学的な理由で一高の学生が投身自死したと。しかしそれは格好をつけているだけだ。本当の理由はもっと泥臭く、人間的なはずだ、と」

「そうだったかな……僕はまったく覚えていません」悠木は答えた。

滝の水は多くはなかったが、あちこちに弱い冬の光を浴びて小さな虹を架けていた。しぶきが散って、凍った塊が時折落ちる。そのたびに悠木ははっと体を硬くした。

「お父さんは、どういう人だったのですか」

「うん、ばあさんから聞いているだろう、たぶんそのとおりだよ」

品川はまぶしそうに目を細めていった。

「……どうだろう。あんまり聞いていない気もする」

「おまえは幸せなやつだよ、昔も今も」

遊歩道を抜けると、名もない小さな滝が続く。さすがにこの寒さで、方々歩き回る者は少ないようだった。

「このあたりは滝が多いな。滝はオゾンが多くて健康によいのだそうだ。飛び込んでみるか?」

品川は弟を谷底へと突き落とそうと、肩に手を当てた。

「ちょっと待ってくれ、何をいってるんだ。いったい」悠木は驚いて口を挟んだ。

「いいから。黙って聞け」

藤江はいったが、その目に明るい色はなかった。


「何をするんですか」悠木は笑った。

「冗談だよ」品川も笑う。

そうだ、こんなところで弟を殺しては、自分が疑われてしまう。もっと練った具合にしなければ。

旅をし、話すうちに、品川はもう、弟を殺すことしか考えていなかった。

宿に戻った二人は、食堂で仏蘭西料理に舌鼓を打つ。

「美味いですねえ、葡萄酒にぴったりだ」

もっと飲め。どんどん飲め。これがおまえの最後の晩餐だ。品川はほくそ笑んだ。


冗談にしては、趣味が悪かった。

どうして兄が自分を殺そうとするのだ、そんなことをしてなんの意味がある。

「君はうるさいな、いちいち。これは小説、作りごとだ……オーデェンスは黙って聞きたまえ」

藤江は顔をしかめ、さらに話を続けた。


久しぶりに飲んだのか、悠木はよいかげんだった。酔いにまかせて、兄さん、兄さん、としなだれつき、雪やこんこ、あられやこんこと、懐かしい唱歌まで歌う。

そんな弟を見ても、氷のような品川の心はまったく溶けなかった。冬じゅう滑る中禅寺湖畔の道と同じように固く冷たく凍て付いていた。

「寒いな、ストーブが消えそうだ。練炭をもっと持ってきてくれ」

品川はいって、ストーブに練炭をくべる。

練炭は舐めるように黄色い炎を出して、めらめらと燃えた。怒りの炎だ、と品川は思った。そして品川は、泥酔した悠木を西洋風の浴室に寝かせ、ストーブを移動させた。

きっちりと閉まった浴室に新聞紙で目張りする。

酔った弟は練炭の煙を吸いながら、じき、大きないびきをかき始めた。


「……練炭ストーブ」

悠木は胸を押さえながら、やっとそうつぶやいた。

「しかし……おかしいよ。練炭で中毒になったのは兄のケントで、僕は無事だったはずだ。病院に運ばれたのも兄だ。いくら小説だからって、そんな、理屈に合わないことをいったのでは困る」

正直なところ、悠木を助けるためとはいえ、むりやり兄を告発しようとしている藤江に怒りが湧く。道徳に反する、なし崩し的な推理にはなんの感慨もない。もっと、ましな解決はないのか。兄も自分も救われるような、ちゃんと理屈に合う幸せな仮説は。

アインスタインを追うあまり、このひと月で藤江はそうとう馬鹿になったのだ。

悠木は心底うんざりする。しかし藤江は、不快な話をさらに進めた。

翌日、品川は練炭でいぶした弟を風呂場から引き出し、ストーブも元に戻した。顔はむくんで見る影もない。品川は悠木の服を着て身支度を整え、慌てた様子で旅館の仲居を呼んだ。

「兄が、兄が起きないんです。どうやら練炭にやられたらしい。僕も頭が重く、吐き気がします。どうか、兄を病院へ。お願いします」

はあ？　悠木は呆気にとられた。なりゆきを理解しようとしばし首をひねる。

「……それは、練炭中毒で入院したのが僕で、弟だといって東京に帰ったのが……兄さんだということか」

「そうだよ。君。どうして、医者が男の言葉を信じたのか。それは品川が、君とよく似ていたからだ。兄弟だから似ていておかしくないが……確か、彼は事故に遭ったといったね。アメリカで隆鼻術を受けていたのかもしれないね」

「隆鼻術？　あの松井須磨子が受けたという隆鼻術か？」

悠木は仰天して、飲みかけた杯を置いた。藤江はそこにまた酒を注ぎながら、

「正確には違うが、まあそうだ。彼女らは鼻を高くするために、パラフィンを注射する。痛むから、たびたび氷で冷やしていたと聞くね。思いどおりにならず、抜く者も多いが……頬にたんこぶができ

て、いまだに治らない場合もあるらしい」

藤江は、いやはや、脱線した、と手を振って、

「アメリカでは、もっと技術が進んでいるからね。怪我をして鼻が折れたりしたときに、見よいよう、手術を施すなどよくあることなのだ。新しもの好きな君の父上は、家族の写真を撮ってご母堂のところに置いていた。品川は、それを肌身離さず持っていたのだろうね。父上の写真を手本に見せて、崩れた顔を直したのだ。だからね、彼は父上にそっくり、そして、父親似の君にそっくりだったのだよ」


二十七日、品川は東京へとってかえした。

思惑どおり、ジョージはたぶん助からない。おっと、そうじゃない、兄だ。助からないのは兄の品川ケントなのだ。

初めて足を踏み入れた庭は、外からのぞいたのと同じ、まるで時間が止まったかのようだった。

本来、長男である自分のものだった屋敷と歯科医院。

そう思うと、また怒りが湧く。それまで微かに残っていた良心——後悔や後ろめたさが土埃のように舞い、一掃された。

品川は堂々と玄関に入り、中に声をかけた。もう、一分の迷いもなかった。

「……あなたは？」

二人の老女は驚いたように、孫によく似た——が明らかに別の男を見た。どちらかといえば息子に

似ていはいるが、表情に乏しく、お面を見ているようで気持ちが悪い。進んだアメリカの隆鼻術をもってしても、老女たちをごまかすことなどできなかったのだ。

「お忘れでしょうねえ、私は品川ケントです。あなたが見捨てた方の孫」

「ケント……」

「ジョージは死にかけています、いやもう、すでに死んでいるかも、練炭にやられたのです」

「なんですって」

治子は青ざめ、川村と手を取り合った。品川のいうことが、すぐには理解できなかったようだった。

「それでね、父の大事な医院を潰さないため、ひとつ、あなた方に提案があるのですよ。ジョージが事故に遭い、怪我をしたと噂をお流しなさい。そうだな、青バスに轢かれたなんてどうです？ そしてこの私が、悠木ジョージとして医院を継ぐのです。私はすべて持っている。ないのは学歴と資格だけです。実際の技術は弟よりも上だ。しばらく姿を隠し、マスクをつけて現れます。あなた方さえ、そのようにふるまえば、世間などどうにでもごまかせる」

「まあ、なんて怖ろしい……もし、私たちがいやだといったら」

倒れかかった治子を抱えながら、川村が尋ねた。

「私はすでに弟を手にかけたのですよ。年寄り二人を殺すことなど、虫けらをひねり潰すより容易だ」

「ひいいい」二人の老女は抱き合って涙を浮かべた。

「あはは、冗談です。きっと協力してくださると信じていますよ。私だってあなたの孫だし、未熟なジョージよりもずっとうまくやっていけますからね」

「でも、本間さんは……気付きます」

「それはなんとかしますよ、ええ、なんとかします。まずは、家の中を案内してください、それと、ばあやさん、あなたは本間の細君を呼び出し、ジョージ、いや、私の部屋に来るように伝えてください」


驚いたことに、翌朝、タエは、すっかり品川の味方になっていた。

元から事情を知る仲間のように見える。もしかしたら、あらかじめ密かに通じていたのか——まったくあり得ない話でもなかった。

さらに品川はタエと結託して、邪魔な本間を絞殺する。本人がいったように、人などひとり殺せば、あとは何人殺めようが同じなのだった。

そしてタエとともに、屋根裏へ運び、紐ではしごを吊して北向きの屋根へと上げた。一日中、日も射さないそこはまさに氷室。時間を稼ぐには、うってつけの場所である。

がたごとと、何かが不気味に家の中を移動していく音に、老女たちは体を寄せ合って、夜通し震え続けるしかないのだった。


悠木は不自然な診察簿のこと、治子と川村が、帰ってきた自分を見て、妙に慌てたことを思い出す。数々の悠木らしくない所行、散らかった部屋。すべてにつじつまが合うのが怖ろしかった。

が、藤江は少しいいあぐねた後、思い切ったように悠木に尋ねた。

「君にここで、ひとつ確認しておかねばならないことがある」

「……なんだ」

悠木は頭を抱えたまま尋ねた。

特別な客とやらがやっとお帰りなのか、数人の仲居が旅館の廊下を走る音がする。藤江は迷惑そうにちらとそちらに目をやりながら、

「いつか、君、僕は探偵小説のトリックに関して、君に手伝ってもらったことがあるね。歯医者が歯の詰めものに、毒を仕掛けるトリックのことだ」

悠木は黙って口を引き結んだ。やはりその話。どうしてもその話を避けては通れない。

「詰めものの技術が進んでいるアメリカに比べ、すぐ、抜歯したがる日本で、そのトリックはいかがなものか。だが、部分に被せる金歯や入れ歯ならば、あらかじめ毒を入れたものを作って、あとで歯に合わせることができるやもしれぬな、と、君はいった」

「ああ」

「……そして、僕の無理を聞き、そのとおり作ってみせてくれた」

「そうだ。トリカブトまで用意されたせいで……ずっと捨てられず、隠し持っていたのだ」

「それを今も持っているかい?」

「いや……ない」

——たぶんまだ、摩耶子が持っている。

タエの死から逃げるとき、藤江はすべて見抜いていたのだ。

「そうか、それですべてつながったな」

藤江はゆっくりうなずいた。


品川は器用で頭のよい男だった。

歪んだ動機で始めた口中医の仕事も人並み以上にこなし、さらに長い海外生活で、環境に馴染むすべにも長《た》けていた。医院にある新しい道具の使用法もすぐ習得し、タエの協力もあって、数時間もすれば、難なく治療ができるほどになった。

何より喜ばしいのは婚約者の摩耶子の存在だった。わがままだが単純で、嫁にするには悪くない。幼い時分の貧しい生活は、品川に強い劣等感を植えつけていた。箔をつける令嬢の妻は、品川がぜひ、手に入れたい優勝杯のひとつだったのだ。

はっきり顔を見られる前に、手込めにしてしまおうか。観念して嫁になればこちらのもの。頭の軽い女だ。あとはどうにでも扱える。

そうなると、急に、女房きどりのタエが邪魔になり始めた。タエの希望で本間の死体は埋めずに晒すことにしたが、始末するにしても、これ以上、他殺体を並べるのは危険だった。

海に沈めるか、自殺に見せかけるか。

悩んでいた品川は、その夜、部屋で妙なものを見つけた。

それは、懐かしい母の小ダンス。

――俺も欲しかったのに、母さんはジョージにやってしまった。

二段目の引き出しをはずした奥、さらに隠し引き出しがある秘密の仕様。今思うとどこにでもある普通の細工だが、子どもにはまるで諜報小説みたようで、わくわくしたものだ。

品川は引き出しを開ける。弟が大事に隠していたのは、母の指輪と金——これももう、俺のものだ——そして、一本の挿し歯。

まだ珍しい陶器製で、京都の工場からわざわざ取り寄せたものらしい。義歯床と組み合わせやすいよう、溝やらピンやらを使って改造してあった。

真面目な弟らしく、細かな作製報告書まで添えてある。そこに「トリカブト」という文字を見て、品川は驚き、密かにほくそ笑んだ。金銀でなく、わざわざ陶器にしたのは、衝撃で割れやすく、その欠点こそが、毒殺という目的にかなっているから——という、怖ろしい理由だ。

——こんなものを作るなんぞ、おまえもなかなかやるじゃないか。

善良そうな弟が、なぜ、こんな物騒なものを作ったのか。かいもくわからなかったが、まさに渡りに船、品川にはもう、悪魔が味方しているとしか思えなかった。

翌朝、タエのかみ合わせの悪さに気付いていた品川は、さも親切そうに提案した。

「俺の技術はあんたの亭主や弟よりずっと上だ。だが、ここの道具にまだ慣れていない。あんたの右側の歯で、稽古させてくれないか」

大口を開けて不細工な顔を見せるのはいやだわ、と渋っていたタエも、そのうち折れて承諾した。

品川は用心深く、その歯をつけた。もちろん少しの衝撃ではずれる細工も忘れない。実際、中にトリカブトが入っているのかどうか——はてさて、それはフタを開けてののお楽しみだ。

一方、日光のジョージは、皆の予想を裏切って回復し、少しずつ動けるようになっていた。

しかし、しばらく脳に空気がいかなかったせいか、まだ、とても正常な状態とはいいがたい。

早朝、衝動的に診療所を抜け出したジョージは、兄のものらしいインバネスマントをはおり、土間にあった下駄を突っ掛けて駅に向かった。札入れの金をかき集め、なんとか切符は買えたものの、外は寒く、いまだ吹雪が吹いていた。

昼前、息も絶え絶えに屋敷に戻ると、前庭に、兄の品川がいて、木々を眺めていた。品川は摩耶子手製の長着に綿入れをはおり、あたかも家主のようにくつろいでいる。

物陰からのぞき見るジョージに気付くと、品川は舌打ちし、裏庭へと誘った。

「兄さん……どういうことですか」

「おまえ、生きていたのか……よく戻ってきたな」

寒そうに体を縮め、品川はいった。

「だがな、もう、おまえの居場所はない。ここはもともと俺の家のはずなのだ。俺に返してくれ、ジョージ……おまえは……死ね」

「何をするんだ、兄さん」

品川にとって、病床で弱った弟など、ものの数ではなかった。揉み合い、二人は転倒した。が、天は、やはり善良な弟に味方した。

打ち所の悪かった品川は頭を割り、そのまま動かなくなった。

悠木の傷は軽かったが、目の前で流血した品川を見たとたん、声を上げてうずくまり、患いの衰えもあって、たちまち意識を失った。

騒ぎを聞きつけた治子と川村は、怖ろしい光景に悲鳴を上げた。が、すぐに悠木が生きていることに気付いてほっとする。

さらには、死んだ品川を見て、新たな恐怖に怖気だった。

「まさか、ジョジさんが……」

「罰が下ったのです、奥様」

「でも、どうしましょう」

「死体を始末しなければ」

「本当に死んでいるの？」

「ええ、たぶん。ちゃんと死んでいます」

川村は袖をまくり、品川の死体を焼却炉まで引きずった。

庭には傾斜があったが、濡れ松葉のおかげで滑り、意外と楽に動く。

動揺し、震えていた治子も手を貸し、老女二人は運んできた品川の死体を、焼却炉の下の入り口に頭から押し込んだ。あたかもヤマネをティーポットに押し込む、マッドハッターと三月兎のように。

「本当にこれで燃えるの？」

「さあ、でも、顔がわからなくなりますよ」

泥だらけの綿入れを脱がせて焼却炉に投げ入れ、火をつける。さらに乾いた落ち葉を投げ込むと、火は勢いを増し、パンとはじけた。その音に目を覚ました悠木が、裏庭でゆっくり立ち上がり、首をひねりながら、ズボンの土を払うのが見えた。

「ひゃあ……」

二人は転げるように家へ駆け込み、抱き合ってすすり泣いた。

「ジョジさん、今、気付いたわよね」

「ええ……」

夢遊病者のような悠木が、呆然と山茶花を見上げている。

そして、二、三歩後ずさりしたように見えたのち、そのままどこかへ走り去ってしまった。

「どうしたのかしら」

「なんにも知らなかったことにいたしましょう、奥様」

「でも……」

「あとは、ぼっちゃまがどうにかしてくださいますよ」

やがて風が吹き、咲き誇った白い山茶花がはらりはらりと散り始めた。


「そして、君は目覚めたとき、すっかり一週間の覚えを失っていた」

「どうしてそんなことに……練炭の？　それとも転倒したせいか？」

悠木はなすすべもなく、ただ指を揉みながら、そう尋ねた。

——母さんは僕より、ジョージが好きなんだ。ジョージなんて死んじゃえばいいのに。

死んじゃえ、死んでしまえ、死ぬんだ、ここでおまえは……死ね。

懐かしさを抱いて訪れた中禅寺湖で、一瞬、浮かんだ幻の情景。

あり得ない。売れない探偵小説家の妄想だ。が、聞いているうち、だんだん、本当にあったとしか思えなくなる。

あの顔なし死体は、やはり兄なのか……ひどい話だが、それも確かにつじつまは合った。

博多で父に似た男を見たとき、兄であってほしい……と、心から願った悠木だった。が、藤江がまるで取り合わなかったのは、否定する確かな理由があったからだ。

「一酸化炭素中毒、栄養不足、悪い条件が重なったからね。さらには実の兄の悪意を知って打撃を受け、とても現実を受け入れること叶わず、記憶の井戸に追いやったのだろう。彼が現れた時点から絶命するまでの一週間、すべてをまとめてね」

「……うむ」

他人の話ならともかく、心情的にどうも得心できない。なぜ、兄はそこまで、悠木になりたいと思い詰めたのだろう。

「僕が死んだと思ったなら、面倒なことをして成り代わるより……ケント本人として、悠木医院を継げばいいではないか」

「それにはやはり、学歴と資格が伴わぬ。技術は、品川の方が上かもしれないが。歯科の学校に行くには、どうにも金がかかるからね。刀自も、これから専門学校へ行かせる財などさすがに持たぬだろうし。それに……ずっと、品川は君になりたくてしかたがなかったのだよ」

「でも、顔も声も……違うのに」

「そのための、青バスに当たった、という触れ込みだ。顔に傷を負った、と治療中も金網入りのマスクをし、頭痛がするからと、部屋にもこもりがちだった……君のリーベがずっと心配していたふうだったがね」

「隆鼻術は？　本当なのか」

「……それは、いかんせん創作の部分なのでね。まあ、アメリカで事故に遭った場合、あり得ないことではないとは思うが」

「法的に……僕はどうなる？」

「クライストもアインスタイン博士も、真実しかお信じにならぬよ。そしてじき、世間もすべてを知ることになる。上海に発つ前に、ちゃんとその旨を例の新聞記者に伝え、父のコネを使って、警察にも然るべき手を打っておくから、君は、ゆっくりと休心したまえ」

そういわれても、やはりやるせない気持ちしかなかった。

まるで鳥かごだ。

平穏に甘んじているように見えて、実は逃げたいと願う文鳥の悠木。

そして外を自由に飛び、異国の空で羽ばたく鷲は、文鳥を殺めてまで、そのかごに入りたがった。

「アインスタインといえば、風呂で、博士がここにいた、と話していた学生がいたよ」

気を取り直そうと、悠木は藤江にニセ博士の話をした。これまでどおり、笑い飛ばすかと思いきや、藤江はいきなり頭を抱えて空を仰いだ。

「ジーザズクライスト！　ここの特別な客、そうか、それだ！」

聖誕祭の言葉ではないよな、と悠木は眉をひそめる。

「……本物だよ、君」

終章

芸術家は、洞察力と直感力をもっていれば進歩します。

しかし科学に関して言えば、謎解きのようなものであり、宝くじのようでもあります。

本当に価値のあるものを見つけることは、めったにない幸運な出来事です。

たいていのエリートは定年まで働きますが、厚いベールに包まれた厳格な女神は彼らの前に姿を現わすことはないのです。


アインスタインが船上から土井晩翠へあてた手紙より（杉元賢治訳）

十二月二十六日（火）

体調を案じる藤江にいわれるまま、悠木は大阪で途中下車して一泊し、翌日の夜、藤江の住宅に戻った。

そこには一足早く東都に戻ったらしき、藤江の覚え書きが置いてあった。

警部には話してあるが、上部に行き渡るのは水曜か木曜あたりになるだろう。その後、父の代言人をやるから、付き添わせて警察に出頭するように、とある。

結局、博多でも博士に近づくことができず、歯噛みしながらホテルに戻った藤江である。急いだのは、悠木の窮状を収めるためというより、またとんぼ返りして、アインスタインとともに榛名《はるな》丸で出国するためではないだろうか、と、勘ぐらずにはいられない。

藤江邸には家主が慌ただしく出ていった形跡のほか、悠木のために種々の衣類が揃えてあった。たぶんユキだ、とは思ったが、ユキ自身はついぞ、姿を見せることはなかった。

思えばこのひと月、日本中はアインスタインに熱狂し、意味もわからぬ相対論に明け暮れた。その間、悠木は記憶喪失者であり、姦通者であり、お尋ね者でさえあったのだ。

動いているものと止まっているものでは時間の進み方が違う、とアインスタインはいう。動くものは時間が遅れ、長さが縮み、質量が増えるのだ。しかし、記憶のない自分は止まったまま、一歩も前に進んではいない。どの方向に動けばよいか、まるでわからないのだ。

目白に帰るのは、警察に行ってからにしよう。

きちんと身辺を整理してから、改めて、心配させたことを治子と川村にわびるのだ。それが老女二人へのせめてもの償いである、と悠木は思った。

と、そのとき、がたんと音がし、鍵が開く気配がした。戸の磨《す》りガラスに朱の着物が透ける。

――ユキか。

どきりと胸が鳴った。

「あら……」

「うわっ」悠木は声を上げ、思わず後ずさった。

「悠木、あんた……悠木？」

入ってきたのは、藤江の元妻、熊巳であった。

「そんなに怖がらんでも、もう何もせえへんし」

熊巳はケラケラ笑って、抱えている大荷物を床に下ろした。

見ると旅行鞄のほかに、縄でくくったガラス鉢を二つ重ねて下げている。中はよく見えないが、草が敷きつめてあるところを見ると、また、蛇でも入っているらしい。

「あんたのせいで、あの家、追い出されたんよ。藤江はさんざん嫌みをいうし……でも旅行中は家に住んでええ、って……それでここ、来たんやけど」

なんなん、あんた？　とでもいうように先客の悠木を見る。

「あんたのせい、っておまえ、自分がしたことをわかってるのか」

悠木は後ろ手に書棚を抱え、身がまえたままでそういった。背中で本がかたかたと揺れる。

「悪かった、ってば。うち、もう研究室行くの、やめたし。しばらくここにいて、それからちゃんと進退を決めんとね……なん？　疑っとるん？　ほんと、大丈夫や、て」

本心だろうか、信用してひどい目にあったことを思うと、もう、けっして出されたものを口にはすまい、と心に誓う。

熊巳は、ああ、疲れた、というように腰を叩くと、早速、荷物を解き始めた。

草の中からアルビノの蛇が二匹、にゅるにゅると顔を出す。

月やんとましろ――無事だったのか。結局おまえたちも、元の場所に戻ったんだな。

悠木は、なぜか空しい気持ちになった。

「悠木、あんた、茶でもいれてよ」

「……僕が？」

熊巳はうれしそうに外から蛇をつついて、

「そう、あんた、うちが入れたお茶、飲みたないやろ」

と邪悪に笑う。そして、ふと首を傾げて、

「ああ、でもあんた、毒殺魔かもしれんのよね。ほんと、えげつないわ……私なら、ストリキニーネなんて絶対使わん。死に顔が……へらへら緩んで不細工になるんよ、あんな顔を見られるんなら、死んだ方がまし」

あ、死んどるんやったわ、と苦々しげに付け加える。

笑っていたように見えたのは、薬の作用だったのか。いや、違う。

「……ストリキニーネ？　トリカブトだろ」

悠木がいうと、熊巳は濃い眉をひそめて、

「いいや、あれは絶対、ストリキニーネやん。トリカブトならせいぜい痙攣して息が詰まるくらい、ああいう、アクロバットみたような筋肉の動きはないわ」

どういうことだ。悠木はうろたえた。

悠木が詰めものに入れたのは、トリカブトだ。そしてそのまま、小タンスに隠していた。

藤江の推理は、小タンスの秘密を知っていた品川がそれを見つけ、邪魔になったタエの歯にそのまま仕込んだ、という筋書きだった。

しかし――毒が別のものだとすると。

昨年、藤江に頼まれて試行錯誤していたとき、陶器の義歯の販売元について、本間に尋ねたことがあった。何をやっているのか、と尋ねられ、適当にごまかしたものの、道具の中に置きっぱなしにしたり――毒を入れるまで、雑に扱っていたことを思い出す。

本間は作りかけの歯を見て、その、恐るべき使い道を察したのではないだろうか。そして自分も材料を発注して同じものを作り、ストリキニーネを入れて、タエの歯に仕込んだのかもしれない。

いや――待て。

では、トリカブトは？

悠木が作ったトリカブトの義歯はどこにある？　事実、もう、小タンスに残っていないのだ。

「うち、やっぱり疲れたわ。悠木、あんた珈琲って点《た》てられる？」

「いや」

悠木は適当に答えながら、よろめくようにソファに腰掛けた。

タエを殺した毒が本当にストリキニーネならば、悠木が今、考えるのは「タエを殺した犯人がだれか」ではない。「悠木が作った義歯がどこにあるか」ということだ。

そしてもし、藤江の筋書きが正しいならば――治子が長男を選ばず、父親似の自分を選んだことが、そもそもすべての始まりだったとしたら。

――まさか……治子さん、か。

兄は悠木に抱いている憎しみと同じくらい、治子を恨み、その恨みが深く強く心をむしばんでいたはずだ。悠木が定期的に治子の歯の石を取り、差し歯を治し始めていたのをよいことに――治療を装い、毒を盛ったとしても――不思議ではない。

「どうしたん？　悠木？　頭痛いんなら、うちが診てあげよか？」

熊巳が横からぐい、とのぞき込み、悠木の前に幼い顔を近づけた。

「うわっ」

「なんなん？　失礼やね。おばけでも見たように」

熊巳は膨れたが、悠木には、言い訳をする余裕すらなかった。

警察に出頭してしまえば、さすがにしばらく動けまい。その間に、いや、今、この瞬間にも、治子の口の中で詰めものがはずれてしまうかもしれない。

「今、何時だ？」

「……もうすぐ、夜の七時半？」熊巳は柱時計を見て答える。

「ちょっと出かけてくる」

悠木はコートをはおり、外に出た。

坂を駆け下りながら、どうか、無事でいてくれ、と、心で手を合わせた。

屋敷のまわりは、まだ巡査が見張っていた。懐中時計の音が聞こえそうなほど、周囲は不気味に静まりかえっている。

藤江はもうすぐ船上の人となり、上海へと旅立ってしまう。

本当に事は動き、藤江のいうとおり、すべて解放されるのだろうか。巡査の牧村は納得し、悠木への恨みを解くのだろうか。

遠くから小さく、火の用心の拍子木が聞こえてくる。夜の闇の中、またじわじわと不安が押し寄せてきた。

――今、表から入るのは無理だ。

急がなければ。とにかく今は一秒でも早く治子の歯を診て――もし案じたとおりならば――安全に、確実に、それを取り除かねばならない。

悠木は急ぎ足で、屋敷の裏側に回る。

そこは古い塀が雑木林を覆っていた。薔薇園と同じように、塀には先の尖った鉄柵が載り、一見、猫も通れぬように見える。確か、一部分、朽ちてはずれかかっていたはずだが、残念なことに、そこにも制服の巡査が立ちはだかっていた。

どうしたものか。

巡査がこれほど囲んでいるということは、まだ、上部に通達は行っていない。悠木はお尋ね者のままに違いない。

何日も寝ずの番をしている巡査が、悠木の話を信じ、治子を治療させてくれるとは思えない。とにかく今は巡査に説明したり、警部を呼んでもらう時間さえ惜しかった。

悠木はもう一度、玄関側に戻ると、塀の陰に隠れた。木枯らしに吹かれて、落ち葉とパン屋の紙袋が飛ばされてくる。

コートも突き抜ける冷たい風に、身震いしながら悠木は考えた。

子供だましだが……これで。

目の前で風に舞う袋を拾い、紙風船のように膨らませる。そして、思い切り両手で叩く。

ぱん、と、まるで、何かが破裂したような音がした。

今だ。

悠木は身を低くして、運よく裏手へと走り込んだ。

思惑どおり、見張りの巡査はいなかった。破裂音に驚いて、表へ向かったようだ。

体は重く、息も上がる。悠木は五寸あまりの隙間に足をかけ、無我夢中で塀をよじ登った。そしてすかさず元のように、鉄柵を戻す。

飛び降りてしばらく、塀の下に隠れていると、今度は別の巡査が母屋へと向かうのが見えた。巡査の後から駆け出してきたのはばあやの川村で、懐かしい姿にぎゅっ、と胸の奥が詰まる。いつもきちんとお団子にしていた髪が、今夜はほつれて痛々しかった。

巡査が消えてから、悠木はやっと母屋の裏手に回る。そこには洋館らしからぬ半地下の台所があるが、普段どおりなら、鍵などかかっていないはずだ。

怖々、戸を押すと、はたしてそれは小さく軋み、簡単に開いた。

悠木は足音を忍ばせて居間を抜け、声もかけずに、一階の奥にある治子の部屋に滑り込んだ。

「……治子さん」

「ジョージ？」

治子は寝間着で鏡台の前に座り、髪をとかしていた。

鏡に映った化粧気のない顔が、みるみる驚愕に歪む。毛束が少なくなり、地肌の見える額、皺が深く刻まれた眉間は十も二十も年老いて見えた。

「申しわけありません。心配をかけて」

――どうやって、道具を取ってこようか。

はやる気持ちを抑えて悠木はいった。

「……説明する時間がないのです。とにかくすぐ、ばあやに……」

「ひと……ごろし」

かすれた低い声で、治子はいい、それでも足りぬとばかりに、両手で顔を覆った。

「……え」

今、なんといったのか。空耳だったのかと、首を傾げて、治子を見る。

「治子さん……僕は」

「やっと思い出したのかい？　それともわからないふりをしていたか？　鬼だろう、おまえは」

悪魔のような声で治子はいった。

いつもの深い高音ではなく、これまで一度も聞いたことのない、しゃがれて低く、うなるような声。

悠木は、身がすくんで動けなくなった。

「どうせ、私は貧しい農家の子だよ。学も教養もない。口減らしに商い屋に売られ、子守をしながら見よう見まねでのし上がったんだ……くやしくて、つらくて……やっと必死でここまできたのに」

「……何を、いっているんですか？」悠木は喘《あえ》いだ。

落ちぶれたとはいえ大店《おおだな》の娘で——女学校までは行ったはいいが——世間体を気にして親が取り繕っていたとも知らず——自分だけのほほん、と、過ごして申しわけなかったの、と——いつも、いつも、何度も、何度も、そう、聞いた、はずだ。

「なんだってんだ、ただ、生まれた家が違うってだけじゃないか」

上品だった口角がだらしなく下がり、治子は唾を吹かんばかりに捲《まく》し立てた。

三白眼で天を睨み、呪いのように抑揚がなくなった声。まるで、キツネかむじなに憑かれたように、悠木には見えた。

そこに川村が音を立てて入ってきた。

そして、すべてを悟ったのか、彼女もまた、般若のような顔を悠木に向けた。

「あんた、何をしたんだよ」

「僕は……何も……治子さんはどうしたんですか。何があったんですか」

川村は背筋を伸ばし、治子にいった。

「しっかりして……マチエ」

「おひいさま、こいつがまた帰ってきたの、おひいさま」治子は怯えて、川村にすがりつく。

おひいさま？　今、川村にそういったのか？

「マチエ、いいのよ、大丈夫。しっかりして」

マチエ——川村は背筋を伸ばし、りんとした声で治子をそう呼んだ。

そして川村を見上げて、すすり泣く治子。

「ま、まさか、二人は……」

「できそこない！　できそこない！　できそこない！」

焦点の定まらない目で治子が叫んだ。

できそこない……だって？

ぐにゃり。

時間と空間が歪む。悠木のだまし絵がやっと正体を現した。


「……終わりました」

トリカブトは蒸発しても中毒を起こす。悠木は気をつけながら、あとわずかではずれそうになっていた、陶器の歯を袋に入れた。

「奥様、もう大丈夫ですよ」

「ひぃ、おひいさまの櫛を取ったのはわたくしです。わたくしの櫛は盗んだ櫛。かぬひもとのぬ、盗んだ櫛」

川村の言葉は治子の耳に届かなかった。

「買った櫛、盗んだ櫛、拾った櫛、もらった櫛、取った櫛、かぬひもと、かぬひもと、かぬひもと……」

「マチエ……マチエ、いいのよ。もういいの」

川村が母のようにいい、治子の頭を優しく撫でるのを背で聞きながら、悠木は堂々と玄関から外に出た。

もう、捕まってもよい。そう思っていたが、なぜかそれまで見張っていたはずの巡査はどこにもいなかった。警部から通達があったのか。それとも、駐在所に戻り、定時報告でもしているのかもしれない。

悠木は河原の、見慣れた小屋へと急ぐ。

そこは暗く、小さな火が燃えていた。

火の前には背を丸めたショーペンハウエルがいて、悠木を見るなり小さくうなずく。鳥打ち帽を脱ぎ、少し笑ったようにも見えたが、それは顔の傷が引きつっただけなのだった。

「お久しぶりです……兄さん」

悠木は静かにいった。

「兄さん、殺そうとして、申しわけなかった……すべては、僕がやったことなのですね」

「ジョージ……記憶が戻ったのか」

ショーペンハウエル、品川ケントは、かまどの火に新聞を投げ入れながら尋ねた。

「いいえ」悠木は静かに首を振る。

記憶が戻ったのではなく、すべてが変わった——藤江のいう「因果律」が整ったのだ、と悠木は思った。

「具合はどうだ？　どこも悪くはないか」

「ええ……しかし、とても複雑です。絶望と後悔に囚われているにもかかわらず、やっと自分を取り戻した気がします。安堵もしています。もし、僕の考えたことが真実ならば、いえ、今は真実だと確信していますが……兄さんには、本当にすまないことをしました」

悠木はヤニで汚れた指を見ながら、兄に頭を下げた。

「あれは事故だったのだ……アメリカで列車がひっくり返っても死ななかった俺だからな。練炭中毒などどこ吹く風さ。オーソリティの名の下、華厳の滝に飛び込んでも生き残るだろうさ」

品川は薄い微笑を浮かべ、火の中から芋を取り出した。

「日光でのできごとは……何も覚えてはいないのだろう？」

「ええ、でも、予想はつきます。兄さんは僕に、あの家から出るよう、勧めてくれたのでしょう？なのに、真実を知った僕は逆上して、兄さんまで殺そうとした……祖母は、没落した大店のおひいさまではなくおなごしで、本当のお嬢様は川村だったのですね」

品川は、暗い小屋の奥を見つめて、静かにうなずいた。

「おまえのせいじゃない……すべては、人間の歪んだ欲望のせいだ。母はおまえをあの家にやるべきではなかった。あの家は、幸せの衣をまとった人食いトラだ……貧しくとも、母親と三人、つましく暮らしていけばよかったんだ」

悠木は胸が詰まった。日光の滝で、まったく同じ言葉を聞いたような気がした。

「今、思えば、女学校の、ひな祭りの……とよく話してはいましたが、一度だって、上京した女学校の友人、とやらに会ったことはない。傍観者だったんです。祖父が大金で買い取った本当のおひいさまは、ばあやの川村だった……きっと、おなごしだった祖母が、旅の途中で、『成金の入れ歯師なんてやくざ者だ。私が身代わりになって助けます』と吹き込み、付き添いまで抱き込んで、まんまと成り代わったんですね。演じるうちに、本人たちもわからなくなるほど……二人とも完璧な女優でした……お互い、本物がすぐそばにいたのですから」

品川は無意識に新聞を丸めながら、ため息を吐いた。

「そのことを告げて、おまえの箱をこじ開けたのは、ほかでもない、俺だった。そのくらい、大丈夫だと思った自分の傲慢を、今は悔いているよ。あの家の歪みは、見かけよりずっと深く重く、泥のように降り積もって、おまえの息の根を止めようとしていたのだな」

「ええ……僕は、祖母の傀儡《かいらい》だったのです。今、思えば、気付くこともたくさんある……ユキが女中代わりに働かされ、あっという間に嫁に出されたのも……僕から引き離すためだったのですね。ああ、娘として悠木の籍に入れないため、引き取ったとき、わざわざ名前を変えさせていたのかもしれない……雪も降らない南国で真夏に生まれた娘に雪《ゆき》なんて、おかしいとは思ってはいたのです」

——偶然……そうね。そういう偶然がね……運命なの。

偶然？　運命？　ユキはずっとねじ曲げられた運命を悲しんでいたのだ。だから嫁ぎ先から帰されても、けっして悠木に戻ってはこなかったのだ。

「おまえとユキさんのことは、何があっても絶対に認めなかっただろうな。俺を産んでも許してもらえなかった母さんと同じように……それどころか、おまえが生まれてすぐ、あの人は狂言自殺をやらかして、息子を無理やり『お嬢様』と結婚させたんだ。そして息子が生きているあいだ、一度も俺たちに会おうともしなかった……そういう人だ」

悠木は驚いた。母は望んで妾になったわけじゃない。父さんを信じて、本妻よりも先に家庭を構えていたのか。

「そういえば……」

悠木は次第に息も絶え絶えになりながら、

「昔、中学校でカンニングの濡れ衣を着せられたことがありました。が、すぐに犯人が見つかったと、解放された。あのとき、ひっそりといなくなった生徒がいました。六郎、という旅芸人の子どもでしたが、とても僕と気が合っていた。屋敷に遊びに来たり、一緒に遊んだりした。頭のよい座長の息子のため、一座は年の半分、この界隈に住まっていたのです。しかしある日、急に一座は町を引き払い、挨拶もなしにいなくなってしまいました。たぶん、あれも祖母のやったこと……祖母は遊びに来た六郎に美味しいお菓子を食べさせ、おみやげまで持たせ、喜ばせて……裏で手を回して、カンニングの罪を押しつけたのです。町から追い出したのです。悲しむ僕を、いつかきっと帰ってくるから、としらじらしく慰めたのです……僕は知らない間に、友人も恋人も奪われ、祖母の選んだ餌だけ与えられて、それすら嫌だといえない人形だった……」

息を荒らげる悠木を見て、品川は眉根をよせた。

「あ、いや、ジョージ……平気か。おまえ、胸が苦しいことはないか」

「ええ、大丈夫です……」

悠木はまた、静かな笑みを浮かべて、

「日光で……それを知って、僕は逆上したんでしょう？　今のように。そして、すべてが嫌になったと叫んだのですね……自分の人生は、いったいなんだったんだ、僕が鳥かごに飼われていた間に、兄さんも藤江も、好きなように世界をとびまわり、ゲイジュツだの放浪だの、好きなことをやってきたのに。それで、練炭ストーブも……たぶん、自分が死ぬつもりで兄さんを巻き込み、東京に戻れば、洋酒だの、舶来時計だの、買いあさっては散財し、タエと姦通し、ばれたはずみで本間を殺し、摩耶子までおもちゃにしようとした……あはは、最低だ」

悠木が力なく笑ったことで、品川の顔がさらに曇った。

「練炭ストーブはれっきとした事故だ。本間を殺したのもやむを得ず……なんというんだったか、ああ、正当的な防衛だ。屋根裏で、おまえと夫人が一緒にいるところに乗りこんで、暴れ、見境なく殺そうとしたのだ。あの男はジエチルエーテルを横流ししつつ、自分も中毒になっていた……ジョージ、あの、一週間のおまえは、本当のおまえではない。おまえに寄生していた別の人間なのだ。そいつはおまえの血肉を食い荒らし、羽を乾かして、どこかへ飛び去った……記憶とともにな。もう、二度とおまえの中に戻ることはない」

屋根裏で、暴れる本間を突き飛ばし、くびり殺したのはやはり自分だったのだ。首を絞めたとたん、それは過剰な防衛だ。そしてたぶん、熊巳が語ったとおり、はしごを使って屋根に捨てたのだ。

「いや……兄さん」

たき火がぱちんとはぜ、悠木は静かに首を振った。

「あれは、本当の僕だったんですよ。藤江から話を聞いて、毒入りの義歯を作っていたのも僕です。そのせいでタエ……さんまで殺してしまった。遅かれ早かれ、きっと手を汚していたと思う」

「ああ、本間夫人は、おまえが殺したのではない。一週間ではとても治療する時間はないし、第一、ストリキニーネなど、持ってはいなかったのだからな」

「直接はね。でも、本間に方法を示唆したのは僕だ」

「あの夫婦はずっと、お互いを喰い散らかしていたのだ。自分の足を食べるタコのように。ある意味、一心同体だったかもしれないな。運悪く巻き込まれたのが、おまえだったのだ」

牧村から聞いた本間の本性と麻薬中毒。悠木は、藤江が何度も「本間は粘着な質」といっていたのを思い出した。しかし——悠木はずっと悠木だったのに——タエはなぜあれほど驚き、あっという間に悠木を見限ったのか。

「そうさな……本間夫人は毒婦ではあったが、頭がよく、勘も鋭かったのだろう。理由やきっかけなど知るよしもないが……おまえの表情や眼《まなこ》を間近で見て、一時期、確実に変化《へんげ》ていた悠木ジョージの人格が、すっかり元に戻っていることに気づいたのだ……別の人間に成り代わったより、ある意味、そちらの方が恐ろしいやもしれぬからな」

触らないでよ……気持ちが悪い。

今さらながら、タエの言葉が突き刺さった。と、品川は慌てたように手を振って、

「いや、違う。今のおまえは、以前のおまえではない。正、反、合で生まれた本当のジョージだ。おまえは被害者だ。そして、毒は昇華された。忘れるんだ、ジョージ」

「そうか、兄さんはショーペンハウエルだったっけ」

悠木は笑い、依然、頬被りしたままの品川を見た。

「世界は、苦しみと迷いの意志の戦い」品川もそういって笑う。

「帰国して、すぐ、おまえを見に行った。俺はアメリカで、自分らしい生活をして幸せだった。やっと冷静に、悠木家を見られるようになったんだ。おまえは、一見幸せそうに見えて、だれよりも不幸だった。アメリカに行く前は、ただうらやましくて姿を追っていた俺にも、やっと真実が見えてきたんだ。母さんにいわれていた。ケントにはじゅうぶんなことはしてやれぬが、母として慈しむことはできたと。アメリカに行って、その意味も理解した。そして河原に隠れ、何度か屋敷に足を運ぶうち、浮浪者のショーペンハウエル、ショーと親しくもなった」

悠木は思わず目を見張った。

「そうか、あの、最初の顔なし死体は……本物のショーペンハウエルだったのか」

「ああ、俺もアメリカで浮浪者まがいの生活をしたから、妙に息があったのだ。しかし、あの老人は悪い酒の飲み過ぎで、体を壊していた。黄疸が出て動けなくなり、次第に寝込むようになったんだ。たぶん、調べた警察も、死体が肝臓を患い、余命幾ばくもなかったことに気付いていただろうな。俺は一週間、日光で動けなかっただろう？　帰ってみると、ショーはここで死んでいた。まだ、少し、温かかったよ……ひとりで迎えた死だったが、その顔はとてもやすらかだった。寿命は尽きた。最後は静かに死にたい、といっていたからね。祈りが届いたのやもしれぬ。俺は彼のために賛美歌を歌い、祈りを捧げた」

「病死、っていうこと？」

「そうだ。それで、おまえのところに行くのが少し遅れた。行ってみると、おまえは温室にいた」

「温室……そうでしたか」

「おまえは泣いていた……子どものように」

「うん、兄さんを見殺しにし、本間を吊し、人にあるまじき悪行をした。僕は怖ろしい人間でした」

「人間とはそういうものだ。鍛錬して初めてまともになる」

品川は静かに息を吐き、

「俺だって同じだ……なんで、俺じゃないんだ、俺の方が頭もいい、なんでもできる、なんでおまえが選ばれたんだ……そう、さんざんぱら呪ったよ。暇さえあれば屋敷の庭をのぞいて、自分がいるところを想像したさ。これではだめになると思って……アメリカへ逃げたのだ」

「でも、僕はまた、倒れた兄さんを見殺しにしたね」

「いや、何もしてはいない。俺を残して逃げただけだった。俺のとんびと帽子を身につけ……気がつくとおまえはまだそこにいて、しばらく山茶花を見つめていた。そしてそのまま、どこかへ走り去ってしまったのだ」

ジョージ――あのとき、悠木を呼んだ声は、ほかでもない、この兄だったのか。

「藤江のところに行ったんです。助けてもらおう、とそればかり考えていました」

悠木はあの日の山茶花をはっきりと胸によみがえらせた。それはうろこ雲のように咲き誇った白い山茶花、沙羅双樹であった。

「藤江くんか。おまえはよい友人を持ったな」

「会ったのですか」悠木は驚いて喘いだ。

「……やはり、博多にいたのは」

ああ、逃げて悪かったたな、と品川は笑った。

「ショーの遺体をあそこに据えよう、といったのは彼だ。もし、おまえがどこかに逃げるつもりがあるなら、ショーの遺体を身代わりにして、死んだことにしてやりたい、とね。もし可能なら、アメリカに連れ帰ってやってはくれないか、ともいわれた。あの夜、俺たちはショーを屋敷に運び、ばあやさんが干したまま忘れていた長着を着せ、そして焼却炉に顔を入れ、火を点けたのだ」

仙台へ行ったのではなかったのか。悠木の心にぽつんとシミが落ちた。

大事なことが何かまだ見えていない、そんな気がした。

しかし品川は焼けた芋を半分に割り、両方とも悠木に差し出して、

「翌日、おまえは屋敷に戻っただろう。だから、ショーはおまえではなく、俺の身代わりになったんだ」

「……藤江は、全部承知で？」

博多で語った解決編は、すべて藤江の創作、真実などどこにもなかったのか。

「ああ、品川ケントの存在を犯罪人にし、そのまま消してはもらえぬか、と、いわれたよ……むろん、俺は喜んで受け入れた。開けてはいけないおまえの箱を開け、すべてひっくり返したのは俺なのだから……しかし、彼はさすがに大物一族だな。品川を死亡させた代わりに、俺にショーの戸籍をくれた。彼は士族の出だったよ」

悠木は呆然とした。

なぜ？　藤江がそんなことを考える？

あの、夜の時点でなぜ、悠木の窮状を知っていたのだ？

そしてなぜ、悠木が逃げると想定した？

悠木が「新青年」を読み、眠っている間に、どうしてことをすべて解決できた？

「あの夜……二人で？　ショーペンハウエルの死体を焼却炉まで運んだんですか？」

「いや、八百畠の御用聞きと三人だ」

まさか、そんなこと、中学生に手伝わせたのか？

「いや、中学生じゃない。俺たちより年上だったぞ」

「そうですか……」

悠木はほっとした。汽車の切符を届けた、あの、白髪の店員だったか。いくら探偵小説好きでも、子どもにやらせて許されることではない。

品川は不思議そうに、眉をひそめ、皆と同じことをいった。

「あそこに中学生などいないぞ、息子はまだほんの赤ん坊だ」

赤ん坊？　では、摩耶子の弟と同じ中学にいる、あの小僧はだれなんだ？

時間と空間は同じもの、そして重力によって歪むもの。

ヒカルのいる世界と、いない世界、どちらも並んで存在する、似てはいるがまったく別の世界。

今、悠木がいるのはいったいどっちなのだ？

ぐるぐるとだまし絵が回る。

ショーペンハウエルは悠木になり、品川になった。

『そう、月は君が眺めている間だけそこにある……そんなことが信じられるかね？』

『見たものがすべてだ。時間など存在しない』

『この世界は、局所的かつ因果的ではない法則に支配されている』

品川は悲しげに笑った。

「俺はこれからアメリカへ戻る。あっちに家族もいるのだ。俺と……ショーのためにも、おまえはすべて忘れるのだ、何もなかったことにして、これからは好きなように生きろ」

それは無理だ、悠木は思った。

道理というものは、光と同じように普遍なのだから。

「兄さん、アメリカでは、相対論をわかりやすく説明できる人に懸賞金が出ているらしいですよ」

悠木はそういってから、思い出したように少し笑い、

「そういえば、兄さんは隆鼻術など受けていなかったんですね」

「受けたら、もっと美男子になったかな」

「いや……今のままでじゅうぶんです」

品川もやっと微笑を浮かべ、たき火に新しい新聞の塊をくべた。

「なんなら、一緒にアメリカに来てもいいのだぞ。オレンジはすこぶる美味いし、汽車好きな次男はおまえにそっくりだ」

ぼっ、と火が上がり、兄の顔が明るく照らされる。

――そうか。とんびのポケットにあった切符は、息子へのみやげだったのだな。

悠木はうなずき、何もいわずに外に出た。

春高楼の　花の宴

巡る盃　影さして

いいのだ、いいのだ、忘れるのだ、すべて。

頭の中を、哀しげな旋律が舞う。それはすすり泣くような、金属的な調べだった。

下方に、岩だらけのどぶ川が見えた。
そうか、ここは、牧村に追われて走った、断崖絶壁、岩だらけの川べりだ。
——ここから落ちたら、間違いなくおだぶつだぞ。
ショーペンハウエル、いや、兄、品川と再会した場所。
もう、いいのだ、逃げなくても。
そしてやっと、鳥かごを出るのだ。
自由な空へ、
並んで存在する、まったく別の世界へ、
そこには中学生のヒカルがいて、
厭世観などみじんもなく、ただ、愛を語る幸せな一高の生徒がいる。
始めて知る、大なる悲観は、大なる樂観に一致するを。
さようなら、兄さん、そして藤江。
悠木は柔らかな微笑を浮かべる。
そして、ふわりと崖から空へと飛び立った。

真相

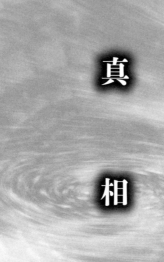

一九二三年十二月二十六日（水）

焼けた瓦礫のまなかにバラックが数軒建っていた。沼地に張り巡らされた堤は線路を囲っているらしく、使い物にならない箱形の路面電車が二台、顔を背け合うようにして停まっている。

所狭しと並んでいた文化住宅は跡形もない。

確かこの辺だったが、と見回したところに、お大尽が乗るような舶来の車が泥を撥《は》ねて停まり、ウールの裾をはしょった小柄な男が転がりながら降りてきた。

「ケントさん……品川さん」

「藤江くん……おまえさん、無事だったのか、よかった」

品川は、別人のように日焼けした小説家を見る。

九月、相模湾沿岸を襲った未曽有の大地震。

死者行方不明者は十万人を超え、関東地方は壊滅的な被害を受けた。四国の札所を遍路していた品川は難を逃れたが、戻った東都は焼け野原。目白の歯科医院も跡形なく、錆びた門柱がしらじらと露を浴びて残るだけであった。

「正月からこっち、鎌倉の屋敷に戻っていたのですが、あちらはむしろ東都より揺れがひどかったようで……それでも帝国ホテルと同じく、頑丈で倒れないのですよ。やはり持つべきは財力、生死すら分かつのですから」

変わっていない、よかった。と品川はうなずいた。

昨年の今頃は打ちのめされ、やっと息をしているだけの状態で、立ち直ることなど無理であるかと思われたからである。

「その、帝国ホテルが避難した民を無償で宿泊させていると聞いて、うちの屋敷も人を受け入れ始めたのです。働かざる者食うべからず、邪魔な僕は追い出されて……」

「何をぐずぐずくっちゃべっとるん?」

と、ふいに、手ぬぐいを姉さん被りした女が車のドアを開け、顔を覗かせた。

確か、藤江の元妻、熊巳といったか。ジョージを瘋癲院に入れようとしたとんでもない女医だが――二人ともまるで下働きのなりで、以前のような西洋趣味はみじんもない。

後ろの座席には、高級車にはまるで似つかわしくないボロ切れや、包帯、芋、米、薬のたぐいが詰め込まれている。

「ああ、用事ができたから、今日はひとりで行ってくれ。品川さん、いや、西大路《にしおおじ》さんですね。立ち話もなんですから……真に狭苦しいところですが、渡したいものもあるので」

熊巳はじっと品川を見ていたが、無言で一緒にバラックに入ってきた。迷惑そうに振り返る藤江に車の鍵を返しながら、

「うちもやめとく。あの車、でかすぎて、ペダルに足が届かんのやよ」

藤江は苦笑して、ここ三ヶ月、毎日、熊巳と二人で皇居前の野営場に通い、避難民や怪我人の世話をしているのだと説明した。

「ほう、救護支援か……偉いな」

藤江らしくない行動を意外に思いながら、品川はがらんとしたバラックを見回した。

本や食器のある一角が、唯一、彼らしいさまを残すだけだが、さすがに珈琲だけははずせないらしく、舶来の高級豆と点てる道具がちゃんと一式揃えてある。藤江が配給のバケツ水を汲んで、マッチをすると、折しも昼下がりの西日がバラックに射し込んできた。

「このあたりもすっかり焼けてしまったのだね」

「火柱なのか、竜巻か……あんなもの、生まれて初めて見ましたよ。台風も近づいていましたし、たぶん火災で熱せられた空気が酸素を取り込み、渦を……」

「ああ……そう」

それまで無愛想に黙っていた熊巳が、いかにもうんちくをさえぎるように割り込んで、

「こいつ、痩せこけて……地震のあとすぐ、ふらふらしながら東京に舞い戻ってきたんやよ。自分のシャツが燃えとるのすら気づかんで……そしたら、いきなり火柱が舞い上がって、でかい荷車がぼうぼう燃えながら飛んできて……でもこの大馬鹿は、つっ立ったまままそれ、じっと眺めとるん」

思わず抱きついて、二人で地面を転げ回った。うちもええかげんアホやん、と熊巳は舌打ちした。

藤江は眉間に皺をよせて、

「あの大地震でたくさんの人が焼け死にましたが、僕はむしろ……彼女にこき使われて、息を吹き返しました。それで姉たちも安心して、このバラックを建ててくれたのです」

そういうことか。自らも長く立ち直れなかった品川は、やっと得心した。

ちょうど珈琲ができあがり、藤江は小さな茶碗に三等分する。そして土下座のように膝をついたか

と思うと、大事そうに懐から木の実の鈴を取り出した。猿の根付けである。

「これは……悠木の日光みやげです。三つあったので……品川さんに会えたら差し上げようと、いつも持ち歩いていました……悠木が死んでちょうど一年です。一度、あなたとはちゃんと話さねば……と思っていたのです。でも、はたして……僕にその、資格があるだろうか」

最後はそう、ひとりごちる。

やはりまだ立ち直ってはいないのか。品川は、浅い息を吐く藤江から目をそらした。

ふと、視線を向けた先には、赤いレンガがいくつか無造作に積まれ、祭壇のようにきれいに拭き清めてある。藤江はさらに沈んだ声で、

「あのレンガは、神田の復活大聖堂からいただいてきたものです。地震でドームの天井がくだけ落ち、伽藍は焼き尽くされました。今はもう、赤い壁と土台しか残っていません」

神田？　ニコライ堂か。おロシアふうの大きな教会、あれも焼けたのか、と品川は思った。

一世を風靡し、大正文化と平和の象徴でもあった赤レンガの建物たち。残ったものも爆破によって壊され、ほぼ、その姿を消しつつあるのだ、と藤江はいう。

品川は受け取った根付けを振って、からん、と音を立てた。日光の猿なら三つ並べば「見ざる、言わざる、聞かざる」だろうが、小さい木の実はかわいらしい猿一匹の頭である。

「私はアルファであり、オメガである」

藤江は悲しそうにつぶやいた。

そしてしばらく黙ったのち、ようやく決心したように口を開いて、

「話を紡ぐならやはり、博多と同じく……品川ケントが悠木歯科医院を訪ねたところから始めねばなりませんね。あの、運命の一週間が始まったのは、昨年の十一月二十五日でした。悠木が午前の診療を終えて出てきたところに、兄であるあなた、品川ケントが現れた。しかし話はまったく違う。あなたには長年煩わされた羨望や嫉妬などすでになく、二人は心底、再会を喜び合ったのです。思い出の地、日光の旅に誘ったのは兄であるケント。そしてケントは旅先で……ただ、弟を救いたい一心《いっしん》で自分の知っているすべてを話し聞かせました。悠木家の悪意、老女二人の歪み、本人が知らない弟の不幸を」

しかし、救えなかった——助けることができる、と安易に考えた自分が浅はかだったのだ。あ、あんなふうになるなら、見せかけの幸福でよいから、静かに生き長らえてほしかった。俺は救うつもりで、弟を崖から突き落としたのだ——品川は歯噛みし、両手で顔をぬぐった。

「ジョージの痛手は思ったより深かった。滝に飛び込もうとしたのだ。『止めるなら、兄さんも道連れにしますよ』と低くつぶやいたかと思うと、いきなり子どものように自分を罵り、泣き叫んだのだ」

死んじゃえ、死んでしまえ、死ぬんだ、ここでおまえは……死ね。

「ええ、もちろん。本気であなたを殺そうとしたことなど、一度もありません……練炭中毒も不慮の事故でした。悠木はあなたが死んだと思って、矢も盾もたまらず目白の屋敷に逃げ帰ったのです。しかし、そこはだまし絵のようにすべてが変わっていた。おせっかいでおひとよしの老女たちは、どす黒い深泥の洞《ほら》に住まうウツボでした……自分のせいで兄は死んだ。自分は暗闇のような腹に飲み込まれ、一生、消化のよい毒餌を与えられ続けるのだ、と、絶望したのです。これまでさして興味もなかった、賭けごと、女、深酒に溺れてみても、苦しみは増すばかり。そしてとうとう、人妻との逢い引きの場を押さえられ、その夫まで殺してしまうのです。正当防衛とはいえ、姦淫していた事実は消えず……自暴自棄になった悠木は自分も死ぬ覚悟で、毒入り人工歯を持ち出して祖母に仕掛けました……地獄のような日々。なのに、僕は相対論にのぼせ、友の不幸に気付きもしなかったのです」

一息に話し、藤江は胸を押さえた。それまで黙って聞いていた熊巳が眉を上げ、手慣れたふうに紙袋を取り出す。そして、藤江がそれを口にあてて息をするのを確かめると、

「悠木が……トリカブトだと思ってたのは、ニリンソウだったんやて。似てるけどもちろん無毒、おひたしにするくらいやもん。わざわざ目の前で煮出したりしたからそう思うたみたいやけど、藤江にそんなキモ、あるはずないわ」

「用心深い、といいたまえ」

藤江がなんとか持ち直したのを見て、品川はうなずき、また重い口を開いた。

「動けるようになるとすぐ、俺は病院を抜け出して東都に戻った。ショーペンハウエルを看取ったのち、こっそり悠木邸をのぞくと、ボロボロになったジョージが、ひとり静かに泣いていた……普通に診療しているのが信じられないほど、酒浸りで……麻酔ガスのようなものまで吸っていて……俺を見ても、幻覚か幽霊と信じて疑わないようだった。それでもジョージは、転んだ俺からとんびと帽子を奪うだけの正気を見せ、逃げるように屋敷を飛び出した」

「ええ、その足でうちに来たのです。どうしてもっと早く来てくれなかった、と心で叫びました」

藤江は頭を抱えた。

「僕は仙台に行くふりをして、悠木邸へ急ぎました。幽霊などではなく、そこに本物のあなたがいると信じたからです。幸運にもあなたは河原から戻っていたので、行き違いにならずにすみました。僕たちは病死したショーペンハウエルを焼却炉に入れて顔を焼き、あなたは彼になりすました。悠木を助けるため、僕が書いたシナリオA――死体を悠木に見せかけ、本人はアメリカに逃がす――もしくは、シナリオB――兄の品川が、悠木に成り代わるために悪事を企て、日光から生還した弟と揉み合い、死んだことにする――の、どちらかを実行するためです。悠木の記憶が戻るふうでなかったため、シナリオはBに決定しました。いろいろアクシデントはありましたが……」

藤江はちらと元妻を見て、

「二代目ショーペンハウエルは、堂に入った浮浪者ぶりで弟を助け、僕は全国を巡るふりをしながら、密かに悠木と警察を観察していた。が、悪いことは続くという鉄則どおり、悠木はまた人を死なせてしまった……牧村です。巡査の死を知ってさらなる衝撃を受ける前に、僕は悠木を東都から遠ざけることにしました。そして自分も最後の仕上げをすべく海峡を越え、門司へと渡ったのです」

品川は執拗に悠木を追う牧村の、凶暴な眼を思い出した。

「そうか……やはり、あの巡査はジョージが……」

河原で後頭部を強打し、もがき苦しんでいた牧村は、病院に運ばれる途中で絶命した。個人的な恨みを抱き、単独で行動していたせいで事故死ということになったようだが――それすらも子爵の財力が絡んでいる気がするのは、さすがに穿ちすぎだろうか。

品川は疑惑を振り切るべく首を振って、

「隣の部屋まで声が筒抜けの日本旅館にも驚いたが……おまえさんの話は圧巻だったな。主役の俺でさえ、純粋な弟を陥れる、ひねくれた兄を心底憎らしいと思ったよ。実際、俺は博士の講演を堪能し、酒まで飲んで油断していた。やるだけやった、と高をくっていたのだ……しかし、今になって思えば、あのとき俺がその場に登場し、心を割って、まだ若いおまえさんやジョージと真摯に向かい合っておれば……何かもっと違った結末になったのではないか、という気がしてならぬのだ」

うっ、と藤江は息を詰まらせた。重い沈黙が流れ、何かいいあぐねるように口を引き結ぶ。

と、いきなり、熊巳がふん、と鼻を鳴らした。

「ほんまに……もう」

いつのまにか手ぬぐいをはずし、モガのような断髪を露わにしている。

「あんたら、悲しいなら悲しい、泣いたり怒ったり……なんで、恨み言のひとつもいわんのん？」

「外野は黙っていろ」

藤江は顔をしかめた。品川もカチンときて、つい、よけいなことを口走ってしまう。

「君がジョージを監禁して、どれほどひどい目に遭わせたか……本人から聞いたがね」

君？　うちはあんたらよりずっと年上よ、と熊巳は眉をつり上げて、

「でも、まあ、えかった。それなら、よけいな説明はいらんわね。うちね、あんたら……特に藤江に……ずっと聞きたい、思うことがあってん」

「おまえに話すことはない」

そういって、だだっ子のように体を揺らす藤江を、熊巳は軽く無視した。

「あんた、うちに悠木をよこしたの、なんでなん？　時間稼ぎ？　それとも、どうせうちには何もわからんいうて、見くびってたん？」

と、つん、と顎を上げて、

「あのときね、本当は悠木、かなり危なかったん。知っとった？　最初、辻占の客と間違えて催眠かけたら、子どもみたようになって。泣いたり笑ったりしながら、ただ『ばばあ、殺してやる、殺して僕も死んでやる』いうて、繰り返すん。正直、私もぞっとした……そのときは、多重人格かと思うて、慌ててK教授に報告したんやけど」

「多重人格？」

「うん、そう」熊巳は品川にうなずいて、

「前にアメリカで『ひとりの人物の中に、別の人格が複数存在する症例』について、論文を読んだことがあったんやよ。症状は、いわゆる『キツネ憑き』に似とるわね。親からひどい目にあったり、怖ろしい事件で死にかけたり……子ども時分の体験が原因やないか、いわれとるんやけども……でもね、そのうち、なんかこう……それとは違う、別じゃない。これは、本人そのものじゃ、としか思えんようになったん。ある、ひとつの人格があって、ちゃんと動機と理由が存在する……どっちかいうたら、性格の裏表に近いかな。意識して、人前でフタをしとるだけじゃないかって」

どういう意味だろう、品川は首を傾げ、藤江を見た。

が、藤江は微かに呼吸を速めながら、品川から目をそらした。今度は熊巳も紙袋をよこさず、何かに耐える藤江を見つめたまま、ゆっくり言葉をつなぐ。

「じゃあ、どうして多重人格みたように、ぽっかり、記憶が消えてしまってるんやろ？　うちにはそこがどうしてもわからんやった……でも、じき、ひらめいたん……ねえ、藤江？　どんな結果になったとしても……それは本人が望んだことなん。あんたが何をやったって、悠木が自分で望まん限り、絶対、ことはうまく運ばんのやよ」

熊巳は一瞬、悲しげに首を傾げて、

「藤江、あんた、あの夜、悠木に催眠をかけたんやね。悠木のつらい記憶を一週間消して健忘にし、つじつまを合わせるために、あの夜、一晩だけの新しい記憶を植えつけたんや……いかにも三文小説家らしく、初恋の人や、実在しない小僧まで登場させて」

品川は驚愕した。

そうか。

藤江が葬儀で見せた甚だしい悲しみは、自らの行動の是非に対する問いかけだったのか。

自分こそ、悠木を死に追いやった元凶ではないか。

自分がしたことは、すべて間違っていたのではないか。

この一年ずっと、自分と同じ苦しみに苛《さいな》まれていたのだ。

「あんた……止《と》めてほしかったんやね」

熊巳はいった。

「でも、うちは止めんかった。うちは、うちのやり方で最後まで見届けてやろう、と思うた」

「おまえは……」

品川と熊巳が見守る中で、藤江は顔を上げた。悠木がいつもいっていた「おちゃらけて脳天気な」男など、もうどこにもいなかった。

熊巳は眉を下げ、もみじのように小さい手を広げてみせる。そして、そっと手のひらを差し出した。

藤江がおずおずと細い指を摑もうとすると、

「アホ……ちゃう、ってば」

熊巳はぴしゃりと小気味よい音を立てて、その手を振り払う。驚く藤江に声を荒らげて、

「それよ、それ。おさるの根付けやよ。三つあるなら、うちにもひとつちょうだい」

「……はあ?」

藤江と品川は呆れて顔を見合わせた。

熊巳は鼻の上に皺を寄せる。

「あんたら、泣いとる暇なんかないんやよ。生き残ったもんは、明日からまた、身を粉にして働かなならんの。大悪人のエジソンもいうとる。人を癒やすのは酒じゃなく、労働じゃ、って」

「おまえは……山椒大夫か」

藤江は軽く舌打ちし、やっと微かな笑みを浮かべてみせた。

一九二二年十二月二日（土）因果律ふたたび

白い息を吐きながら、悠木は騒々しい通りを奥へと入った。目の前にいつものきつい上り坂が開け

る。かつては、旗本の屋敷があった門前町らしいが、今は、土壁の匂いが漂い、細々と仕切られた文化住宅が、雨後の筍のごとく建ち並んでいる。

やがて、登りつめたところに、馴染みの家が現れ、悠木は今度こそ本当に胸をなで下ろした。

平屋根を広げた屋敷の塀には古い落書きが残り、下手な恐竜の絵に「革命を、革命を」と書き添えられている。

国家《リバイヤサン》は恐竜、革命は宙返り。

そういって壁にやすりもかけない家主であるが、どう見ても深読み、子どものいたずらだ。

西洋式の戸を拳で叩くも、返答はなかった。

不安に駆られて再度、手を振り上げたとき、木箱でもひっくり返したような音がして、慌ただしく戸が開く。玄関間もなく、すぐに洋風の板の間が広がるさまはまるで物置。とても上品なお屋敷とは思えない。

藤江は、悠木を見て、戸惑いの色を浮かべた。

常にオールバック、外では高い襟を欠かさないハイ・カラーな男も、自宅にいるときはさすがにどてら姿にザンバラ髪だ。

「大丈夫なのか……君は？」

何かを見透かしたように藤江は尋ねた。

悠木はとたんに倒れ込み、すんでのところで藤江に抱き留められる。

「藤江、僕は、僕は鬼だ……人を殺してしまった」

「待て、落ち着くのだ、悠木。そしてすべて、詳細に語るのだ」

藤江は悠木のマントを脱がせ、火のそばに座らせた。そして、淹れたばかりの珈琲をカップに入れ、砂糖も多めに悠木の前に置いた。悠木は掻きむしった髪の毛をさらに乱すように、自らの頭を摑んで揉んだ。

「いいか、落ち着いて語るのだ、ゆっくりと、そう、だ」

藤江はいって、カアテンを閉めた。悠木は藤江の動きにさえ怯え苦しむかのように、

「この一週間……僕はたがはずれてしまった。自分を抑えられず、怖ろしい人間になりはてた。練炭中毒の兄さんを病院に置き去りにし、酒を飲んで暴れ、母の指輪を売り飛ばし、祖母の歯に毒を詰め、タエさんと姦淫し、本間を吊し、そして……ついに、また、兄の亡霊まで殺してしまった」

「待て、君、チョット座るのだ」

立ち上がろうとした悠木の肩を摑んで、何度も無理に座らせる。

悠木は時折、叫び出しそうになるのを抑えながら、すべてを語った。

兄が来て一緒に日光へ行ったこと、治子がユキをむりやり嫁にやったこと、そして幼い頃からずっと、治子が真綿で首を絞めるように、悠木のすべてを歪めてきたこと。

「そうか、つらい思いをしたのだな」

藤江はじっと、悠木を見た。カアテンを閉め、マシーンを取り出す。

「……詮ない。しばし幕間だ」

「藤江、僕はふざけているのではない。本気で……」

「わかっている、そう、大丈夫だ。落ち着け。君は大丈夫だ。前に話してくれたことがあったネ。歯学専門学校の教授がいっていたと……催眠はまやかしでも騙《かた》りでもない。身体や精神の痛みを和らげるために使われることもある、正しい医学だと……」

「……うむ、そうだが、それがなんだ」

こう考えるなど、どうだろうか、藤江は静かに答えた。

君と僕が別の場所で同時に何かする、ことなどあり得ない。動いている僕と、止まっている君に共通の時間など存在しないのだ——。

ぶーーーーん。音がして、悠木の気持ちが凪いだ。

あれ、自分は今、何をしていたのか。

藤江相手に、何を必死で訴えていたのだ。

「なんだ、それは。ミシンか?」

はっきり形は思い出せないが、摩耶子が欲しがっていたシンガーに似ている。或いは、斜め戸棚の西洋机か。はたまた、縁日ののぞき写真か。

「マシーンといったか? まあ違いないが、これは楽器だ。セレミンヴォクスという。極めて貴重なものなのだ」

「楽器?」貴重といいつつ、埃など被って放置してあるのがいかにも怪しい。

「音は……出るのか?」

「むろんだ。音の出ないセレミンなど、ただのハリネズミ……いや違うな」

よい喩えが見つからなかった小説家はすぐにあきらめ、そこいらに転がっている荷物用の紐でたすきをかけた。そしておもむろに、電気回路の開閉器を押す。肩を軽く揺すり、金属の棒の前で空を摑むと、緩やかに指を動かし始めた。

美しくも悲しい旋律。それは、「荒城の月」だった。

春高楼の　花の宴
巡る盃　影さして
千代の松が枝分け出でし
昔の光　今いずこ

「君、少し眠るのだ……」

藤江は旋律に乗せて、静かにいった。

「そうして、この七日間の悪夢を全部、きれいに、忘れてしまうのだ。君は今、戸惑い悲しんでいる……だが、時空が歪み、時が遅れ……目覚めたとき君は、苦しい一週間を飛び越え、すべてを忘却の彼方へと追いやっている」

ぽっかりと、浮かぶ月のごとく。

不思議に温かいセレミンの音色が響く。

すなわち君は、なんらかの理由で一週間の覚えをなくした健忘病患者……そういうことだナ。それを伝えるために、君はここへとやってきたのだ。

そうだ。今夜は君のために、まったく新しい記憶をプレゼントしよう。

君は温かく、幸せな一夜を過ごすのだ。

君にとっての光、懐かしいユキさんに再会する。ユキさんはあの頃と同じ美しさでもって、知性に溢れ、とても幸せそうだ。

そう、そう、成長して中学生になった、青果店八百畠の赤ん坊に、用を頼むのもおもしろいナ。

探偵小説が好きな、無邪気で賢い少年ヒカル。もちろん、僕の読者でもある。

ハレ、ハレ、ハレー彗星。

夜はひとりで、ここにある雑誌を読んだことにしよう。

君、とことん探偵小説を楽しみたまえよ。

そして、謎が彩なす物語に浸り、その苦しみさえも忘れてしまうのだ。


「何か覚えているかね？　確かに今日は、大正十一年十二月二日土曜だが……いったい君。今日が、何年何月何日のつもりだったのかね」

「十一月二十五日、土曜日。午前が終わり、診療室を出たばかりだ……」

「レラ、レラ、レラチヴィティだ！」

「レラ……？」

「ああ、桑木某のいう『相待原則ニ於ケル時間及空間ノ観念』である」

「相対論のことか……」

――がくん。

なんの前触れもなく、いきなり右肩が下がった。

この満面の笑みを見ていると、たいていの悩みは、取るに足らぬと思えてくるから不思議である。

よせては返すを繰り返していた不安もやがて、病むほどでもない心地になってきた。

本書は書き下ろしです。

この物語はフィクションです。実在の人物・団体とは一切関係ありません。

参考文献

アインシュタイン・ショックⅠ　金子務　岩波書店
アインシュタイン・ショックⅡ　金子務　岩波書店
アインシュタイン　日本で相対論を語る　アインシュタイン　杉元賢治編訳　佐藤文隆解説　講談社
アインシュタイン　伝記世界を変えた人々19　フィオナ・マクドナルド　日暮雅通訳　偕成社
ラヂウムと電気物質観　長岡半太郎　原本出版者：大日本図書（国立図書館コレクション）
寺田寅彦随筆集1～5　寺田寅彦　小宮豊隆編　岩波書店
日食観測と相対性理論の価値　石原純　改造社『改造』1922年11月号
アインスタインと相対性理論　石原純　改造社
物理学はいかに創られたか〈上下〉アインシュタイン、インフェルト　石原純訳　岩波書店
アインシュタイン講演録　石原純、岡本一平　東京図書
アインスタイン相対性理論の否定　土井不曇　総文館
アインスタイン相対性原理講話　長岡半太郎序　桑木彧雄、池田芳郎共訳　岩波書店
相対性理論　アインシュタイン　内山龍雄訳　岩波文庫
相対性理論　岩波基礎物理シリーズ（9）佐藤勝彦　岩波書店
「相対性理論」を楽しむ本　佐藤勝彦監修　ＰＨＰ研究所
アインシュタインの宿題　福江純　光文社
おくれる時計のふしぎ　福江純、北原菜里子　岩波書店

よくわかる相対性理論の基本　水崎拓　秀和システム
相対性理論が見る見るわかる　橋元淳一郎　サンマーク出版
相対性理論の考え方（物理の考え方5）砂川重信　岩波書店
一般相対性理論を一歩一歩数式で理解する　石井俊全　ベレ出版
10歳からの量子論　都筑卓司　ブルーバックス
ペンローズのねじれた四次元　竹内薫　ブルーバックス
入れ歯の文化史　笠原浩　文藝春秋
Newton 別冊『時間とは何か　新訂版』ニュートンプレス
Newton 別冊『次元のすべて』ニュートンプレス

歯の博物館（公益社団法人　神奈川県歯科医師会）
近代科学資料館（東京理科大学）
ミステリー文学資料館（一般財団法人 光文文化財団）閉館中
この物語を世に出すにあたり、多大なご尽力とアドバイスをいただいた南雲堂の星野英樹さまに深く御礼申し上げます。

アインスタインと春待月《はるまちづき》の殺人

2024年12月3日　第一刷発行

著　者 ―――― 川辺純可

発行者 ―――― 南雲一範

装丁者 ―――― 奥定泰之

校　正 ―――― 株式会社鷗来堂

発行所 ―――― 株式会社南雲堂

東京都新宿区山吹町361　郵便番号162-0801

電話番号　(03)3268-2384

ファクシミリ　(03)3260-5425

URL　https://www.nanun-do.co.jp

E-Mail　nanundo@post.email.ne.jp

印刷所 ―――― 日本ハイコム株式会社

製本所 ―――― 日本ハイコム株式会社

検印廃止〈1-617〉

ISBN 978-4-523-26617-4 C0093

ミズチと天狗が平家の姫をとりあった
伝説の残る村で起こる花嫁の失踪
村人が口を噤む七十年前に起きた
同じ花嫁失踪事件の謎
ミズチと天狗の嫁取りの顛末とは？

ミズチと天狗とおぼろ月の夢

川辺純可［著］

四六判上製　３６８ページ　本体**一八〇〇**円＋税

麻衣は大学の友人・弓の結婚式に出席するために島根県の山奥の集落へ向かう。

そこはニシのミズチがヒガシのお姫様と結婚を望み、天狗に討伐されたという言い伝えが残る因習的な村だった。

七十年前のニシとヒガシの結婚式、不可解な弓の言動、麻衣が夢でみていた景色と同じ情景。困惑の中で華燭の典が始まる。

他に類を見ない特殊な構造を持つ
唯一無二の小説ジャンル〈本格ミステリ〉。
その特殊な構造を解析し、
その特殊な構造が生まれた理由を
考察した評論書！

本格ミステリの構造解析

奇想と叙述と推理の迷宮

飯城勇三［著］

四六判上製　480ページ　本体三五〇〇円＋税

作品を考察する場合〈何を＝テーマ〉、〈どう描いているか＝舞台や人物〉だが、本格ミステリの場合〈何を＝トリックやプロット上の仕掛け＝奇想〉、〈どう描いているか＝叙述〉に加えて〈どう解き明かすか＝推理〉が加わる。奇想、叙述、推理を本格ミステリの構造に組み込んで解析した評論書。